Werner J. Egli

Der Ruf des Wolfs

Ueberreuter

Die Deutsche Bibliothek – CIP-Einheitsaufnahme

Egli, Werner J.:
Der Ruf des Wolfs / Werner J. Egli. –
Wien : Ueberreuter, 1996
ISBN 3-8000-2464-0

J 2202/1

Dämmerung

Es war ein Wolf in den Hügeln.

Wade Hicks hatte vor einer Woche in der Nähe des Birch Creek Reservoirs seine Spuren entdeckt. Er erzählte niemandem davon. Am Montag hängte er ein Schild an die verriegelte Tür seines Saloons. HEUTE UND MORGEN GESCHLOSSEN. Er lud seinen ganzen Jagdplunder in den alten Jeep und fuhr allein und ohne jemandem seine wirklichen Absichten zu verraten, in die Hügel. Am Mittwoch kehrte er von der Jagd zurück. Er hatte einen Rehbock erlegt, auf dem Piegan-Paß, dort wo die Straße aufhörte und ein alter Jagdpfad der Indianer über einen offenen Sattel hinwegführte und auf der anderen Seite einen langen Hang hinunter in die Talsenke hinein, in der sich das Birch Creek Reservoir befand. Er war eigentlich nicht darauf aus gewesen, ein Reh zu schießen. Tatsächlich hatte er zwei Tage lang nach dem Wolf gesucht, jedoch nichts anderes gefunden als einige Pfotenabdrücke in einer Viehtränke. Am Mittwoch morgen war er am Stacheldrahtzaun, der das Land der Grimball-Brüder von dem der Clark Ranch trennte, auf den Kadaver eines toten Schafes gestoßen, das vom Wolf gerissen worden war.

Wade Hicks kehrte nach Buckhorn zurück, machte am Dienstag abend seinen Saloon auf und erzählte Bill und Jack Grimball, die in die Stadt gekommen waren, um sich mit einem Landaufkäufer aus Kalifornien zu treffen, davon.

»Es ist ein Wolf in den Hügeln«, sagte er. »Er hat eines eurer Schafe gerissen.« Er erzählte ihnen, wo er überall auf Spuren des Wolfs gestoßen war und wo er den Kadaver des Schafes entdeckt hatte. »Bis jetzt«, sagte Wade Hicks zu den Grimball-Brüdern, »bis jetzt habe ich niemandem etwas davon gesagt, außer euch, weil ihr direkt betroffen seid.«

»Bist du sicher, daß es ein Wolf ist?« sagte Jack Grimball und trank einen Schluck von seinem Bier.

»Ich kenne mich mit Spuren aus«, prahlte Wade Hicks. »Es war kein Kojote.«

»Hast du Clark etwas gesagt?«

»Nein. Noch nicht. Wir müssen es ihm sagen. Die meisten Spuren befinden sich auf seinem Weideland, im Tal des Birch Creek und am Indian Knife und am Little Creek.«

»Er trifft sich morgen mit dem Mann aus Kalifornien, nicht wahr?«

Wade Hicks nickte. »Er kommt morgen in die Stadt.«

»Sagst du es ihm, oder sollen wir es ihm sagen?«

»Ich sag's ihm«, sagte Hicks. »Er wird den Mund halten. Es geht auch um seine Kälber.«

»Und das Gesetz?« Jack Grimball blickte Wade Hicks an. »Wölfe sind geschützt, Wade. Die Regierung hat sogar irgendwo im Yellowstone-Gebiet welche ausgesetzt.«

»Ich rede mit Quinn Bates darüber. Ich weiß nicht, wie das ist mit einem Wolf, der dem Vieh zur Gefahr wird, aber soviel ist gewiß, wenn wir die Sache nicht an die große Glocke hängen, wird Quinn nichts unternehmen.«

»Okay«, sagte Bill Grimball. »Du sorgst dafür, daß Quinn uns deckt, und wir sorgen dafür, daß der Wolf kein Unheil mehr anrichtet.«

Darauf tranken sie, und Wade Hicks gab eine Runde aus. Später trafen sich die Grimball-Brüder mit dem Mann aus Kalifornien beim Abendessen. Der Mann aus Kalifornien hatte große Pläne und viel Geld. Er redete von Millionen, als hingen in Kalifornien die Bäume voller Dollarscheine. Die Grimball-Brüder waren beeindruckt. Und insgeheim begannen sie noch am gleichen Abend von Hawaii zu träumen und von schnellen Autos.

Zane Clark hörte erst am Mittwoch davon, als sein Vater am späten Abend nach Hause kam.

»Es ist ein Wolf in den Hügeln«, sagte Dwight Clark beim Abendessen.

Sie blickten ihn alle an.

»Ein Wolf?« Zanes Mutter schob den Topf mit den Pellkartoffeln in die Tischmitte.

»Wade Hicks hat in der Nähe des Reservoirs Spuren entdeckt«, bestätigte Zanes Vater.

»Wolfsspuren?« zweifelte Jasper. »Da gibt es nämlich Unterschiede zwischen dem Pfotenabdruck eines Wolfs und dem eines Hundes, die nur einer erkennen kann, der sich auskennt.«

Jetzt blickte Dwight Clark von seinem Teller auf. Er sah seinen Sohn an und lächelte.

»Wade Hicks ist ein erfahrener Jäger, Jasper«, sagte er. »Früher, als es noch welche gab, schoß er auch Wölfe.«

»Das ist lange her«, entgegnete Jasper.

»Zwanzig Jahre mindestens«, sagte Zanes Mutter. »Von euch war noch keiner auf der Welt, als hier der letzte Wolf geschossen wurde.«

»Wer hat den letzten Wolf geschossen, Mutter?« fragte Jennifer. »Etwa Mr. Hicks?«

Anne Clark schüttelte den Kopf.

»Nein, das war nicht Wade Hicks, glaube ich.«

»Wer dann?« fragte Jasper.

»Ich glaube, es war euer Onkel.«

»Onkel Kelso?«

»Ja.«

Zane hatte die ganze Zeit nur seinen Vater angesehen, während er von den Bratkartoffeln aß und von seinem Steak, und es schien, als hörte sein Vater gar nicht zu, aber Zane wußte, daß er jedes Wort vernahm, das am Tisch gesprochen wurde.

»Was glaubst du, wo dieser Wolf hergekommen ist, Zane?« fragte Jennifer ihren Bruder.

»Keine Ahnung«, gab ihr Zane zur Antwort.

»Bestimmt kommt er aus dem Reservat«, sagte Jasper.

»Aus dem Reservat?« Mrs. Clark wollte das nicht glauben.

»Warum nicht, Mom?« sagte Jasper. »Es gibt noch Wölfe im Reservat.«

»Das weiß ich nicht, ob es da noch Wölfe gibt, Jasper.« Zanes Mutter schmunzelte. »Auf jeden Fall ist mir schon lange keiner mehr begegnet, außer dem alten Black Wolf, und der ist nur deshalb gefährlich, weil er halbblind in seinem Pickup herumfährt, als wäre außer ihm niemand auf den Straßen.«

»Es gibt bestimmt Wölfe im Reservat«, beharrte Jasper. »Was meinst du, Zane?«

»Was fragst du mich? Du bist doch hier in dieser Familie der Klugscheißer.«

Jasper erstickte fast an einem Stück Fleisch, das ihm in den falschen Hals geriet. Er lief dunkelrot an, beinahe blau, und Jennifer beugte sich zu ihm hinüber und hieb ihm mit der Faust auf den Rücken. Millie fing an zu schreien. Mrs. Clark stand auf und hob Millie aus dem Kinderstuhl, und Millie schrie und spuckte gleichzeitig Gemüsebrei aus, und ihr kleiner Kopf schwoll an, bis ihr beinahe die Augen platzten. Mr. Clark blickte auf. Da verließ Zanes Mutter mit der Kleinen auf dem Arm die Küche, und als sie draußen war, hörte Millie auf zu schreien.

»Daran bist du schuld«, sagte Jennifer. »Warum kannst du Jasper denn nicht einfach reden lassen.«

»Er hat mich gefragt, ob es im Reservat noch Wölfe gibt, und ich habe ihm geantwortet«, sagte Zane.

»Du hast ihn beschimpft!«

Zane schwieg und stocherte lustlos in seinem Essen herum. Jasper würgte sich den zerkauten Fleischklumpen, der ihm in der Kehle steckengeblieben war, in die hohle Hand. Langsam kam er zu sich. Seine Augen tränten noch, und irgend etwas schien mit seiner Kehle nicht mehr in Ordnung zu sein.

»Ich kann es nicht mehr erwarten, bis du endlich abhaust«, krächzte er.

»Das genügt jetzt, Jasper!« sagte Mr. Clark.

»Das sagst du mir!« schnappte Jasper zurück. »Warum sagst du das nicht ihm? Er hat doch ...«

»Das genügt jetzt!« sagte Dwight Clark noch einmal.

Sie aßen, und sie hörten draußen Cody bellen, und ihre Mutter redete leise mit Millie. Nach einer Weile kam sie zurück und setzte die Kleine in den Kinderstuhl, und Millie starrte Zane an, als wäre er ein ungeladener Gast am Tisch.

»Der Wolf könnte auch von Kanada heruntergekommen sein«, sagte Jasper plötzlich in die Stille hinein. »Durch den Park.«

»Das ist gut möglich«, pflichtete ihm seine Mutter bei. Sie streifte Zane mit einem ernsten Blick. »Es ist gut möglich, daß sich ein Wolf aus den Bergen im Park verirrt, weil überall Touristen sind.«

»Wir holen morgen den alten Bullen von dort oben herunter«, sagte Dwight Clark ohne aufzublicken. »Und wenn es uns die Zeit erlaubt, sehen wir uns mal nach dem Wolf um.«

»Ich geh mit«, sagte Jasper mit vollem Mund.

»Wir fahren früh, Jasper«, sagte sein Vater. »Wir brechen auf, bevor es Tag wird.« Er trank die Bierdose leer und erhob sich von seinem Stuhl am Kopfende des Tisches. Wie jeden Abend ging er zum Fenster, nahm seine Zigaretten vom Brett und steckte sich eine zwischen die Lippen. Es war noch hell draußen. Lange Schatten flossen von den Hügeln herunter und breiteten sich über der Hochebene aus. Es war Spätsommer. Herbst und Winter kamen hier, im Norden Montanas, früh. In den Hügeln hatte es schon den ersten Frost gegeben. Der Wald an den Nordhängen war voller gelber Flecken, wo Gruppen von Espen wuchsen, und weiter oben, an den Ausläufern der Rocky Mountains, waren die meisten Bäume schon kahl.

Dwight Clark verließ die Küche. Zane hätte ihn gerne gefragt, was nun mit dem Land auf der anderen Seite des

9

Spotted Horse Canyon los war, für das sich irgendein reicher Spekulant aus Kalifornien interessierte. Deshalb war Zanes Vater nämlich an diesem Tag in die Stadt gefahren. Um sich mit Morton Parker zu treffen, der mit großen Plänen in diese entlegene Ecke Montanas gekommen war und sich am Vortag schon mit den Grimball-Brüdern getroffen hatte.

»Was wird mit dem Wolf geschehen, Mom?« fragte Jennifer ihre Mutter, als ihr Vater die Küche verlassen hatte. Sie begann, das Geschirr abzutragen.

»Man wird ganz sicher Jagd auf ihn machen«, sagte Anne Clark.

»Der hat keine Chance dort oben«, sagte Jasper.

»Wölfe sind geschützt«, gab Jennifer zu bedenken.

»Nicht hier«, sagte Jasper.

»Überall in den Vereinigten Staaten«, beharrte Jennifer.

»Wetten, daß sein Fell gegerbt ist, bevor er erste Schnee fällt?«

Da niemand auf Jaspers Herausforderung einging, erhob er sich und ging hinaus. Er machte im Wohnzimmer den Fernseher an. Zane blieb am Tisch sitzen und blickte aus dem Fenster zu den nahen Hügeln hoch, die nun dunkel vor der blutroten Sonne lagen. In einer Stunde würde es dort draußen im Land, wo die Lichter der Stadt nicht hinreichten, so dunkel sein, daß einem Menschen, der zum Himmel aufblickte, schwindelig werden konnte vom Geflimmer und Gefunkel des Sternenmeeres, das sich von den Felszacken der Rocky Mountains nach Osten hin endlos über dem Hochland ausbreitete, bis hin zum Missouri River. Und während er zum Fenster hinausstarrte, dachte er an den einsamen Wolf, der dort oben in den Hügeln herumstreifte. Seit zwanzig Jahren hatte es im Tal des Birch Creek keine Wölfe mehr gegeben. Jetzt war einer zurückgekehrt, einer, der sich wahrscheinlich verirrt hatte oder der in seinem Revier aufgescheucht worden war von der Gefährlichkeit eines neuen Eindringlings, der nicht dorthin gehörte, wo

10

dieser Wolf herkam. Auf der Flucht vor jenen mochte er sein, die ihn in ihrer von ihnen geschaffenen und kontrollierten Welt nicht am Leben lassen wollten, weil er wild war und unbezähmbar und angsteinflößend. Und auf der Suche mochte er sein, auf der Suche nach einem letzten Rest jener anderen Welt, aus dem schon seine Vorfahren verjagt worden waren.

War er jung, dieses verlorene Geisterwesen, von dem Wade Hicks nur Spuren gesehen hatte, mutig und verwegen seinem Instinkt gehorchend, das Rudel, dem er angehört hatte, zu verlassen, weil es zu groß geworden war und seine eigenen Überlebenschancen dadurch zu klein? Oder war er ein alter Rüde, ausgestoßen und davongejagt von den jüngeren und stärkeren Rüden? Noch hatte ihn niemand zu Gesicht bekommen. Noch war er unsichtbar und deshalb sicher. Aber Zane wußte, daß man bald damit anfangen würde, nach ihm zu suchen. Und die Männer von Buckhorn würden seinen Spuren folgen und nicht eher ruhen, bis sie ihn einholten und stellten und er ihnen nur noch mit toten Augen begegnen konnte. Sie würden ihm Fallen stellen, die sie unter einem Teppich bunten Herbstlaubes versteckten. Drahtschlingen würden sie auslegen, die selbst dem geschärften Blick eines Wachsamen entgingen, und sie würden ihn mit blutigen Kadavern frisch erlegten Wildes, die sie mit Strichnin vergifteten, in Versuchung bringen. Und sie würden ihm mit ihren Jagdgewehren auflauern, und einem von ihnen würde es schließlich gelingen, ihn zu töten. Sein Fell und sein Kopf würden später in Wade Hicks' Kneipe Platz finden, aufgehängt zwischen den verstaubten Köpfen von Wapitihirschen und Bergschafen, zwischen ausgestopften Mardern und Vielfraßen und in der Nähe des mächtigen Schädels eines Bisonbullen, der noch aus einer Zeit stammte, als Millionen von ihnen durch die unendlichen Prärien des Hochlandes zogen, wo heute nur noch magere Rinder grasten und Wildkaninchen längst zu einer Plage geworden waren. Und er würde sich in guter Gesellschaft befinden, zusammen mit Schwarzbären und Adlern und dem letzten Grizzly, den Wade Hicks vor einigen Jahren in den Whitefish-Bergen mit einem wohlgezielten Herzschuß zu Tode gebracht hatte.

Zane fürchtete um den Wolf, der dort draußen vielleicht in dieser Nacht eines der Grimball-Schafe reißen würde oder eines der Kälber, die mit ihren Muttertieren in den Hügeltälern weideten, und selbst in der fernen Stadt, in Great Falls, würden dann die Zeitungen darüber berichten, daß ein Wolf in die Täler beim Birch Creek Reservoir zurückgekehrt war und die Gegend in der Nähe des National-Parks unsicher machte.

Nein, dieser Wolf hatte keine Chance, am Leben zu bleiben, und kein Gesetz, das zu seinem Schutz erlassen worden war, vermochte ihn wirklich zu schützen.

»Bist du mit dem Essen fertig?« fragte Zanes Mutter in seine Gedanken hinein.

Zane erhob sich und trug sein Geschirr zur Anrichte hinüber. Millie beobachtete ihn von ihrem Kinderstuhl aus. Zane nahm einen grauen Kieselstein aus der Hosentasche und steckte ihn sich ins rechte Auge. Millie begann sofort zu brüllen. Mrs. Clark und Jennifer fuhren herum, aber sie sahen nicht mehr, wie Zane den Stein aus dem Auge in seine Hand fallen und in seiner Hosentasche verschwinden ließ.

»Was hast du ihr getan?« fragte Jennifer argwöhnisch.

»Nichts«, sagte Zane und ging hinaus. Im Wohnzimmer lag Jasper auf dem alten Plüschsofa und bohrte in der Nase, während er in die Glotze starrte.

Draußen war Dwight Clark dabei, den Viehanhänger an den Pickup zu koppeln. Die Sonne ging unter. Cody lag auf der Veranda und knabberte an einer dicken Zecke herum, die sich ihm zwischen die Pfotenzehen in die Haut gebohrt hatte.

Zanes Vater saß hinter dem Steuerrad des neuen Pickups, den er vor einem Monat beim Dodge-Händler in Great Falls gekauft hatte. Die Fahrertür war offen, und Dwight Clarks linkes Bein, das er beim Fahren nicht brauchte, weil der Pickup mit einem automatischen Getriebe ausgestattet war, hing über das Trittbrett herunter. Er schaffte es auf Anhieb, so an den Anhänger heranzufahren, daß der Zughaken mit der Kugel genau unter die Anhängerkupplung zu liegen kam. Außer ihm brachte das sonst keiner fertig. Er stieg aus, und ohne seinen Sohn anzusehen, ging er nach hinten zum Heck des Pickups und drehte mühelos und gleichmäßig die Buglaufradstütze herunter, bis sich die Kupplung über die Zughakenkugel senkte und die Sicherheitsarretierung einschnappen konnte. Zane ging an ihm vorbei, und Tara kam vom Schuppen herüber und folgte ihm zum Rundkorral, in dem ein halbes Dutzend Sattelpferde untergebracht waren. Zane hörte, wie sein Vater die Sicherungskette festmachte, bevor er schließlich den Motor des Pickups ausschaltete.

Es wurde schnell kalt.

Unten, auf der Ebene, auf der Straße nach Great Falls, fuhr ein Laster im blauen Dunst der Dämmerung, die Zanes Großvater die »Wiege der Nacht« nannte. Der Laster, ein Sattelschlepper, hatte die Lichter an, die Scheinwerfer und all die kleinen Lämpchen an den Ecken und Kanten, die seine schattenhafte Silhouette einrahmten. Lautlos dem eigenen Scheinwerferlicht folgend, glitt er drei oder vier Meilen entfernt durch die Dämmerung, und erst als er hinter einem Hügelrücken, der sich flach und lang in die weite Ebene hinauszog, verschwunden war, vernahm Zane das monoton brummende Geräusch des Dieselmotors.

Sein Vater ging ins Haus. Jemand machte von innen die Lampe auf der Veranda an. Cody kam über den Platz. Tara knurrte ihn leise an, und er blieb in sicherer Entfernung stehen und gähnte verlegen.

Als sein Vater wieder herauskam, saß Zane auf der obersten Stange des Korralzaunes direkt neben dem Tor, so daß er sich seitlich gegen den Torpfosten lehnen konnte. Tara lag hinter ihm am Boden. Die Pferde fraßen von dem Heu, das Zane ihnen gebracht hatte. Sie zerrupften einen Ballen Alfalfa und schleuderten das gepreßte Heu um sich, bis es lose am Boden lag. Dann fraßen sie es aus dem Staub, und während sie fraßen, beobachteten sie sich gegenseitig und manchmal warfen sie den Kopf hoch und schnaubten.

Zanes Vater kam herüber. Er trug ein Wollhemd, das ihm über die Hose hing, und eine Jeansjacke darüber.

»Hier«, sagte er und reichte Zane eine Jacke, die ihm seine Mutter aus dickem gelbem Zeltstoff genäht hatte, mit Cordsamteinsätzen an den Ärmeln und am Kragen.

Zane zog die Jacke an.

Dwight Clark lehnte sich gegen den Stangenzaun, stützte die angewinkelten Arme auf der obersten Stange auf und legte das Kinn darauf. Er trug keinen Hut. Sein dunkles Haar klebte ihm am Kopf. Den ganzen Tag hindurch hatte er seinen Stetson getragen. Die Haut, die durch die Haarsträhnen schimmerte, war weiß, während sein Gesicht und sein Nacken tief gebräunt waren.

Er zündete sich eine Zigarette an und hielt Zane die Schachtel hin. Zane nahm eine Zigarette heraus und steckte sie sich zwischen die Lippen. Sein Vater gab ihm mit einem Zippo Feuer. Sie rauchten schweigend und beobachteten dabei die Pferde. Tara erhob sich und trottete zum Schuppen zurück, in dem sie am Vortage ihre Welpen zur Welt gebracht hatte. Zane und sein Vater redeten kein Wort miteinander. Die Stille und der Anblick der Pferde verband sie mehr, als es Worte hätten zu tun vermögen. Es tut gut, hier zu sein, allein mit ihm und den Pferden, dachte Zane. Sie wußten beide, daß sie dies nicht mehr oft tun würden. Vielleicht erschienen deshalb Zane diese Minuten so wichtig und kostbar. Vielleicht wünschte er deshalb, daß ihm dieses Gefühl für immer erhalten bleiben würde.

Die Pferde sahen gut aus. Fünf von ihnen waren erfahrene Sattelpferde, die sie selbst eingeritten hatten. Zwei davon gehörten Zane. Cheyenne und Dakota. Cheyenne war ein Muskatschimmel, der klettern konnte. Zane brauchte ihn häufig dazu, Kälber aufzutreiben, die sich im rauhen Gelände an den Osthängen der Berge verlaufen hatten. Dakota war besser für die Arbeit im Korral geeignet, bei der Kälber und Jungrinder mit Brandzeichen versehen, enthörnt, kastriert, markiert und geimpft wurden. Dakota war auch nicht schlecht im bergigen Gelände, aber es machte ihm weniger Spaß als Cheyenne, hinter verängstigten Kälbern herzujagen, die noch nie ein Pferd mit Reiter gesehen hatten.

»Cheyenne oder Dakota?« fragte Dwight Clark seinen Sohn, als hätte er dessen Gedanken erraten.

»Cheyenne«, sagte Zane.

Sein Vater nickte. Cheyenne hatte nun den Kopf erhoben. Seine Vorderbeine waren gespreizt. Er sah ziemlich ungelenk aus, wie er dort über dem Alfalfaheu stand und herüberäugte. Grashalme hingen ihm aus dem Mund. Er schnaubte kaum hörbar, so als wüßte er, daß sie eben von ihm gesprochen hatten.

»Zane.«

»Ja?«

Zane blickte seinen Vater nicht an, aber er spürte dessen Blick auf sich gerichtet.

»Du hast dich entschieden, nicht wahr?«

Die Worte aus Dwight Clarks Mund blieben im Staub hängen, der als dünner Schleier über dem Korral und dem Platz zwischen dem großen Schuppen und dem Ranchhaus schwebte, aufgewirbelt von den Hufen der Pferde. Erst wenn es noch kühler wurde und die Pferde gefressen hatten, würde sich der Staub allmählich legen und die Luft würde klar sein, klar und kalt im Licht der Sterne und des Mondes, der groß aus der Prärie steigen würde, als hätte er sich dort den Tag über im gelben Gras verborgen gehalten.

Eines der Pferde latschte zum Brunnen und trank. Es hielt die Nüstern ins Wasser und blies den Atem aus und trank. Cheyenne richtete sich auf und schüttelte seine zottige Mähne.

»Nach dem Roundup gehst du, Zane. Das ist eine gute Zeit.«

»Warum nicht?« sagte Zane. »Nach dem Roundup gibt es hier wenig Arbeit.«

»Es ist an der Zeit, daß du weggehst. Hier wird sich vieles ändern.«

»Ja.« Zane lächelte, ohne daß es sein Vater sehen konnte. »Ich weiß nur nicht, wohin.«

»Irgendwohin.« Sein Vater hatte die Zigarette halb heruntergeraucht. Er warf sie hinter sich auf den harten Boden. »Du bist siebzehn. Als ich siebzehn war, war Krieg in Vietnam. Ich ging nach Vietnam.«

»Ich denke, ich geh nach Nevada. Oder noch weiter südwärts. New Mexico vielleicht. Oder Arizona. Dort gibt es keinen Winter.«

»Texas«, sagte Dwight Clark und hörte dem Klang des Wortes nach wie dem Echo eines verlorenen Traumes. »Ich wollte immer nach Texas. Seit ich diesen alten Paul-Newman-Streifen gesehen habe, ›Hud‹. Da wollte ich unbedingt hin, wo der Himmel so weit ist wie hier bei uns und wo es Pferde gibt und Land ohne Zäune.«

»Vielleicht gehe ich nach Texas.«

»Gut. Ich wollte immer nach Texas. Jetzt gehst du dorthin. Das ist richtig so, verstehst du? Das ist vollkommen in Ordnung.«

»Großvater meint, daß es das, wonach ich suche, auf dieser Welt nicht mehr gibt. Auch nicht in Texas.«

»Kann gut sein, daß der alte Mann recht hat. Aber was weiß er denn von dieser Welt. Er hat sein Leben im Reservat verbracht. Einmal, als Junge, da war er auf einer Indianerschule irgendwo in Süd-Dakota oder wo. Später war er einmal oder zweimal in Great Falls. Und als Touristenattraktion zur Weltausstellung in Seattle, mit bunten Federn auf dem Kopf.«

»Er sieht die Welt durch seine Augen.«

»Seine Welt, die existiert schon lange nicht mehr, Zane, und es nützt auch nichts, daß er ihr nachtrauert.«

Zane gab seinem Vater darauf keine Antwort. Sie sahen den Pferden zu, die allmählich ihre klaren Formen verloren und in die Dämmerung eintauchten, als wären sie nicht mehr als Schatten des vergangenen Tages, körperlos und ohne Seele.

»Sie werden diesen Wolf töten«, sagte Zane.

»Sie werden ihn töten«, sagte sein Vater mit einem Kopfnicken.

»Das ist es eben, was Großvater meint. Es gibt keine Wölfe mehr.«

»Nicht hier.«

»Ja.«

»Willst du deswegen von hier weg?«

»Ich weiß nicht. Nicht nur deswegen.«

»Ich hoffe, du findest, was du suchst.«

Zane wußte selbst nicht genau, warum es ihn von hier wegtrieb, wo er geboren worden und aufgewachsen war. Vielleicht lag es daran, daß die Welt, die er nicht kannte, immer mehr mit jener Welt kollidierte, die ihm so viel bedeutete, daß er ihr lieber den Rücken zukehrte, als mit anzusehen, wie sie mit rücksichtsloser Konsequenz Stück um Stück zerstört wurde. So erwachte in ihm während der letzten Jahre ein Gefühl, das sein Vater Wanderlust nannte. Diese innere Unruhe hatte Zane lange Zeit verunsichert. Auch der Entschluß, seine Sachen zu packen und nach dem Roundup wegzugehen, hatte nichts daran geändert, daß er sich verloren fühlte. »Daß du weggehen willst, das liegt vor allem daran, daß Indianerblut in deinen Adern fließt, mein Sohn«, hatte ihm seine Mutter einmal mit einem Lächeln gesagt, als er mit ihr über diese Dinge gesprochen hatte. »Das wilde Erbe deiner Vorfahren treibt dich hinaus und auf die Suche nach einer anderen Welt. Dabei müßtest du gar nicht so weit weggehen. Dein Großvater würde dich mit offenen Armen empfangen, Zane.«

Ja, sie hatten beide, sein Vater und seine Mutter, Verständnis für seinen Wunsch, von hier wegzugehen, denn sie wußten, daß er eines Tages wieder zurückkehren würde, weil er hierher gehörte.

»Für einen Wolf ist hier kein Platz, Zane«, sagte sein Vater plötzlich. »Woanders vielleicht. Dort, wo der herkommt, dessen Spuren Wade Hicks entdeckt hat, dort muß es noch mehr von ihnen geben.«

»Und wo ist das?«

»Irgendwo in den Rocky Mountains. Nördlich der Grenze. In den entlegenen Gebieten von Kanada.«

»Es soll auch in Montana noch welche geben.«

»Es sind einige ausgesetzt worden. Weit entfernt von Orten, wo sie Schaden anrichten könnten.«

»Nur hier gibt es keine mehr, seit Onkel Kelso den letzten geschossen hat.«

»Es wurde keiner mehr gesichtet, das stimmt.«

»Das war kurz bevor ihr zusammen weggegangen seid?«

Zane hörte, wie sein Vater Luft holte. »Ein oder zwei Jahre zuvor«, sagte er. »Genau weiß ich das nicht mehr. Aber seither wurden keine Schafe mehr gerissen. Und auch keine Kälber.«

Zane blickte seinen Vater von der Seite an. Seine schmale Silhouette wurde schwach von der Lampe auf der Veranda beleuchtet. Die grauen Stoppeln in seinem fleckigen Dreitagebart glitzerten. Er sah zu den Pferden hinüber, die jetzt alle beim Trog standen. Einige tranken. Andere standen dort im aufgeweichten Dreck. Der Jährling, der noch nicht zugeritten war, stand auf der anderen Seite des Korrals. Er warf den Kopf hoch und schnaubte.

»Von damals willst du nicht reden, ist es so?« sagte Zane.

»Nein«, antwortete sein Vater. Zane hörte am Tonfall seiner Stimme, daß er wirklich nicht darüber reden wollte. Er hatte es nie getan. Auch seine Mutter nicht. »Alles, was damals geschah, gehört einer Vergangenheit an, über die sich ein tiefer Schatten gelegt hat«, sagte seine Mutter einmal. »Bitte uns nicht, in diesen Schatten einzudringen, Zane. Das wäre nicht gut.«

Unten auf der Ebene, wo es schon Nacht war, glitten Lichter durch die Dunkelheit und verschwanden hinter den Hügeln, die sich schwarz wie ein Scherenschnitt aus der grundlosen Tiefe hoben. Der Mond war aufgegangen, gläsern und mit einem Hof, den die Indianer »Moon Dog« nannten. Jennifer kam aus dem Haus, um die Schweine zu füttern. Im Pferch entstand Tumult. Die Säue und Ferkel grunzten und quiekten. Jennifer schüttete die Küchenabfälle in den Trog. Dann ging sie in den Schuppen und füllte eine große Schüssel mit Mais und Hafergrütze, die sie am Nachmittag zur Verfütterung vorbereitet hatte.

Irgendwo in den Hügeln heulte ein Kojote.

Cody wurde unruhig.

Wolfsspuren

Jeder von ihnen fing sich sein eigenes Pferd ein. Jasper war an diesem Morgen zuerst auf den Beinen. Es war noch dunkel. Das einzige Licht beim Korral stammte von der Lampe auf der Veranda. Das Licht beleuchtete die Pferde nur schwach. Sie trabten dicht gedrängt am Korralzaun entlang im Kreis. Jasper bückte sich zwischen zwei Zaunstangen hindurch, das Lasso wurfbereit an seiner rechten Seite herunterhängend. Die Pferde drehten ab, und Jasper ließ die Schlinge mit einer schnellen Aufwärtsbewegung seines rechten Armes fliegen. Die Schlinge öffnete sich weit und senkte sich über Kopf und Hals eines mausgrauen Wallachs, dem Dwight Clark vor vielen Jahren den Namen Tex gegeben hatte. Jasper holte ihn aus den anderen Pferden heraus und führte ihn am Schopf aus dem Korral und zum Schuppen hinüber, wo er ihm ein Stallhalfter anlegte. Er machte Tex mit einem Hanfstrick am Haltebalken fest, striegelte ihn und kratzte ihm die Hufe aus, bevor er ihm die Satteldecke und den Sattel auflegte.

Zane ging hinunter, nahm eines der Lassos, die im Vorraum aufgehängt waren, zur Hand und verließ das Haus. Draußen vor der Tür lag Cody. Zane stieg über ihn hinweg, und er legte sich auf den Rücken, und Zane kauerte sich nieder und kraulte ihn am Bauch.

Jennifer kam vom Holzschuppen her, der an das Haus angebaut war, ein paar Holzscheite auf den Armen. Sie beeilte sich, der Kälte zu entgehen und ins Haus zurückzukehren.

Zane holte Cheyenne aus dem Korral, legte ihm das Stallhalfter an und machte ihn hinten am Viehanhänger fest. Erst nachdem sie die Pferde verladen hatten, gab es Frühstück. Millie schlief noch. Sie redeten nicht viel, als sie in der Küche am Tisch saßen. Anne Clark trug das Essen auf. Es gab Eier und Speck und Bratkartoffeln. Jasper trank fast eine halbe Gallone Milch.

Im Morgengrauen fuhren sie durch den Spotted Horse Canyon. Die ungeteerte Straße wurde schmaler und holpriger, und einmal mußte Zane anhalten, und Jasper, der auf der anderen Seite seines Vaters saß, mußte aussteigen und einen Steinbrocken aus dem Weg räumen, der in der Kälte der Nacht von einer Felsklippe hoch über der Schlucht weggebrochen und auf die Straße heruntergefallen war.

Wenn sie zu dritt im Pickup unterwegs waren und Dwight Clark nicht am Steuer saß, nahm er den Platz in der Mitte ein. Einmal prüfte er Jasper mit der Frage, woran man einen echten Cowboy erkennen konnte, wenn drei Männer in einem Pickup saßen. Zane konnte sich erinnern, daß er vor Jahren auch ihm diese Frage gestellt hatte, und er dachte schon, daß Jasper, der Klugscheißer, im Gegensatz zu ihm damals, seinem Vater die richtige Antwort geben würde. Aber dem war nicht so. Jasper wußte es auch nicht. »Der echte Cowboy ist der, der in der Mitte sitzt«, erklärte ihm Dwight Clark mit bierernster Miene. »Der in der Mitte muß nämlich erstens den Pickup nicht fahren und zweitens auch nie aussteigen, wenn es ein Hindernis aus dem Weg zu räumen oder ein Viehgatter zu öffnen gibt.«

»Scheißkomisch«, sagte Jasper.

Sie hatten Cody dabei. Er lag zwischen Jaspers Füßen auf dem Fußboden, so klein, daß er beinahe aussah wie ein Fuchs. Cody verfügte über eine ausgezeichnete Spürnase und einen scharfen Rinderverstand. Eigentlich war er ein Bastard, der sich für einen reinrassigen australischen Schäferhund hielt. Trotz seines fortgeschrittenen Alters jagte er beim Auftrieb noch immer wie ein Verrückter stundenlang hinter Kälbern und Kühen her, schnappte nach ihren Beinen, wenn sie nicht parierten, und hörte nicht eher mit seinem Gekläff auf, bis er eine ganze Herde schön ordentlich beieinander hatte, so daß sie nur noch von einem oder zwei Reitern übernommen und zum Brandkorral getrieben werden mußte.

Hinten, im alten Viehanhänger, fuhren die Pferde mit; Tex, der ältere, zuverlässige Wallach, den Zane früher bei schwierigen Aufgaben geritten war, Chinook, ein ramsnasiger Falbe, den Dwight Clark als Fohlen einem Cowboy aus Wyoming abgekauft hatte, und Zanes Cheyenne. Jasper hatte eigentlich zuerst Bonito, einen jungen und übermütigen Hengst, reiten wollen, aber seine Mutter hatte ihn gebeten, doch lieber Tex mitzunehmen, da es sich bei dem alten Bullen um ein unberechenbares Biest handelte. Außerdem streifte ja auch noch dieser Wolf dort oben herum, und ein junges Pferd wie Bonito konnte leicht seine Ruhe verlieren, wenn es die Witterung eines wilden Tieres aufnahm. Das mußte auch Jasper einsehen, und wenn es überhaupt einen Menschen gab, auf den er hin und wieder hörte, dann war das seine Mutter.

Jasper machte das Radio an.

Im Canyon kam nichts rein. Die Felswände stiegen zu beiden Seiten der Straße und des Flusses senkrecht auf. Sie führte ein langes Stück in der Tiefe des Canyons dem Spotted Horse Creek entlang, einem wilden Quellfluß des Dupuyer Creek, der im Laufe der trockenen Sommermonate viel von seiner sonstigen Wildheit verloren hatte. Ein Reh, das in der Schlucht vor der Nachtkälte Schutz gefunden hatte, floh vor dem Pickup her die Straße hoch, übersprang eine steinige Böschung und jagte in kurzen Bocksprüngen den Steilhang hoch in die Sicherheit einer tief ausgewaschenen Kerbe zwischen den schroffen Felsklippen hinein. Dort oben, hoch über der Straße und dem Fluß, hing das Licht der Morgensonne rotgolden von den zackigen Felsrändern.

Die Straße wand sich an den Steilhängen hinauf zum Plateau, auf dem sich einer der großen Sammelkorrals der Clark Ranch befand. Diesem Plateau hatten die Vorfahren der Clarks den Namen »Roundup-Plateau« gegeben, weil im

Herbst, beim alljährlichen Auftrieb, die unmarkierten Kälber aus den Hügeln und Tälern hierher getrieben und im Sammelkorral untergebracht wurden, bis sie alle gebrannt waren.

Hier oben, auf dem Plateau, fuhren sie in der Sonne. Auf dem Gras glitzerte Tau, der in den Morgenschatten noch gefroren war. Die Straße machte einen weiten Bogen zum Zaun, der das Weidegebiet der Clark Ranch von dem der Grimball-Brüder trennte. Auf der anderen Seite des Zaunes waren die flachen Hügelkuppen und die weiten Senken von den Schafen ziemlich abgegrast, aber es waren nirgendwo Schafe zu sehen.

Sie fuhren jetzt mit der Sonne schräg im Rücken in nordwestlicher Richtung zum Sattel hoch, hinter dem sich das Tal des Birch Creek ausbreitete. Zu beiden Seiten der Straße waren die Hänge mit kleinen Espenwäldern bedeckt, die mit den grünen Auen ein leuchtendes Fleckenmuster bildeten. Einige Rinder der Clark Ranch standen dicht an der Straße und beobachteten den Pickup und den Anhänger, mit seitwärts mahlenden Unterkiefern wiederkäuend. Mehrere Kälber rannten davon, als sie den Pickup sahen und den großen Viehanhänger dahinter, der im wirbelnden Staub und in den tiefen Fahrrillen hin und her schlingerte. Die Luft hier oben war so klar, daß sich, weit im Norden, die schneebedeckten Gipfel der Rocky Mountains gläsern weiß vom Blau des wolkenlosen Himmels abhoben, als wären sie Inseln in einem Ozean des Alls.

Jasper drehte am Suchknopf des Radios herum, bis er endlich den Oldie-Kanal drauf hatte. Elvis sang gerade von einem Jungen in einem Ghetto. Dwight Clark mochte Elvis. Er war sozusagen mit ihm aufgewachsen. Er sang mit. »In the Ghetto ... In the Ghetto ...«

Sie hörten Elvis zu und dann Jerry Lee Lewis, und sie fuhren den alten Karrenweg hoch bis zu einer Viehtränke, wo Zane anhielt. Sie stiegen aus, und während Jasper gegen einen der verwitterten Zaunpfosten pinkelte, holte Dwight Clark Nägel und Hammer aus der Werkzeugkiste und befestigte ein Schild, das ins Gras heruntergefallen war, an einem der anderen Pfosten. NO HUNTING, war darauf zu entziffern, und das Schild war von Kugeln durchlöchert.

Zane ging auf einen Hügelbuckel. Von hier oben konnte er die Fußhügel am Ende des Spotted Horse Canyon nicht mehr sehen und auch nicht die Ranch, die sich dort unten befand, aber dafür reichte an diesem klaren Tag die Sicht bis weit über die zerfurchte und bucklige Hochebene, die sich von den Fußhügeln aus endlos nach Osten hin ausbreitete, bis hin zu den Bear Paw Mountains und den Little Rocky Mountains, die früher zum Jagdgebiet der Piegan gehört hatten.

Zane hatte keine Ahnung, warum er dieses Land so sehr liebte, daß ihm in diesem Moment das Herz weh tat. Er verspürte den merkwürdigen Wunsch in sich aufsteigen, ein Baum zu sein, eine Kiefer am Osthang der Rocky Mountains, die mit ihren tief im Boden verankerten Wurzeln allen Stürmen zu trotzen vermochte, oder ein Stein, der irgendwo hier oben im Gras und in der Sonne lag, still und unberührt, seit die Welt entstanden war und alles begonnen hatte.

Dwight Clark rauchte eine Zigarette, und als er sie geraucht hatte, stiegen sie ein, und sie fuhren weiter zum Sattel hoch, den sie Piegan-Paß nannten. Es gab nichts dort oben, außer einem kleinen Korral, aus den Stämmen junger Kiefern gebaut, und einer alten Weidehütte am Rand einer Mulde, in der das vom Sattel her abfließende Regenwasser durch einen niederen Erddamm aufgestaut und gesammelt werden konnte. Diese natürliche Viehtränke war zur Zeit vollständig ausgetrocknet. Zane fuhr den Pickup mit dem Anhänger auf einen schiefen Platz am Ende der Straße. Sie stiegen aus. Es wehte ein kühler Wind aus dem Nordwesten. Sie zogen ihre Jacken an, und Jasper ging nach hinten und machte die Hecktüren des Viehanhängers auf.

Zane war schon länger als ein halbes Jahr nicht mehr hier oben auf dem Piegan-Paß gewesen, das letzte Mal im Frühling und zusammen mit Marion Galloway und ihrem Bruder Link, der von Marions Mutter als Aufpasser mitgeschickt worden war. Zane ging durch den gezackten Schatten des Korralzaunes über den Platz zur Viehtränke hinüber und zur Hütte. Die Tür war zu, aber nicht verriegelt. Zane trat ein und stellte sofort fest, daß jemand die Hütte benutzt hatte, seit er das letzte Mal hier gewesen war. Er erinnerte sich, daß der Vorrat an Brennholz im Frühling nahezu aufgebraucht gewesen war. Jetzt war die Hütte für das bevorstehende Roundup eingerichtet. Neben dem Kanonenofen in der Ecke waren sorgfältig Holzscheite aufgestapelt. Auf dem schiefen Tisch in der Mitte stand eine leere Bourbonflasche mit einer Kerze im Hals, die noch nicht angebrannt war. Auf dem Regalbrett über dem Bett standen einige Büchsen Ravioli, Bohnen mit Speck und Nudelsuppe. An der Wand, mit Reißzwecken befestigt, hing ein Russell-Bild; eine Bande von Cowboys, die einen Grizzly mit Lassos eingefangen hatten. Auf der Matratze im Eisenbett lagen Bücher. Coopers »Lederstrumpf« in einer zerfledderten Taschenbuchausgabe und »The Virginian« von Owen Wister, den Zane beinahe auswendig konnte. Beide Bücher stammten aus der Leihbibliothek in Buckhorn. Jemand hatte sie einmal ausgeliehen und nicht mehr zurückgebracht.

Zane hob den Blick zum Querbalken des Türrahmens. Dort, zwischen zwei nach oben gekrümmten Hufnägeln, war so deutlich, als wäre es erst heute mit der Spitze eines Messers eingeschnitzt worden, ein Herz mit den beiden Buchstaben D und A zu erkennen. Dwight und Anne.

Zane ging hinaus. Sein Vater kam auf dem schmalen Fußpfad von der anderen Seite der Tränke herüber.

»Im Boden der Tränke sind Wolfsspuren«, sagte er.

Zane machte die Tür hinter sich zu. Er ging mit seinem Vater in die Mulde hinein. Sie hörten Jasper fluchen. Er stand oben bei den Pferden, die er eines nach dem anderen aus dem Viehanhänger geholt und am Korralzaun festgebunden hatte.

»Tex hat sich ein Knie aufgeschlagen bei deiner Fahrerei«, rief er zu ihnen hinunter. Dabei zeigte er auf eine blutige Stelle am Knie des linken Vorderbeines von Tex.

In der ausgetrockneten Viehtränke wuchs nichts. Nicht einmal ein Grashalm. Die Lehmerde war von der Sommersonne zu einer harten rissigen Kruste gebrannt worden. Tiefe Abdrücke von gespaltenen Hufen bildeten ein verworrenes Spurenmuster. Deutlich waren dazwischen Pfotenabdrücke zu erkennen, solche von Kojoten und Mardern und anderen Tieren, die hier oben herumstreiften. Auch Vögel hatten in der einstmals weichen Erde ihre Spuren hinterlassen. Dwight Clark machte seinen Sohn auf einige der Abdrücke aufmerksam, die sich nur als kleine, kaum erkennbare Dellen von den anderen Spuren unterschieden. Einige der Spuren waren mit den etwas tieferen Abdrücken gekrümmter Klauen versehen.

»Diese stammen von einem Wolf«, sagte Zanes Vater.

Zane studierte die Abdrücke. Er folgte der Spur bis zur tiefsten Stelle der Mulde, wo das Regenwasser sich am längsten gehalten hatte. »Ziemlich kleine Pfoten für einen Wolf«, sagte Zane. Er hatte noch nie Wolfsspuren gesehen, außer solche, die in einem der vielen Naturbücher abgebildet waren, die daheim in einem Regal standen.

»Entweder ist er ein junger Wolf oder eine Wölfin«, vermutete Zanes Vater. Er bückte sich und nahm einen Erdklumpen auf, den er in der Hand zerdrückte. »Die Tränke ist zwar schon seit dem Sommer ausgetrocknet, aber vor drei Wochen hat es geregnet. Danach war der Boden hier drin einige Tage lang aufgeweicht.«

»Das würde bedeuten, daß er sich schon seit mehr als drei Wochen hier oben aufhält.«

Zane und sein Vater gingen zum Ende der Straße hoch. Jasper zeigte ihnen die kleine Wunde am Knie seines Pferdes, die er mit einem blauen Pulver verarztet hatte. »Er muß sich an der Trennstange angeschlagen haben«, sagte er und streifte dabei seinen Bruder mit einem vorwurfsvollen Blick. Zane ging zu Cheyenne und zog den Sattelgurt enger. Cheyenne seufzte. Natürlich versuchte er sich aufzublähen. Es war immer das gleiche Spiel. Später, wenn sie ein Stück des Weges zurückgelegt hatten, würde Zane den Sattelgurt noch einmal nachziehen müssen. Er holte das Zaumzeug mit der Kandare aus dem Viehanhänger, nahm Cheyenne das Stallhalfter ab und legte ihm das Zaumzeug an. Cheyenne kaute auf dem kalten Eisen der Kandare herum.

Dwight Clark inspizierte ein letztes Mal die Hufe seines Pferdes, die er vor wenigen Tagen neu beschlagen hatte. Dann rückte er seinen alten Sattel zurecht, zog den Sattelgurt noch einmal fester und überprüfte den Sitz des Zaumzeuges. Zane beobachtete seinen Vater, während er selbst aufstieg. Alle Handgriffe, die Dwight Clark machte, hatte er schon tausendmal getan, genau wie vor ihm sein Vater, von dem er sie gelernt hatte, und sein Großvater, der sie seinem Vater beigebracht hatte. Und Zane hatte ihm auch schon tausendmal zugesehen, aber trotzdem beeindruckte ihn immer wieder die Gewissenhaftigkeit, mit der sein Vater die Vorbereitung zu einem Ritt traf. Jede Kleinigkeit, die ihm und seinem Pferd die Arbeit erleichtern und sicherer machen konnte, war ihm wichtig. Und jedes Mal fragte er seine Söhne, bevor er selbst aufstieg, ob sie bereit wären.

»Okay?« fragte er sie prüfend.

»Okay«, antworteten sie ihm wie aus einem Mund.

Als sie alle im Sattel saßen, ließen sie ihre Pferde einige Schritte rückwärts gehen, und sie machten ein paar kurze Wendungen, und ihre Pferde gehorchten den Zügeln und dem Schenkeldruck. Zane parierte Cheyenne, und dann ließ er ihn sachte die Sporen spüren, und schließlich ritten sie über den Sattel hinweg und in das weite Tal des Birch Creek hinein, und er klopfte Cheyenne mit der rechten Hand lobend auf den Hals. Der Weg, dem sie folgten, führte steil in das Tal hinunter, und bald holten sie die letzten der fliehenden Nachtschatten ein, und sie ritten schräg zum Hang auf einem Trail, von dem sie wußten, daß es ein alter Jagdpfad der Indianer war.

Zane hörte das Pferd seines Vaters stolpern und dessen ermahnende Stimme, mit der er sein Pferd aufforderte, besser aufzupassen, und Jasper zeigte den Hang hinunter in eine schmale Vertiefung hinein, wo im blaugrauen Schatten, kaum zu erkennen, mehrere Rehe standen. Nicht einmal Cody hätte sie bemerkt, wären sie nicht plötzlich vor den herannahenden Reitern geflüchtet. Cody, der am Anfang zeigen wollte, was er noch draufhatte, rannte ein Stück weit den Hang hinunter, merkte aber bald, daß er nicht mehr die Beine hatte, diese davonjagenden Schatten einzuholen. Schließlich trottete er mit heraushängender Zunge schräg zum Hang, bis er wieder auf den alten Indianerpfad traf. Dort legte er sich ins Gras und wartete, bis Dwight Clark mit seinen beiden Söhnen kam, und als Zane später anhielt, den Sattelgurt fester zog und sich dabei nach ihm umblickte, sah er Cody mindestens eine Viertelmeile zurück.

Sie ritten zum Reservoir hinunter, das sich in einer Senke befand, wo mehrere Täler mit ihren Quellflüssen aufeinandertrafen und das Tal des Birch Creek bildeten. Das Reservoir war ein See, der vor einigen Jahren entstanden war, als man den Birch Creek und seine Quellflüsse durch einen Erddamm gestaut hatte. Zur Zeit war das Reservoir nur etwa dreiviertel voll, die Uferränder mit ihren steinigen Böschungen entblößt. Beim Staudamm stand ein alter Schäferwagen mit einem Blechdach, den die Grimball-Brüder benutzten, wenn sie ihre Schafe, nach dem Roundup hier oben, die Täler hinauf- und hinuntertrieben. Jetzt weideten um den See herum und in den engen Tälern noch Kühe und Kälber der Clark Ranch, zusammen mit einer großen Anzahl von

Jungrindern, die letztes Jahr beim Roundup gebrannt worden waren. Eine ganze Herde verstreute sich in alle Richtungen, als die drei Reiter und der Hund plötzlich beim Staudamm auftauchten und über den Damm in die Senke hineinritten. Dwight Clark und seine Söhne folgten dem Südufer bis zur Einmündung des Birch Creek. Dort befand sich eine alte Lagerstelle, die schon vor mehr als hundert Jahren von Indianern benutzt worden war, lange bevor sich die Vorfahren der Clarks hier niedergelassen und mit der Viehzucht angefangen hatten. Im letzten Herbst hatten Jäger aus der Stadt an diesem Platz zwischen den Espen ein Gerüst gebaut, an dem sie ihre erlegten Beutetiere zum Abhäuten und Ausnehmen aufhängen konnten, bevor sie sie ins Tal transportierten. Es gab hier überall Fahrspuren von Geländefahrzeugen, die mit ihren Stollenreifen die Erde tief aufgerissen hatten. In einer der Feuerstellen befanden sich rostige Konservenbüchsen, und überall lagen Splitter zertrümmerter Bierflaschen herum. Zane erinnerte sich, wie dieser Platz früher ausgesehen hatte, lange bevor die Jäger aus der Stadt hierhergekommen waren. Damals hatte es eine einzige kleine Feuerstelle gegeben, und wenn er mit seinem Vater hier oben auf einem Jagdausflug gelagert hatte, waren kaum Spuren zurückgeblieben, außer den Hufabdrücken ihrer Pferde.

Jetzt war das anders. Das ganze Gebiet um den Stausee herum war offenes Weideland, das dem BLM, dem Bureau of Land Management, gehörte, einer Regierungsagentur, die der Clark Ranch die Weiderechte abgegeben hatte, im Herbst jedoch das ganze obere Birch-Creek-Tal und die dazugehörigen Quellflußtäler zur Jagd freigab. Das hieß, daß jeder, der Lust und Laune hatte und sich von der Regierung eine Abschußgenehmigung verschaffte, hierherkommen und auf alles schießen konnte, was sich hier oben bewegte.

Die Clarks suchten an der Einmündung des Birch Creek in den Stausee nach Wolfsspuren, fanden jedoch keine. Dafür entdeckten sie Reifenspuren eines Jeeps und die

Fußabdrücke eines Mannes, der Stiefel mit Stollengummi-
sohlen trug.

»Das kann Wade Hicks gewesen sein«, sagte Dwight
Clark, nachdem er abgestiegen war und die Spuren unter-
sucht hatte.

Jasper ritt am Fuß des Talhanges entlang bergwärts, und
plötzlich zügelte er Tex und schwang sich aus dem Sattel.

»Hier«, rief er zum See hinunter, »hier, das sind seine
Spuren!«

Zane und sein Vater ritten das Tal hoch. Dort, wo Jasper
abgestiegen war, hatte der Wolf einen wilden Truthahn
erwischt. Überall lagen einzelne Federn und Federbüschel
herum. In einer eingetrockneten Blutpfütze war ein einzelner
Pfotenabdruck so deutlich zu erkennen, als hätte ihn jemand
mit einem Pinsel hingemalt. Sie nahmen die Fährte des Wolfs
auf und folgten ihr, bis sie zu einem einzelnen Stein kamen,
und mitten auf dem Stein lag der Kot des Wolfs. Dwight
Clark stieg ab und untersuchte den Kot mit zwei kleinen
Ästen, die neben dem Stein am Boden lagen. Der Wolf hatte
am Vortag etwas gefressen, was ein graues oder graubraunes
Fell gehabt hatte, wahrscheinlich ein Wildkaninchen, und er
hatte Preiselbeeren gefressen und Hagebutten. Den Truthahn hatte er noch nicht verdaut, aber sie kamen zu einer
Stelle, wo er Knochensplitter und Federn des Truthahns
erbrochen hatte. Sie folgten seiner Fährte den Hang hoch,
durch die lichten Espenwälder, und sie verloren die Fährte
weiter oben an einem Geröllhang. Sie suchten eine Weile
herum, ritten kreuz und quer über den Hang bis zu einer
Hügelkuppe hoch, von der aus sie einen weiten Überblick
über die Täler und die tiefer gelegenen Hügelketten hatten,
bis hinunter zum Einschnitt des Spotted Horse Canyon, der
sich fast zehn Meilen weit entfernt befand. Auf der Hügelkuppe überquerten sie die kontinentale Wasserscheide, die
hier vom Vermessungsamt mit einer einbetonierten, handtel-
lergroßen Messingmarke gekennzeichnet war. Nun ritten sie

mit der Sonne im Rücken die langen, von Salbeibüschen bedeckten Hügel hinunter bis in die Talsenke hinein, in der der mittlere Arm des Flathead River entsprang. Hier, auf einem alten Lagerplatz, machten sie ein kleines Feuer, und Zane öffnete eine Büchse Nudelsuppe, die er in die Feuersglut stellte. Während sie darauf warteten, daß die Suppe heiß wurde, aßen sie die Sandwichs, die ihnen Anne Clark, in hauchdünne Plastikfolie eingewickelt, mitgegeben hatte. Jeder hatte seinen eigenen Blechteller und seine mit Emaille beschichtete Blechtasse dabei, die wie das Besteck zur Ausrüstung gehörten, und als die Suppe zu kochen anfing, nahm Dwight Clark die Büchse von der Glut und verteilte die Suppe zu gleichen Teilen, und Zane verteilte das Brot, das sie in die heiße Suppe tunkten und aßen.

Der Bulle, den sie hinunter zur Ranch bringen sollten, befand sich nicht hier im Flathead-Tal. Das wußten sie alle drei, aber sie waren sowieso nicht hierher geritten, weil sie sich erhofft hatten, den Bullen zu finden. Es war vielmehr ein Erlebnis, zusammen durch dieses wilde Gebiet zu reiten, das noch immer von Menschenhand unberührt schien. Sie waren vielleicht ein letztes Mal hier oben beieinander, und Zane wußte nicht, ob sein Vater oder sein Bruder in diesem Moment daran dachten, aber ihm selbst gelang es nicht, diesen Gedanken zu verjagen. Sie redeten nicht viel, während sie durch die Täler und über die Hügel ritten, und sie redeten nicht viel, während sie in der Nähe des Quellflüßchens lagerten, aber sie spürten alle drei, daß dies ein besonderer Tag war, und selbst Jasper schien davon so beeindruckt, daß er die meiste Zeit die Klappe hielt.

Über Mittag lagen sie in der Sonne, und Zanes Vater rauchte eine Zigarette. Die Sonne zog über das Tal hinweg den Berggipfeln entgegen, die weiter im Süden die nach Süden hin verlaufende Kette der Rocky Mountains bildeten, der Swan Peak und der Silvertip. Zanes Vater schlief einige Minuten, und Jasper nahm sein Winchestergewehr aus dem

Sattelschuh und verschwand im Wald. Zane blickte seinem jüngeren Bruder nach, bis er ihn nicht mehr sehen konnte, und er wünschte sich, daß ihm der Entschluß, von hier wegzugehen, leichter gefallen wäre. Wieder einmal begann er zu zaudern, und er war froh, als sein Vater aufwachte. Sie tranken Kaffee aus der Thermosflasche, und Jasper kehrte zurück und steckte das Gewehr wieder in den Sattelschuh. Er sagte, daß er nirgendwo Wolfsspuren gesehen hätte, dafür aber die Radspuren von Wade Hicks' Jeep. Die Schatten wurden lang, als sie aufbrachen und über die Wasserscheide zurückritten, und obwohl es noch früh am Nachmittag war, wurde die Luft schnell kühler. Sie wußten genau, wo sie den Bullen finden würden, aber bevor sie in das schmale Tal des Indian Knife Creek kamen, stießen sie auf den Kadaver eines Kalbes, das vom Wolf gerissen worden war. Der Wolf und die anderen Tiere hatten nicht viel vom Kalb übrig gelassen. An einigen Knochen hingen noch kleine, blutverkrustete Fellfetzen, die beinhart getrocknet waren. Die Knochen des Kalbes lagen über dem Abhang verstreut herum. Sein Schädel lag im Wald, bedeckt von einem Heer von Ameisen, die über ihm einen neuen Bau errichteten.

Die Clarks sahen sich die Stelle genauer an, und zuerst waren sie nicht sicher, ob es wirklich der Wolf gewesen war und nicht einige Kojoten, die das Kalb gerissen hatten, aber dann entdeckte Zane ein Büschel Wolfshaare im Gestrüpp, silberne Haare mit dunklen Enden.

»Der Wolf ist zumindest hier gewesen«, sagte Dwight Clark.

»Bestimmt war er es, der das Kalb gerissen hat«, sagte Jasper.

»Das braucht nicht unbedingt so zu sein«, erklärte ihm sein Vater. »Es kann auch sein, daß das Kalb schon tot war, als er hier auftauchte.«

»Und wie ist dann dieses Kalb zu Tode gekommen?« wandte Jasper ein.

»Vielleicht war es ein krankes Kalb, das die Kojoten gerissen haben. Oder vielleicht ist es einfach an seiner Krankheit verendet.«

»Das glaube ich nicht«, beharrte Jasper auf seiner Meinung. »Es sieht alles danach aus, als ob das Kalb vom Wolf gerissen worden wäre.«

Zane schwieg. Auch sein Vater gab Jasper keine Antwort. Sie sahen sich die Spuren noch einmal an. Vor ihnen war schon Wade Hicks hier gewesen. Erneut fanden sie Spuren von seinem Jeep und von seinen Gummistiefeln. Und etwas weiter entfernt entdeckten sie eine Stelle, wo Wade Hicks dem Wolf eine Schnappfalle gestellt hatte. Als Köder hatte Hicks ein totes, halb verwestes Kaninchen verwendet. Die Falle, die Hicks wahrscheinlich mit einer dünnen Erdschicht und Blättern getarnt hatte, lag offen da. Die Eisenbügel hatten den Leib des Kaninchens beinahe in der Mitte durchgetrennt. Der stinkende Kadaver war von Bussarden zerhackt worden.

»Auf diese Art wird er diesen Einzelgänger kaum erwischen«, sagte Zanes Vater, der das mißglückte Werk des Kneipenwirts aus Buckhorn vom Sattel aus geringschätzig betrachtete.

»Hast du nicht gesagt, daß er ein erfahrener Jäger ist?« sagte Jasper spöttisch.

»Er ist ein erfahrener Jäger«, sagte Dwight Clark ernst.

Sie ritten weiter, und weiter unten im Tal hatte Wade Hicks noch eine seiner Fallen ausgelegt. Auch diese war zugeschnappt, aber zwischen den Zackenbügeln fanden sie die abgebissene Vorderpfote eines Kojoten, der sich auf diese Art wenigstens vor dem sicheren Tod bewahrt hatte und nun auf drei Beinen versuchte, am Leben zu bleiben.

Zane haßte Wade Hicks für das, was er getan hatte.

»Warum erlaubst du ihm, hier, wo unsere Rinder grasen, Fallen auszulegen?« fragte er seinen Vater. Dwight Clark wandte sich nach ihm um.

»Es sind Kojotenfallen, Zane«, sagte er. »Und Wade Hicks hat mich nicht um Erlaubnis gefragt.«

»Dann sag ihm bitte, daß wir das nicht wollen«, sagte Zane. Jasper lachte auf.

»Das hier ist freies Land«, sagte er.

Zane zog sein Pferd hart herum und ritt davon. Sein Vater und sein Bruder folgten ihm nun in einigem Abstand.

Der Bulle

Sie ritten das schmale Tal des Indian Knife Creek hinunter. Die Schatten holten sie ein. Am späten Nachmittag sahen sie den Bullen. Er hatte sich von Zane und Cheyenne aufschrekken lassen. Zane näherte sich ihm vom Wald her, und als er Cheyenne aus den Bäumen heraustrieb, sah ihn der Bulle, und er drehte sofort ab und trottete davon, bis hinunter zum Rand einer kleinen Senke, in der der Indian Knife Creek und der Deer Creek zusammenflossen. Dort, in den langen Schattenflecken einer Gruppe weißgoldener Birken, blieb er stehen und blickte ihnen argwöhnisch entgegen.

Dwight Clark und seine Söhne hielten die Pferde an. Sie schwiegen und beobachteten den Bullen.

»Da steht er«, sagte Dwight Clark schließlich. »Und er ist nicht bereit, sich an unseren Leinen ins Tal führen zu lassen.«

Die Clarks studierten ihn und die Beschaffenheit des Geländes um ihn herum. Der Bulle rührte sich nicht vom Fleck. Nur sein Schwanz bewegte sich hin und her und klatschte manchmal gegen seine dreckverschmierten Hinterbacken. Fliegen umtanzten ihn, blaugrün im Sonnenlicht aufleuchtend. Von seinem Maul hing ihm der Speichel wie ein Stück von einer Schnur.

Er beobachtete sie mit seinen tückischen Augen, und sie beobachteten ihn ruhig und ohne ihm zu trauen. Er stand dort, ein Koloß auf kurzen, stämmigen Beinen, lose Haut von seinem Hals herunterhängend, mit einem narbigen Streifenfell von undefinierbaren Farben und einem schiefen Brahma-Höcker über den Schultern. Tiger hätten seine Vorfahren sein können, Kamele und Wasserbüffel, aber er war aus einem mißglückten Zuchtversuch entstanden, eine Mischung von Charolais und Brahma, Hereford und Angus.

Zane streifte einen Handschuh über seine rechte Hand. Auch Jasper und seine Vater schützten ihre Wurfhand mit einem Handschuh aus weichgegerbtem Hirschleder. Sie nahmen ihre Lassos vom Sattel, legten die Schlingen aus und hielten den Rest des steifen, aufgerollten Seiles mit jener Hand fest, mit der sie die Zügel führten. Zanes Lassoschlinge hing ihm auf der rechten Seite über das Knie hinunter.

Zane und Jasper warteten darauf, daß ihr Vater etwas sagen würde. Minuten vergingen, während denen sie still in ihren Sätteln saßen. Nur die Ohren der Pferde bewegten sich aufmerksam und der Schwanz des Bullen. Zane spürte, wie jeder Muskel Cheyennes gespannt war. Das Pferd war erfahren genug, daß es genau wie sein Reiter die Gefahr spürte, die von diesem unberechenbaren Biest ausging, dem es gegenüberstand. Selbst Cody, der das Herz eines Löwen hatte und sonst nie zauderte, wenn es darum ging, seine Aufgabe zu erledigen, wagte sich dieses Mal nicht in die Nähe des Bullen.

Der Bulle begann sich von ihnen abzuwenden. Seine Bewegungen wirkten schwerfällig, aber Zane wußte, daß sich dieser Koloß von einer Sekunde auf die andere in ein rasendes Ungeheuer verwandeln konnte, geschmeidig und schnell wie eine Raubkatze. Und während sich der Bulle umdrehte, ließ er ein dumpfes, schnaufendes Geräusch vernehmen. Er wandte ihnen jetzt die andere Seite zu. Das Fell über seiner rechten Schulter zuckte unaufhörlich, dort wo eine Narbe anfing, die von der Schulter schräg nach unten über seine rechte Bauchseite verlief. Sie stammte von einer schweren Verletzung, die ihm ein jüngerer Bulle im letzten Herbst zugefügt hatte. Die Wunde war schlecht verheilt und hatte unter den Fellhaaren Narbenwülste gebildet. An einigen Stellen war das Fell überhaupt nicht mehr nachgewachsen, und es war gut zu erkennen, daß ihm sein Gegner damals mit einem gewaltigen Stoß seines spitzen Horns die ganze Seite aufgerissen hatte, von der Schulter bis zur Flanke.

»Es gibt zwei Möglichkeiten, ihn zu fangen«, meldete sich Dwight Clark plötzlich mit ruhiger Stimme zu Wort. »Entweder er läßt uns an sich herankommen, und wir nehmen ihn an die Leinen, oder wir treiben ihn sanft und sachte vor uns her ins Tal, bis er sich unter den Kühen und Kälbern sicher glaubt.«

»Unter den Kühen und Kälbern könnte ein Chaos ausbrechen«, wandte Zane ein. »Er hat sich umgedreht, weil ihm als Fluchtweg nur der Hang offen bleibt. Aber der ist zu steil, und das weiß er.«

»Der nimmt auch den Hang, Zane. Schau ihm in die Augen. Er ist ein wahrer Teufel.«

»Vielleicht bleibt er stehen.«

»Der bleibt niemals stehen«, sagte Jasper.

Zane hob die Schultern. Er blickte seinen Vater an, und sein Vater lächelte. »Okay«, sagte er. »Okay, Zane!«

Zane zog Cheyenne herum und trieb ihn sachte voran. Sie näherten sich nun dem Bullen von drei Seiten, und Zane spürte, wie Cheyenne unter ihm noch aufmerksamer wurde. Sein Instinkt verriet dem Pferd, daß dieser Bulle niemals bereit war, seine Freiheit kampflos aufzugeben. Nicht umsonst war er ein Außenseiter, der sich keinem anderen Bullen unterordnen konnte. Er lebte sein Leben allein, und wenn er in eine Herde eindrang, um sich mit einem anderen Bullen zu messen, dann tat er dies nur aus einem urwüchsigen und wilden Trieb heraus, den zu unterdrücken er nicht imstande war. So hatte er im letzten Herbst jenen Bullen getötet, der ihm die Seite aufgerissen hatte.

Jetzt war er selbst dran, und er wußte es. Er sah es den Pferden an und den Reitern. Sein mächtiger Kopf bewegte sich von einer Seite zur anderen. Er streifte Cody mit einem Blick und ahnte, daß ihm von ihm keine Gefahr drohte. Er schwang den Kopf zurück, so daß er Zane und Cheyenne im Auge behalten konnte. Zane warf einen Blick zu Jasper hinüber. Jasper war bereit. Auch sein Vater war bereit. Jasper trieb Tex jäh an. Er ritt in einem Abstand von etwa zehn Schritten zu dem Bullen auf. Dieser warf sich plötzlich herum, schnaufte Jasper und Tex entgegen. Zane, der auf diesen Augenblick gewartet hatte, gab Cheyenne die Sporen. Das Pferd sprang mit einem kurzen Satz an, galoppierte von schräg hinten an den Bullen heran. Der Hufschlag schreckte den Bullen auf. Er drehte sich, um dem vemeintlichen Angreifer zu begegnen. In dieser Sekunde ließ Zanes Vater sein Lasso fliegen. Blitzschnell schoß die Schlinge durch die Luft und senkte sich über den Schädel des Bullen. Dwight Clarks Pferd drehte zur Seite ab. Das Lasso spannte sich jäh, und der Bulle wurde von der Kraft des Pferdes halb herumgerissen. Jetzt warf Zane sein Lasso. Auch seine Schlinge legte sich dem Bullen über die Hörner und den Kopf und zog sich an seinem Hals zusammen. Der Bulle bäumte sich zwischen den straffen Seilen auf. Sein mächtiger Körper verbog sich dabei wie der einer herumschnellenden Raubkatze. Speichelfetzen wurden von seinem aufgerissenen Maul weggeschleudert. Seine Augen waren völlig verdreht, und als er mit seinen Hufen wieder am Boden aufkam, stürzte er mit gesenktem Kopf auf Zane und Cheyenne zu. Jetzt tauchte Jasper direkt hinter ihm auf, seitlich aus dem Sattel gebeugt, das Lasso in der Rechten. Die Schlinge wirbelte ein kurzes Stück auf den Bullen zu und legte sich um dessen rechtes Hinterbein. Jasper riß sein Pferd herum, wand mit einer schnellen Handbewegung das Seil um das Sattelhorn, und im nächsten Moment fiel der Bulle um, als hätte ihn ein gewaltiger Schlag von den Beinen gestoßen. Da lag er nun, zwischen den straff gespannten Seilen, und er versuchte sich zu erheben, aber es gelang ihm nicht, auf die Beine zu kommen. Das verkrüppelte Horn wühlte sich in den steinigen Boden hinein, und er wälzte sich herum, und seine freien Hufe schlugen nach den Schatten, die er durch die Staubwolken hindurch sehen konnte, als wären sie es, die ihn niedergekämpft hätten. Jetzt erst begann Cody kläffend um den Bullen herumzujagen, die Lefzen von den Zähnen gezogen. Die Pferde hielten die Lassos straff, drängten zurück, die Ohren aufgerichtet und

den Bullen beobachtend, während sie auf jeden Schenkeldruck ihrer Reiter reagierten. Alle ihre Bewegungen waren
von scharfen Instinkten geleitet, von tausend harten Trai-
ningsstunden und von ihrer Erfahrung. Sie ahnten, daß die
Gefahr noch lange nicht vorbei und die Arbeit noch lange
nicht getan war. Jetzt warteten sie darauf, daß dem Bullen
die Kräfte ausgehen würden, mit denen er sich zu befreien
versuchte.

Sie brachten den Bullen an ihren Lassos zu Tal, und er
machte ihnen mehr zu schaffen, als sie geglaubt hatten.
Immer wieder versuchte er, die Pferde und Reiter bei einer
Unaufmerksamkeit zu erwischen. Sie mußten die ganze Zeit
auf der Hut sein. Jeden noch so kleinen Fehler hätte dieser
zornige alte Kämpfer zu seinem Vorteil ausgenutzt. Der
Fehltritt eines Pferdes, durch den eines der Lassos für einige
Sekunden gelockert worden wäre, hätte ihn zu einem blitzschnell ausgeführten Angriff verleitet. Er lauerte nur darauf,
daß irgend etwas passierte, was die Aufmerksamkeit der
Reiter und der Pferde von ihm und ihrer Aufgabe abgelenkt
hätte. Als sie das Birch Creek Reservoir erreichten, waren die
Pferde vor Anstrengung naßgeschwitzt. Besonders Tex
schien nicht sehr gut mit der Anspannung fertig zu werden.
Sein Fell war auf der Brust und am Hals mit Schaum bedeckt,
und Jasper mußte ihn immer wieder zur Ruhe bringen, indem
er lobend auf ihn einredete. Am Hang, der zum Sattel hochführte, auf dessen anderer Seite sich die alte Weidehütte
befand und wo sie den Pickup und den Viehanhänger zurückgelassen hatten, schien sich der Bulle endlich seinem
Schicksal ergeben zu haben. Lammfromm trottete er an den
Lassos den Pfad hoch. Als sie den Sattel erreichten, war die
Sonne hinter den Rocky Mountains untergegangen. Fast drei
Stunden lang hatten sie dazu gebraucht, den Bullen hierher-
zubringen. Tex war am Ende seiner Kräfte. Als sich Jasper
aus dem Sattel schwang, um die Hecktüren des Viehanhän-

gers aufzumachen, taumelte Tex ein paar Schritte. Der Bulle merkte, daß der Zug an dem einen Lasso nachließ, und Zanes Warnruf kam zu spät. Der Bulle warf sich herum, und bevor Tex dazu kam, das Lasso durch ein paar schnelle Rückwärtsschritte wieder anzuziehen und straff zu halten, jagte der Bulle mit gesenktem Kopf auf Dwight Clark zu, der ihm näher war als Zane und Cheyenne. Jasper, der sich schon abgewendet hatte, fuhr herum und fiel Tex in die Zügel. Aber die Wucht, mit der der Bulle das Lasso jäh straffzog, riß Tex von den Beinen. Er stürzte schwer, und noch bevor er auf dem steinigen Boden aufschlug, riß der Sattelgurt. Befreit vom Zug, der ihn hätte zurückhalten können, schnellte der Bulle voran. Dwight Clark versuchte sein Pferd herumzureißen, um dem plötzlichen Angriff zu entgehen, aber die Hinterbeine des Falben verhedderten sich im losen Seil. Das Pferd brach auf der Hinterhand ein. Es sah aus, als wollte es sich hinsetzen, aber im nächsten Moment rammte ihm der Bulle sein stumpfes Horn von der Seite her in die Weiche. Der Falbe schrie vor Schmerzen auf, als das Horn tief in seinen Körper eindrang. Mit gewaltigen Kopfstößen brachte der Bulle das Pferd zu Fall. Zane sah, wie sich sein Vater aus dem Sattel werfen wollte, aber sein rechter Fuß blieb im Steigbügel hängen. Der Bulle stampfte über das auskeilende Pferd hinweg, trampelte Dwight Clark nieder und drehte sich blitzschnell Zane und Cheyenne zu, die ihm in den Fluchtweg geraten waren. Zane sah ein, daß er allein den Bullen nicht aufhalten konnte. Er gab Cheyenne die Sporen, und das Pferd reagierte sofort. Es wich dem Bullen geschickt aus und jagte, sobald er vorbei war, sofort hinter ihm her. Für einige Sekunden lockerte sich das Lasso, so daß Zane es vom Sattelhorn lösen konnte. Der Bulle war frei. Er donnerte den Pfad hoch, Dreckklumpen und Steine von seinen Hufen schleudernd, und jagte über den Sattel hinweg.

Zane parierte Cheyenne. Auf dem Platz, wo der Pickup und der Viehanhänger standen, lag der Falbe seines Vaters am Boden. Vergeblich versuchte er, auf die Beine zu kommen. Tex stand unten am Rand der Viehtränke und rollte verstört die Augen. Jasper half seinem Vater auf die Beine. Blut lief ihm von einer Platzwunde an der Stirn über das Gesicht. Außerdem schien etwas mit seiner Schulter nicht in Ordnung zu sein. Sein linker Arm hing verdreht an seiner Seite herunter. Er ging zu seinem Falben, und er nahm die Zügel auf und befahl dem Pferd aufzustehen. Das Pferd erhob sich, aber es stand auf drei Beinen, das rechte Vorderbein angewinkelt, so daß der Huf den Boden nicht berührte. Dwight Clark untersuchte das Bein. Zane kam zum Platz geritten. Er zügelte Cheyenne neben dem Pickup. Cheyenne tänzelte unruhig. Dwight Clark hob den Kopf.

»Seine Fessel ist gebrochen«, sagte er mit rauher Stimme. Er blickte zu Zane auf, und ein merkwürdig harter Ausdruck zeichnete sein blutverschmiertes Gesicht. »Mein Arm taugt nichts, Zane«, sagte er, und Zane wußte, was er zu tun hatte. Er schwang sich vom Sattel, machte Cheyenne am Viehanhänger fest und zog sein Winchestergewehr aus dem Sattelschuh. Jasper nahm dem Falben den Sattel und das Zaumzeug ab. Zane ging bis auf zwei Schritte an das verletzte Pferd heran, hob das Gewehr, zielte kurz und schoß. Der Falbe brach auf der Stelle zusammen.

Zane und Jasper schleiften mit Hilfe ihrer Pferde das tote Pferd an den Lassos zum Waldrand hinüber und ließen es dort liegen. In wenigen Tagen würden vom Kadaver nur noch die Gebeine übrig geblieben sein.

Es wurde dunkel, als sich Jasper und sein Vater auf den Rückweg machten. Jasper fuhr den Pickup. Sein Vater hatte das Schlüsselbein gebrochen und den Arm ausgekegelt. Er konnte sich vor Schmerzen kaum mehr bewegen und mußte dringend zum Arzt nach Buckhorn gefahren werden. Zane blieb allein auf dem Sattel zurück. Er sah den Lichtern des Pickups nach, bis sie im Einschnitt des Spotted Horse

Canyon verschwunden waren. Dann nahm er Cheyenne den Sattel und das Zaumzeug ab, legte ihm das Stallhalfter an und hobbelte ihn, so daß er sich die Nacht hindurch nahezu frei bewegen und grasen, jedoch nicht davonlaufen konnte.

Es war dunkel, als Zane im Kanonenofen der Weidehütte ein Feuer entfachte. Er öffnete eine Büchse Ravioli und eine Büchse Thunfisch und eine Dose Seven Up, und nachdem er gegessen hatte, verließ er die Hütte und setzte sich auf die Holzbank, die neben der Tür stand. Die Luft war klar und eisig kalt, über den Hügeln und den Bergen lag das Licht der Sterne und des Mondes. Am Rand der Tränke stand Cheyenne und fraß Gras, und er blickte währenddessen herüber, und er machte kleine Schritte mit seinen gehobbelten Vorderbeinen und rupfte das abgefressene Gras von der Böschung am Rand der Tränke.

Für Zane war der Platz hier oben der schönste auf der Welt, aber er wußte auch, daß es viele solcher Plätze gab und daß jeder Mensch in seinen Träumen und in seinem Herzen einen Platz wie diesen entdeckt hatte, wo er sich zu Hause fühlte. Für Zane war das dieser Platz, und er konnte eigentlich nicht sagen, warum dies so war. Vielleicht hatte es etwas mit dem Herzen zu tun, das vor vielen Jahren in den Türbalken der Hütte geschnitzt worden war, lange, bevor er selbst das erste Mal hierhergekommen war. Vielleicht lag es an der Stille, in der er nicht lange zu suchen brauchte, um sich selbst zu finden. Geborgen fühlte er sich in ihr, umgeben von den Hügeln und den Bergen und dem Himmel über ihm. Er wünschte sich, Marion Galloway wäre in dieser Nacht bei ihm gewesen, ohne ihren dämlichen Bruder, aber er hatte sie seit der Promotion und dem anschließenden Ball nicht mehr gesehen. Sie hatte ihm gesagt, daß sie nach Portland an die Uni gehen würde und daß es deshalb wenig Sinn hätte, wenn sie sich weiterhin sahen. Außerdem hatte sie beim Promotionsball nur mit Ray Forbes getanzt, und der hatte einen Onkel irgendwo an der Küste in der Nähe von Portland, und deshalb würde auch Ray Forbes die nächsten Jahre dort zur Uni gehen und nicht hier in Montana.

Zane war mit seinen Gedanken bei Marion, als er das Scheinwerferlicht sah, das aus dem Einschnitt des Spotted Horse Canyon an den Felswänden hochkroch. Zane konnte sich nicht denken, wer zu dieser Stunde noch hier draußen unterwegs war. Ganz leise und vom Wind verweht vernahm er nun Motorengeräusch. Das Scheinwerferlicht wanderte an den Felsen herunter und floß auf das Roundup-Plateau hinaus. Wenig später tauchte im Einschnitt des Canyon ein Fahrzeug auf, das sich auf der holprigen Straße durch die Schlaglöcher quälte. Zane beobachtete die Scheinwerfer, die der Straße zum Sammelkorral folgten. Das Fahrzeug, bei dem es sich, dem Motorengeräusch nach, um einen Jeep handelte, fuhr am Korral entlang und an der Tränke, und dann verschwanden die Lichter hinter einem langezogenen Waldgürtel. Später tauchten sie weiter oben wieder auf, und Zane wußte jetzt, daß der Jeep auf der Straße fuhr, die zum Sattel hochführte. Er ging in die Hütte, legte sich aufs Bett und nahm den »Virginian« zur Hand. Er blätterte in den Seiten, begann schließlich mittendrin zu lesen, ohne sich jedoch auf das, was er las, zu konzentrieren. Er wartete darauf, daß der Jeep am Ende der Straße anlangte. Fast eine halbe Stunde verging, bis das Scheinwerferlicht die Hütte erfaßte und für einen Moment über das eine Fenster neben der Tür glitt. Im Motorengeräusch vernahm Zane nun Männerstimmen. Der Jeep hielt auf dem Platz. Der Motor ging aus, nicht jedoch die Scheinwerfer. Zane hörte jemand rauh auflachen. Eine der Jeeptüren wurde zugeschlagen.

»Zane!«

Zane kannte diese Stimme. Sie gehörte Bill, einem der beiden Grimball-Brüder. Zane reagierte nicht. Er hörte Cheyenne schnauben. Verhaltene Stimmen. Dann Schritte, die sich der Hütte näherten. Vor der Tür verstummten sie.

»Zane, ich bin's. Bill Grimball. Wir waren bei euch unten

auf der Ranch. Dein Vater hat uns gesagt, daß du die Nacht hier oben verbringst.«

Zane legte das Buch weg. »Was wollt ihr?«

»Wir machen Jagd auf den Wolf«, kam die Antwort ohne Zögern.

»Der Wolf ist nicht hier.«

»Das wissen wir. Wir dachten nur, daß wir hier die Nacht verbringen.«

»Daran kann ich euch wohl nicht hindern«, entgegnete Zane dem Mann, der draußen vor der Tür stand. Er hörte ihn leise reden. Wieder lachte jemand.

»He, können wir reinkommen oder nicht?« fragte eine Stimme, die Wade Hicks gehörte.

»Meinetwegen«, sagte Zane.

Die Tür ging auf, und fünf Männer traten ein und füllten die kleine Hütte. Zane lag noch immer auf dem Bett. Er hatte die Hände hinter dem Kopf verschränkt und blickte die Männer an, von denen der letzte die Tür hinter sich zugemacht hatte. Zwei von ihnen kannte er. Bill Grimball, dem die Nachbarranch gehörte, und Wade Hicks, der Besitzer des Buckhorn Saloon. Die anderen drei waren Zane nicht bekannt, aber wahrscheinlich handelte es sich um Freunde von Wade Hicks.

Hicks trug eine dicke Lammfelljacke, die jedoch nicht lang genug war, den Coltrevolver zu verbergen, der in einem Futteral an seiner rechten Hüfte steckte. Er nahm eine Flasche Budweiser aus der Jackentasche und hielt sie Zane entgegen. »Hier, wir haben genug davon dabei«, sagte er. »Oder trinkst du etwa nur dieses Zeug dort?« Hicks zeigte auf die Seven-Up-Dose, die auf dem Tisch stand.

»Ich mag kein Bier«, sagte Zane.

»Schnaps?« fragte Hicks mit schiefgeneigtem Kopf.

»Kein Alkohol«, sagte Zane.

»Ein braver Junge«, lachte der, der die Tür zugemacht hatte, und er prostete Zane mit einer Bierflasche zu.

»Dein Vater sagte uns, daß ihr im Tal des Flathead auf Wolfsspuren gestoßen seid«, sagte Bill Grimball.

»Und auf Schnappfallen«, sagte Zane.

»Die habe ich ausgelegt«, sagte Wade Hicks. »Das stört dich doch nicht, oder?«

Zane gab ihm keine Antwort. Die Männer sahen sich in der Hütte um. »Marion Galloway war mit dir hier oben, nicht wahr?« sagte Grimball.

»Ja. Zusammen mit ihrem Bruder.«

»Ein richtiges Liebesnest ist das«, sagte ein klotzig aussehender Mann, der eine Baseballmütze trug und einen dunkelgrünen modischen Parka. »Macht es dir etwas aus, wenn wir die Nacht hier verbringen, Junge?«

»In dieser Hütte ist nicht Platz für alle«, sagte Zane bestimmt.

»Wir haben zwei Zelte dabei«, sagte Wade Hicks. »Wir können auch bis zum Reservoir hinunterfahren, wenn du allein hier oben sein willst.«

»Warum sollte er allein hier oben bleiben wollen«, fragte ein hagerer Mann, der einen kurz getrimmten Kinnbart hatte und dunkle, mißtrauische Augen.

»Er ist ein Einzelgänger«, erklärte Wade Hicks. »Das stimmt doch, Zane? Du bist ein Einzelgänger. Wie dieser Wolf.«

»Was glaubst du, wo dieser Wolf herkommt?« fragte Bill Grimball. »Aus dem Reservat?«

»Keine Ahnung«, antwortete ihm Zane.

»Nun, sag es uns lieber, wenn du nicht willst, daß wir hier oben die Nacht verbringen.«

»Es ist nicht mein Land.«

»Stimmt.« Wade Hicks grinste. »Dein Land ist das Reservat.«

Zane setzte sich auf. »Wenn ihr draußen Zelte aufstellt, dann bitte nicht dort, wo mein Pferd weidet.«

»Was hast du vor, Junge?« fragte Bill Grimball. »Dein

Vater sagte uns, daß es mit dem Bullen nicht geklappt hat. Es gibt keinen Grund für dich, hier oben zu bleiben.«

»Ich will mich hier oben umsehen. In zwei Wochen fangen wir mit dem Auftrieb an.«

»Und der Wolf?«

»Was ist mit dem Wolf?«

»Der interessiert dich nicht?«

Jetzt lächelte Zane. »Doch. Der interessiert mich schon.«

»Der gehört uns, Junge!« sagte Wade Hicks. »Ich habe deinem Vater gesagt, daß wir ein paar Tage hier oben bleiben.«

»Der Wolf stellt eine Gefahr für unsere Schafe dar«, sagte Bill Grimball.

»Wir hoffen, daß wir ihn noch vor dem Wochenende erwischen. Bevor es hier oben von Leuten wimmelt, die keine Ahnung von Tuten und Blasen haben.« Wade Hicks trank von seiner Flasche und wischte sich anschließend mit dem Handrücken über den Mund. »Also, wir lagern draußen, Junge. Falls du es dir doch noch anders überlegst, wir haben eine ganze Kühltruhe voll Bier.«

Sie gingen hinaus, und Zane hörte sie draußen lachen und reden. Später ging ein Transistorradio an, und sie saßen an einem kleinen Lagerfeuer und hörten der Übertragung eines Baseballspieles zu. Zane konnte nicht einschlafen. Er hörte sie bis weit in die Nacht hinein lärmen. Irgendwann war das Spiel zu Ende, aber es kehrte noch keine Ruhe ein. Erst lange nach Mitternacht schlief Zane schließlich ein. Es war jetzt still draußen. Nur Cheyennes Hufe machten Geräusche, wenn er sich bewegte. Und irgendwann fingen ganz in der Nähe Kojoten zu heulen an, angelockt vom Geruch des Pferdekadavers. Das Geheul weckte Zane auf. Er warf einen Blick auf seine Armbanduhr. Es war drei Uhr morgens. Dem Geheul nach waren es ein halbes Dutzend oder mehr Kojoten, die sich um den Kadaver stritten.

Die Jäger

Mehrere Tage lang durchstreiften Wade Hicks und seine Gefährten die Täler des Birch Creek und des Flathead River, ohne daß sie den Wolf zu Gesicht bekamen. Am Abend errichteten sie ihr Lager, und sie tranken Bier und Schnaps, und Wade Hicks erzählte den anderen, wie er damals den letzten Grizzly geschossen hatte, und er erzählte ihnen von einem Jagdausflug in Afrika und von Alaska, wo er einen Kodiak erlegt und jede Menge Lachse gefangen hatte. »Ich war schon überall«, prahlte er, »sogar in Sibirien, aber das hier, das ist mein Land.«

»Gottes Land«, lachte Bill Grimball und hieb Morton Parker mit der Hand auf die Schulter, als wären er, der Schafrancher, und der Mann aus Hollywood schon seit Jahren dicke Freunde. »Du wirst es nicht bereuen, daß du davon ein ganz schönes Stück erstanden hast.«

»Daß ich und meine Partner dies nicht bereuen werden, dafür werde ich schon sorgen«, gab ihm Morton Parker zurück, der Mann mit dem eleganten Parka, der modischen Jägerkappe und den wasserdichten Timberland-Schuhen, in denen er sich schon am ersten Tag ein paar zünftige Blasen geholt hatte, zurück.

Sie tranken, und sie redeten, und sie lachten über die Kneipenwitze, die ihnen Wade Hicks erzählte, und sie hörten nebenbei einem Baseballspiel zu und einer Übertragung von einem Boxkampf im Schwergewicht, der in Las Vegas stattfand, und sie erzählten von Frauen, die sie gekannt hatten, und von solchen, die sie gerne kennengelernt hätten, und Morton Parker erklärte ihnen, warum es in Hollywood unter den Stars zur Zeit schick war, in Montana Landstücke aufzukaufen und sich darauf eine kleine Ranch zu bauen, mit allem Drum und Dran, Pferden und Kühen und einem Aufseher, der die Viecher versorgte, die Ställe ausmistete und den Stars das Pferd sattelte, wenn sie mal über ein langes Weekend herkamen und zu ihren Wurzeln zurückfinden wollten. Aber nicht nur Filmschauspielern wollte er sein Land stückweise weiterverkaufen, auch Sportsgrößen wie irgendwelchen Basketballspielern, die alle über viel Geld verfügten, aber Lester Couch meinte, daß es eine Sache sei, hier draußen im Land Gottes einem Filmstar zu begegnen, und eine völlig andere, wenn da plötzlich ein Scheißnigger auf einem Pferd durch die Gegend reiten würde.

»Shaquille O'Neal, zum Beispiel«, lachte Wade Hicks.

»Der soll besser dort bleiben, wo er herkommt«, ereiferte sich Lester Couch. »Ehrlich, womit verdient sich denn dieser Nigger die ganze Kohle? 'nen Ball in 'nen Korb werfen. Das ist alles. Und dafür kriegt er Millionen.«

»Millionen kriegt er für seine Werbeverträge, Lester, und nicht nur dafür, daß er Körbe macht.«

»Wenn er keine Körbe machen würde, bekäm' er auch keine Werbeverträge«, beharrte Lester Couch. »Oder glaubst du, daß Kellogs ihn die Müslis verkaufen lassen würde, wenn er ein ganz gewöhnlicher Nigger wäre?«

»Nein. Natürlich nicht.«

»Also.«

»Was soll dieses Also?« schnappte Wade Hicks kopfschüttelnd. »Er ist eben kein gewöhnlicher Nigger, Lester, sonst würde er irgendwo an 'ner verdammten Tankstelle arbeiten.«

»Oder er wäre im Knast«, sagte Quinn Bates. »Achtzig Prozent aller Knastbrüder sind Nigger.«

»Wer sagt das?« Wade Hicks warf die leere Bierflasche hinter sich und nahm eine neue aus der Kühltruhe.

»Das ist eine aktuelle Statistik«, erklärte der Deputy wichtigtuerisch. »Das ist im Polizeibulletin nachzulesen.«

»Scheiß auf die Statistiken«, sagte Wade Hicks. »Auf jeden Fall würde ich mich nicht darüber aufregen, wenn sich Michael Jordan hier eine Ranch bauen würde, mit Golfplatz natürlich.«

»Möglich, daß sich Gene Hackman hier eine Ranch baut«, sagte Morton Parker einlenkend.

»Gene Hackman?« Lester Couch hob seine Bierflasche und prostete Parker zu. »Gene Hackman, den mag ich. Der hat noch nie 'nen schlechten Film gemacht. Das ist ein absolut phänomenaler Schauspieler.«

»Es kann gut sein, daß er hier eine von den Parzellen kauft«, sagte Morton Parker. »Ich kenne ihn persönlich.«

»Schon in ›Bonnie and Clyde‹ war er phänomenal«, sagte Lester Couch. »Schon vor mehr als zwanzig Jahren! Das muß man sich einmal überlegen ...«

»Grundsätzlich ist mir scheißegal, wer hierherkommt«, sagte Wade Hicks und warf seine leere Bierflasche hinter sich. »Hauptsache ist, daß sich hier mal was ändert. Überall auf der Welt passiert was. Nur hier ist noch alles so wie vor hundert Jahren. Es ist ein Wunder, daß die Rothäute keine Postkutschen mehr überfallen.«

So quasselten sie miteinander, wenn sie am Abend am Feuer beisammen saßen, und sie tranken Bier und Whiskey, und am Morgen brachen sie jeweils früh auf und fuhren mit dem Jeep durch die Täler, auf der Suche nach dem Wolf. Am dritten Tag, gegen Mittag, begegneten sie Zane Clark, der aus einem Seitental in das Tal des Birch Creek geritten kam, und sie hielten an und fragten ihn, ob er dem Wolf begegnet sei.

Zane sagte, daß er nicht hinter dem Wolf her sei, und Lester Couch fragte ihn, was er als halbe Rothaut davon hielte, wenn sich hier in der Gegend ein Nigger eine Ranch bauen würde. Zane sagte ihm, daß er ihm auf diese Frage keine Antwort geben könne, weil er darüber noch nie nachgedacht hätte. Das war zwar nicht gelogen, aber tatsächlich hatte er einfach keine Lust, mit Lester Couch über irgendwelche Dinge zu diskutieren, die ihn nichts angingen. Bill Grimball sagte ihm, daß sie der Fährte des Wolfs am gestrigen Abend bis zum Little Creek gefolgt wären. Dort hätten jedoch zu viele Rinder den Boden durchgeackert, und sie hätten die Fährte wegen der anderen Spuren verloren und am Morgen nicht wieder auffinden können.

»Wir haben dort ein halbes Dutzend Fallen ausgelegt«, sagte Wade Hicks. »Eigentlich dachte ich, daß wir in den ersten beiden Tagen auf ihn stoßen und daß Mr. Parker wenigstens einen Schuß anbringen kann, aber dem war leider nicht so.«

»Leider«, sagte Morton Parker, diese Tatsache bedauernd. »Leider scheint es sich bei dem Wolf um ein besonders schlaues Tier zu handeln.«

»Jetzt wird uns die Zeit knapp«, sagte Wade Hicks. »Entweder erwischen wir ihn mit einer der Fallen, oder er läuft übers Wochenende zufällig der Kugel eines Sonntagsschützen in den Weg.«

»Laß uns wissen, falls du irgendwo auf eine frische Fährte stößt, Junge«, sagte Morton Parker. »Oder auf den Wolf. Ich habe schon einiges geschossen, nur noch nie einen Wolf. Hundert Dollar wär' mir sein Pelz als Trophäe schon wert.«

Zane sagte, daß er das Birch-Creek-Tal hochreiten wolle, weil er dort oben mehrere Kühe und Kälber vermutete. Er zog Cheyenne herum und ritt davon.

»Ein höchst außergewöhnlicher Junge, dieser Zane Clark«, sagte Morton Parker, als Zane außer Hörweite war.

»Ein Halbblut«, sagte Bill Grimball. »Sein Vater war ein Schwarzfuß, der in Vietnam gefallen ist.«

»Ein Piegan«, verbesserte ihn Quinn Bates. »Die Piegan sind einer der drei Unterstämme, die die Nation der Schwarzfuß bilden.«

»Die einen sind wie die anderen«, sagte Lester Couch. »Rothäute sind sie alle.«

»Und sein Vater?« fragte Morton Parker.

»Clark? Der ist nicht sein Vater. Seine Mutter ist seine Mutter, aber sein Vater war dieser Piegan oder Schwarzfuß. Ich kann mich noch gut an ihn erinnern. Drei waren es. Sie gehörten zusammen wie Pech und Schwefel. Dwight Clark, Jimmy Hand und Kelso Rivers. Kelso war der wildeste von ihnen, und als er aus dem Krieg zurückkehrte, hatte er eine Macke weg. Niemand weiß, was dort drüben im Dschungel von Vietnam passiert ist, aber man sagt, daß Dwight Clark und Kelso Rivers dabei waren, als Jimmy starb. Und man sagt, daß es ein Hinterhalt war, aus dem nur zwei des Trupps mit dem Leben davonkamen.«

»Faszinierende Geschichte«, sagte Morton Parker. »Ich kenne Leute in Hollywood, die für so was viel Geld bezahlen.«

»Keiner redet darüber. Clark nicht und Kelso Rivers schon gar nicht. Der lebt irgendwo im Reservat, falls er überhaupt noch lebt.«

»Und der Junge? Weiß er denn, was damals geschehen ist?«

»Aus dem Jungen kriegt niemand was raus, selbst wenn er wüßte, was damals passierte.«

»Für eine solche Geschichte könnte er eine Million kriegen«, sagte Morton Parker.

Bill Grimball lachte auf. »Nicht einmal für eine Million kriegst du aus dem etwas raus, was er nicht preisgeben will.«

»Wer weiß, ob er überhaupt was weiß«, sagte Quinn Bates. »Kann gut sein, daß der nichts weiß. Aber ich könnte ja mal die Polizeiakten von damals durchsehen. Soviel ich weiß, war dieser Kelso Rivers eine Rothaut der ganz üblen Sorte.«

»Man müßte mal versuchen, den Jungen zum Reden zu bringen«, sagte Morton Parker.

»Und wie stellen Sie sich das vor?« wollte Wade Hicks spöttisch wissen.

»Indem man ihm ein paar Dollarscheine anbietet.«

»Geld? Wenn es hier einen gibt, der mit Geld nicht zu kaufen ist, dann ist das Zane Clark.«

»In so einer Geschichte ist wirklich ein Vermögen drin«, sagte Morton Parker.

»Er war noch nicht mal auf der Welt, als es passierte«, wandte Quinn Bates ein. Wade Hicks drehte den Zündschlüssel und legte den ersten Gang ein. Sie fuhren langsam ein schmales Tal hoch, und sie suchten beide Talhänge nach dem Wolf ab. Am Abend lagerten sie in einem Wald. Am Morgen wollten sie ihre Fallenlinie im Tal des Little Creek abfahren.

Am Freitag brachte Dwight Clark eine Ladung Proviant und Frischwasser zur Weidehütte hoch. Zwei Cowboys der Rocking-K-Ranch begleiteten ihn. Zane kannte sie beide. Sie hatten auch schon für die Clark Ranch gearbeitet. Der eine war ein kleiner drahtiger Junge aus Colorado, der Bucky Steele hieß, und der andere war ein Mexikaner, der Tomo genannt wurde.

Dwight Clark trug eine Achterschlinge um beide Schultern, damit sein Schlüsselbein zusammenwachsen konnte. Er fragte Zane sofort nach dem Wolf, und Zane erzählte ihm, daß Wade Hicks und seine Gefährten vergeblich nach dem Wolf gesucht hatten und daß sie im Tal des Little Creek eine Reihe von Schnappfallen ausgelegt hatten.

»Es un lobo muy inteligente«, sagte Tomo und zeigte Zane seine tabakgebräunten Zähne. »Hast du den Wolf gesehen?«

»Nein. Aber ich habe auch nicht nach ihm gesucht.«

»Por qué no? Er kann großes Unheil anrichten, wenn man ihn nicht erwischt.«

»Sicher ist nur, daß er bis jetzt ein einziges Schaf gerissen hat. Es gibt genug Wild hier oben, damit er sich nicht an unseren Kälbern vergreifen muß.«

»Vielleicht nicht die Kälber«, sagte Bucky Steele, während er sich einhändig eine Zigarette drehte. »Aber was ist mit den Schafen?«

»Das ist Sache der Grimball-Brüder«, antwortete ihm Zane. »Uns geht das nichts an.«

Sie redeten nicht mehr über den Wolf. Während Dwight

Clark in der Hütte auf dem Sattel auf sie wartete, ritten sie zum Reservoir hinunter. Zane führte sie in eines der Seitentäler, in dem sich der Bulle aufhielt. Sie fanden ihn in einer kleinen Senke. Er lag im Gras, als sie auftauchten. Schwerfällig erhob er sich und trottete davon, talaufwärts. Sie folgten ihm, die Lassos bereit. Tomo überholte den Bullen am Hang. Er war ein erfahrener Vaquero, der an der Grenze von Arizona und Mexiko aufgewachsen war. Er schnitt dem Bullen den Weg ab und hielt ihn in Schach, bis Zane und Bucky Steele von hinten an ihn herankamen. Sie warfen nacheinander ihre Lassoschlingen aus, und als der Bulle zur Flucht ansetzte, wurde er von den Lassos herumgerissen, und Tomo warf ihm die Schlinge von schräg hinten um beide Hinterbeine. Der Bulle stürzte, als wäre er mit der Axt gefällt worden. Sie schleiften ihn zum nächsten Baum, einer vom Blitz verkrüppelten Kiefer. Der Bulle versuchte mit allen Tricks, sich zu befreien, aber dieses Mal gaben sie ihm keine Chance. Sie banden ihn mit Stricken am Stamm der Kiefer fest, und zwar so, daß er mit seinem Schädel zum Baum hin stand und mit den Hörnern die Rinde berührte. Sie fesselten ihm die Vorderbeine, nicht jedoch die Hinterbeine, damit er sich notfalls gegen die Attacken von Kojoten zur Wehr setzen konnte. Daß der Wolf sich dazu verleiten lassen würde, den Bullen anzugreifen, war unwahrscheinlich. Drei Tage lang wollten sie den Bullen ohne Futter und ohne die Möglichkeit, sich hinzulegen, am Baum stehen lassen. Danach würde ihm, so hofften sie, die Energie fehlen, sich noch einmal aufzuraffen und gegen sein Schicksal anzukämpfen.

Zane und die beiden Cowboys machten sich auf den Rückweg. In der Nähe des Reservoirs trafen sie auf Wade Hicks und seine Gefährten. Sie kamen vom Tal des Little Creek her. Dort hatte Morton Parker eine Gabelantilope geschossen, obwohl die Jagd auf Gabelantilopen noch nicht freigegeben war. Das Tier, ein stattlicher Bock, war vorne an der Stoßstange des Jeeps festgebunden.

»Der Bock wird mein Hollywoodbüro zieren«, sagte Morton Parker stolz. »Ich wollte ja eigentlich lieber den Wolf, aber morgen früh fliege ich nach Kalifornien zurück.«

»Ein Prachtexemplar ist das«, sagte Bucky Steele.

Morton Parker fragte Zane, ob er mit ihm ein Wort unter vier Augen reden könne. Zane hob die Schultern. Er hatte keine Ahnung, worüber Parker mit ihm reden wollte. Parker entfernte sich ein Stück von den anderen. Zane folgte, stieg ab und übergab Bucky die Zügel seines Pferdes.

»Mr. Grimball und Mr. Hicks erzählten mir eine Geschichte, Zane.«

»Was für eine Geschichte?«

»Die Geschichte von drei jungen Männern, einem Weißen und zwei Indianern, die hier aufgewachsen sind und zusammen in den Krieg gingen. Nach Vietnam.«

Zane blickte zum Waldrand hoch. Ein Adler flog dicht über die Baumwipfel hinweg und verschwand hinter ihnen.

»Wade Hicks sagte mir, daß dein Vater ein Pieganindianer war.«

»Das weiß jeder hier«, sagte Zane, ohne den Mann aus Hollywood anzusehen.

»Das stimmt. Und es weiß auch jeder hier, daß deine Mutter aus einer guten Familie stammte. Einer Familie mit Prinzipien.«

Zane gab ihm darauf keine Antwort.

»Sie war schwanger, als die drei Freunde in den Krieg zogen. Schwanger von einem der beiden Indianer aus dem Reservat.«

»Was wollen Sie von mir, Parker?«

»Ihre eigene Familie hat deine Mutter verstoßen, noch bevor sie ihr Kind gebar«, fuhr Morton Parker ungerührt fort. »Damals waren andere Zeiten. Es galten andere Maßstäbe. Regeln des Anstandes bestimmten, wie ein junges Mädchen aus einer guten Familie zu leben hatte. Deine Mutter rebellierte. Für sie waren es Vorurteile, nach denen

54

ihre Eltern über sie verfügen wollten. Sie ließ sich mit einem Indianer aus dem Reservat ein, und sie war bereit, die Konsequenzen dafür zu tragen. Selbst auf die Gefahr hin, ihrer Familie für immer den Rücken kehren zu müssen.«

Zane blickte in die Ferne, während Parker redete.

»Deine Mutter war ein mutiges junges Mädchen, Zane«, sagte der Mann aus Hollywood. »Sie liebte den Indianer, und sie stand zu ihrer Liebe. Ihrem Vater und ihrer Mutter zum Trotz! Sie verließ ihr Elternhaus und wartete auf die Rückkehr der drei Freunde. Von denen blieb jedoch einer im Krieg zurück. Jimmy Hand.«

»Mein Vater.«

»Jimmy Hand, der Gute. Der andere war ein wilder, unberechenbarer junger Kerl, der nicht wußte, was das Wort Verantwortung bedeutet.« Parker brach ab und blickte Zane an. »Wir wissen, daß Dwight Clark nicht dein Vater ist, Junge. Das ist das einzige, was wir mit Sicherheit annehmen können, nicht wahr? Aber es gibt Leute hier, die sich zu erinnern glauben, daß deine Mutter damals nichts mit Jimmy Hand hatte, sondern vielmehr mit Kelso Rivers, deinem späteren Patenonkel.«

»Was wollen Sie damit sagen? Daß nicht Jimmy Hand mein Vater ist?«

»Die Geschichte für den Film verlangt es, Zane.« Parker lächelte. »Was wirklich geschah, das weiß nur deine Mutter und vielleicht auch dein Vater. Eines steht fest, wenn der Vater des Kindes ein Indianer war, dann sollte es für die Familie deiner Mutter nicht einer sein wie Kelso Rivers, sondern ein Junge, der tot war. Nur ein toter Indianer ist ein guter Indianer! Das hat vor hundert Jahren schon einer der obersten Generäle der Vereinigten Staaten von Amerika gesagt, Zane. Und Jimmy Hand war nicht nur ein guter Indianer, er war in dieser Gegend auch ein Held.«

Sie standen sich gegenüber, und ihre Blicke kreuzten sich.

»Ich sehe Feuer in deinen Augen, Zane«, sagte Parker.

»Und ich weiß nicht, wovon Sie reden«, entgegnete Zane.
»Jimmy Hand ist mein Vater. Das ist die Wahrheit!«

»Für Hollywood ist die Wahrheit nichts anderes als ein Satz am Ende des Films, Junge. Eine Fußnote im Script, mehr nicht. Aber du siehst doch deine Lebensgeschichte als Spielfilm, nicht wahr? Ich habe Freunde in Hollywood. Berühmte Produzenten. Penn, zum Beispiel. Und Walter Hill, der ›Achtundvierzig Stunden‹ gemacht hat und ›Geronimo‹.«

»Und?«

»Da ist eine Menge Geld drin, Zane. So 'ne Geschichte könnte eine Million bringen.«

»Welche Geschichte?« Zane war nicht beeindruckt.

»Deine Familiengeschichte. Was damals geschehen ist. Hier und in Vietnam. Deine Eltern haben dir und deinen Geschwistern doch davon erzählt? Vom Hinterhalt im Dschungel, als Jimmy Hand vom Vietkong getötet wurde. Und von deinem Vater, der deine Mutter heiratete, obwohl sie ein Kind von einem Indianer erwartete.«

»Warum fragen Sie nicht meinen Vater?«

»Ich kenne deinen Vater kaum.«

»Sie kennen mich noch weniger«, antwortete ihm Zane schroff, und er drehte sich um und ließ Morton Parker im Salbeigestrüpp stehen. Zane nahm Bucky Steele die Zügel ab, schwang sich in den Sattel und ritt davon. Er hörte Tomo »Vamonos« sagen, und später ritten die beiden Cowboys zu ihm auf, und Bucky Steele fragte ihn, was denn der Hollywoodfritze von ihm gewollt hätte.

»Eine Geschichte«, sagte Zane.

»Eine Geschichte?«

»Mein Leben«, sagte Zane.

»Dein Leben?«

»Ja.«

Tomo lachte auf. »Tu vida loca«, sagte er, und sein Pferd tänzelte unter ihm.

Der Schuß

Am Wochenende befanden sich mehr als zwei Dutzend Leute aus Buckhorn und Battle Butte und aus anderen nahegelegenen Dörfern in den Hügeln. Sogar aus Great Falls kamen ganze Familien her, um die letzten schönen Herbsttage in freier Natur zu genießen.

Zane und Jasper, der am Freitagabend von der Ranch heraufgekommen war, bemühten sich, die Leute von jenem Seitental fern zu halten, in dem sie den Bullen festgebunden hatten. Am Samstag abend brannten im Tal des Birch Creek und im Tal des Flathead mehrere Lagerfeuer. Am Reservoir standen drei große Hauszelte. Kinder ruderten ein gelbes Gummiboot über den See. Rauch von verschiedenen Lagerfeuern hing blau über den Tälern, und es roch nach gebratenen Würstchen, und Hunde rannten kläffend hintereinander her, und Babys schrien. Einige Cowboys der Rocking-K-Ranch, die es vielleicht von Bucky Steele oder von Tomo gehört hatten, ritten, von der anderen Seite der kontinentalen Wasserscheide herkommend, in das Tal des Indian Knife Creek und hielten heimlich nach dem Wolf Ausschau. Sie lagerten die Nacht von Samstag auf den Sonntag weit oben unter einem Felsgrat, der sie vor dem steifen Nordwester schützte. Erst am Sonntag abend wurde es wieder still in den Tälern. Die Leute zogen ab. Niemand hatte den Wolf gesehen, aber in einer von Wade Hicks' Fallen war ein Kojote elend zu Tode gekommen. Am Montag in aller Frühe, als Zane aus der Weidehütte trat, lag Rauhreif über dem Land. Nach dem Frühstück ritten Zane und Jasper los, um den Bullen zu holen. Der Bulle war so entmutigt, daß er ihnen keine Schwierigkeiten mehr machte. Sie führten ihn an ihren Lassos aus dem Seitental und durch das Tal des Birch Creek zum Sattel hoch, wo Dwight und Anne Clark mit dem Pickup und dem Viehanhänger auf sie warteten. Sie hatten Dakota mitgebracht, da Zane in der Zeit bis zum Roundup ein zweites Sattelpferd brauchte.

Das Verladen des Bullen war noch immer nicht so einfach, wie sie geglaubt hatten. Der Koloß sträubte sich, die Anhängerrampe zu betreten. Erst als Zane ihn den elektrischen Treiberstab spüren ließ, gab er seinen Widerstand auf. Sich dem Schicksal fügend, trampelte er schließlich über die Rampe in den Anhänger hinein, und Jasper machte ihn mit den Stricken fest, so daß er sicher zu Tale gefahren werden konnte. Der Bulle sollte auf der Ranch in einem kleinen Pferch untergebracht und einige Wochen lang aufgemästet werden, bevor ihn Dwight Clark zur Viehauktion bringen wollte. Jasper bat seine Eltern, wenigstens ein paar Tage mit Zane zusammen hier oben bleiben zu dürfen, obwohl er eigentlich zur Schule hätte gehen sollen. »Dein Vater braucht beim Ausladen des Bullen wahrscheinlich Hilfe, Jasper«, sagte Anne Clark. »Außerdem glaube ich nicht, daß du die Schule vernachlässigen solltest, da du während des Roundups sowieso einige Tage versäumen wirst.«

»Zwei Tage, Mutter! Was sind schon zwei Tage?«

Anne Clark sah ihren Mann an.

»Der Bulle ist lammfromm«, sagte Jasper. »Den kann sogar Jennifer ausladen.«

»Was willst du hier oben, Jasper?« sagte Dwight Clark. »Es genügt, wenn Zane bis zum Roundup hier bleibt.«

Jasper gab nicht auf, und schließlich erlaubten ihm seine Eltern, zwei Tage bei Zane zu bleiben. Anne Clark ermahnte ihren Sohn, nicht allein in der Gegend herumzureiten und auf seinen älteren Bruder zu hören. Jasper versprach ihr, nichts auf eigene Faust zu unternehmen. Und am Mittwoch wollte er zur Ranch zurückkreiten, damit er am Donnerstag morgen wieder zur Schule gehen konnte.

Zane brachte Dakota im Korral unter und versorgte ihn, während seine Eltern mit Jasper verhandelten. Es machte ihm nichts aus, wenn Jasper zwei Tage bei ihm verbrachte.

Wenn sie allein waren, kamen sie eigentlich gut miteinander zurecht. Nur zu Hause schien Jasper hin und wieder vom Bedürfnis überwältigt zu werden, sich vor allem vor seinen Schwestern aufzuspielen.

Als ihre Eltern mit dem Pickup und dem Viehanhänger außer Sicht waren und es auf dem Sattel still geworden war, fragte Jasper seinen Bruder, ob es ihm etwas ausmachte, wenn er ihm Gesellschaft leistete.

»Nein«, antwortete Zane kurz.

»Ich dachte, wir könnten zusammen nach dem Wolf suchen«, sagte Jasper.

»Okay«, sagte Zane.

Sie verließen die Weidehütte am späten Vormittag. Zane hatte Dakota gesattelt. Cheyenne führte er an einem langen Hanfstrick mit. Jasper ritt Bonito, einen jungen Schecken, der Appaloosablut in sich hatte. Bonito war zwar von Jasper sorgfältig angeritten worden, hatte jedoch noch viel zu lernen. Beide waren mit ihren Bettrollen, der nötigsten Lagerausrüstung und mit Proviant für mehrere Tage ausgerüstet. Den ganzen Plunder hatten sie Cheyenne aufgeladen, der einen alten Packsattel trug. Cody war mit den Eltern zur Ranch zurückgefahren, da er sie auf langen Ritten nur behindert hätte.

Zu Mittag ritten sie am Südufer des Reservoirs entlang, durch die Schatten, die an den Nordhängen des Birch-Creek-Tales herunterflossen und an einigen Stellen weit in den See hinausreichten. Sie ritten an der Stelle vorbei, wo die Leute übers Wochenende campiert hatten. Reifenspuren von kleinen, dreirädrigen Geländefahrzeugen führten von diesem Platz aus das Seeufer entlang und in die Seitentäler hinein. Am Ufer des Sees lagen Babywindeln und Joghurtbecher und Flaschen, die mit Steinwürfen zerschlagen worden waren. Aus der kalten Asche eines Lagerfeuers ragte der verbeulte Kopf einer Plastikente, die in der Glut geschmort war. Wo

Zane und Jasper an diesem Morgen auch hinkamen, überall stießen sie auf Spuren und auf den Abfall jener, die übers Wochenende hiergewesen waren.

Sie ritten am frühen Nachmittag zur Black Tail Ridge hoch. Von einer Anhöhe, von der aus sie einen weiten Überblick über die Täler und die hügeligen Ausläufer nach Südwesten hin hatten, zügelten sie ihre Pferde. Sie blickten hinunter auf das Gebiet, das Morton Parker und seine Hollywood-Partner mit Häusern, Straßen, Einkaufszentren und Sportanlagen zupflastern wollten. Schon jetzt war das seit tausend Jahren unberührte Land in Parzellen aufgeteilt und lag, aus der Ferne einem Schachbrettmuster ähnlich, verwüstet unter ihnen. Neue, zum Asphaltieren bereitgemachte Straßen, zogen sich aus der Ebene über die licht bewaldeten Hügel hinweg und in die schmalen Täler hinein. Lautlos bewegten sich darauf riesige gelbe Monster auf ihren Stollenreifen und Raupen, sich mit ihren stählernen Zähnen in die Erde hineinwühlend und alles zerstörend, was ihnen in den Weg geriet. Dort unten, im goldenen Licht der Nachmittagssonne, entstand ein über mehrere Meilen ausgedehnter Golfplatz mit Klubhaus und Hallenbad.

»Willst du deswegen von hier weg?« fragte Jasper plötzlich. »Weil hier alles anders wird?«

»Nicht nur deswegen«, antwortete Zane. »Was dort unten geschieht, geschieht woanders auch.«

»Die Welt ist zu klein geworden für die vielen Menschen, sagt Friedheim.«

»Wer ist Friedheim?«

»Unser Geografielehrer. Er kommt aus New York. In den Städten ist bald kein Platz mehr für Menschen. Deshalb kommen immer mehr Leute hierher.«

»Weil es hier so schön ist«, sagte Zane grimmig. »Weil sie ihre Städte satt haben und die Natur genießen wollen. Aber sobald sie hier sind, ändern sie alles.« Zane wandte sein Pferd und ritt davon. Jasper folgte ihm. Sie redeten nicht mehr darüber. Beide hingen ihren eigenen Gedanken nach, und Zane fragte sich insgeheim, ob sein Vater verkauft hatte oder nicht. Und er dachte an sein Gespräch mit Parker, und er dachte an Kelso Rivers, der irgendwo im Reservat lebte.

Am Spätnachmittag überquerten sie die kontinentale Wasserscheide. Im Tal des Flathead River entdeckten sie eine frische Fährte, die sie für die des Wolfs hielten. Sie folgten ihr fast zwei Stunden lang, bis sie im Salbeigestrüpp einen Kojoten aufschreckten, der sich dort zur Ruhe gelegt hatte. Da sie aus der tiefen Sonne kamen, erspähte sie der Kojote erst, als sie bis auf fünfzig Schritte an ihn herangekommen waren. Er blinzelte ihnen entgegen, trottete ein Stück weit davon, blieb stehen und schaute sich noch einmal nach ihnen um, als wollte er sich vergewissern, daß ihm von ihnen wirklich keine Gefahr drohte.

»He, Kojote, weißt du vielleicht, wo der Wolf ist?« rief ihm Jasper zu.

Der Kojote gähnte und trottete davon.

»Vielleicht solltest du ihn fragen«, forderte Jasper seinen Bruder auf.

Zane lächelte. Er wußte genau, worauf Jasper anspielte und daß ihm dabei der Teufel im Nacken saß. Für die Schwarzfuß, und auch für viele andere Indianerstämme, war der Kojote ein ganz besonderes Wesen mit übernatürlichen Kräften. Die Piegan nannten ihn »Bruder Kojote«. Es gab Dutzende von überlieferten Geschichten über ihn und seine Schläue und Schlitzohrigkeit, mit denen er seinen Mitbewohnern dieser Erde begegnete. Aber er war nicht nur schlau und durchtrieben, er galt auch als ein Lehrer, der die Sprache der Menschen und der anderen Tiere beherrschte. Natürlich nicht die Sprache der Weißen, die zu erlernen Bruder Kojote weder Lust noch Laune verspürte, dafür hätte er nämlich seine Freiheit aufgeben und die Schulbank drücken müssen.

»Warum rufst du ihn nicht zurück und fragst ihn nach dem Wolf?« spöttelte Jasper.

»Er würde kaum auf mich hören, Kleiner«, antwortete Zane ihm, wohl wissend, wie sehr Jasper es haßte, wenn ihn jemand Kleiner nannte.

»Warum denn nicht?« stichelte Jasper. »Etwa weil du kein richtiger Piegan bist?«

»Nein. Nicht deswegen.«

»Weswegen denn?«

»Weil du dabei bist. Mit Bleichgesichtern will er nichts zu tun haben.«

So unterhielten sie sich manchmal, während sie über die Hügel und durch die Täler ritten, aber die meiste Zeit redeten sie nichts.

Am Abend richteten sie auf dem Hügelrücken, der das Tal des Indian Creek und das Tal des Little Creek voneinander trennte, ihr Nachtlager ein. Hier, im Windschutz einer steilen Böschung, entfachten sie ein Feuer. Es wurde schnell dunkel und kalt. Sie machten eine große Dose mit Bohnen und Speck heiß, und sie tranken Cola. Zane hatte Zigaretten dabei. Er gab eine davon Jasper. Sie saßen am Feuer und rauchten, und sie redeten über das bevorstehende Roundup und über den Bullen, der an der Viehauktion von Great Falls wahrscheinlich von den McDonald's-Leuten gekauft werden würde, damit sie ihn zu Hamburgern verarbeiten konnten.

»Glaubst du, daß der Wolf in der Gegend ist?« fragte Jasper seinen Bruder, nachdem sie eine Weile schweigend am Feuer gesessen und geraucht hatten.

»Es kann sein, daß er weitergezogen ist«, antwortete Zane.

»Weiter südwärts?«

»Ja.«

»Wir hätten vielleicht die neuen Fallen abreiten sollen, die Wade Hicks ausgelegt hat.«

»Er geht bestimmt nicht in eine Falle.«

»Warum nicht?«

»Er ist zu mißtrauisch. Zu intelligent.«

»Er ist nur ein Wolf.«

Zane schwieg.

»Kelso würde ihn auf jeden Fall erwischen«, sagte Jasper.

»Wer?«

»Onkel Kelso.«

»Onkel Kelso vielleicht.«

»Onkel Kelso war einmal einer der besten Jäger in diesem Gebiet.«

»Das ist lange her, Jasper.«

»Kannst du dich an ihn erinnern?«

Zane schüttelte den Kopf.

»Erzähl mir von ihm.«

»Da gibt es nichts zu erzählen.«

»Keiner redet über ihn. Es ist, als ob er ein Ausgestoßener wäre. Nur Mutter erwähnt ihn ab und zu, aber jeder kann sehen, daß das Vater nicht gefällt, wenn sie seinen Namen ausspricht.«

»Dafür wird es Gründe geben.«

»Was für Gründe?«

»Was passiert ist. Früher. Bevor wir auf der Welt waren.«

»Das würde ich gerne wissen, was damals passiert ist. Du nicht?«

»Hm.« Zane erhob sich und machte sich sein Lager zurecht. Jasper stocherte mit einem Ast in der Feuerglut herum und schaute den fliegenden Funken nach.

»Er war wild«, sagte Jasper. »Der letzte Krieger der Piegan! Für ihn galten keine Regeln und Gesetze. Er ist nie zur Schule gegangen. Einige Male haben sie ihn in Great Falls im Knast eingesperrt. Wenn ich wüßte, wo ich ihn finden könnte, würde ich einmal hingehen und ihm ein paar Fragen stellen.«

»Wahrscheinlich weiß er nichts mehr, Jasper. Wahrscheinlich hat ihm der Whiskey das Gehirn zerfressen.«

»Vielleicht ist er tot«, sagte Jasper. »Oder im Knast.«

»Das glaube ich nicht. Mutter hätte es von seinen Leuten im Reservat erfahren, glaube ich.«

Jasper schwieg. Er saß im flackernden Feuerschein, und Schatten tanzten auf ihm. Zane legte sich in seine Bettrolle, die aus einem Schlafsack und einer Schaumgummiunterlage bestand. Einzelne Funken schwebten im Rauch des Feuers himmelwärts. Ein schwacher, eiskalter Wind wehte über den Hügel hinweg. Der Himmel war wolkenlos. Zane dachte an den Wolf. Vielleicht war er doch weitergezogen. Aber wo hätte er hingehen können, um den Gefahren zu entgehen, die ihn hier bedrohten? Überall hätte man bei seinem Auftauchen sofort Jagd auf ihn gemacht, bis man ihn zur Strecke gebracht hätte.

Jasper legte Holz ins Feuer und stand auf. Er ging in die Nacht hinaus, und Zane hörte ihn pinkeln. »Gehst du wirklich nach Texas?« rief Jasper aus der Dunkelheit herüber.

»Wer sagt das?«

»Jennifer.«

»Möglich. Ich weiß nicht, wohin ich gehen werde.«

Jasper kam zurück. Er machte sich sein Lager in der Nähe des Feuers und benützte seinen Sattel als Kopfkissen. Sie lagen eine Weile in ihren Schlafsäcken in der Stille. »Warum gehst du überhaupt weg, wenn du nicht weißt, wohin du gehen willst?«

»Es ist eine Welt dort draußen, von der ich nicht viel weiß.«

»Eine beschissene Welt.«

»Wer sagt das?«

»Ich.«

»Ah.«

»Ja. Es kommt jeden Tag im Fernsehen!«

»Du solltest vielleicht weniger fernsehen.«

»Falsch.« Jasper lachte auf. »Im Gegensatz zu dir bin ich informiert. Und wenn ich einmal von hier weggehe, weiß ich wenigstens wohin.«

»Wohin?«

»Zur Küste.«

»Wohin?«

»Kalifornien. L. A., verstehst du? Hollywood. Da läuft was. Da gibt es die schärfsten Hühner, und zwar nicht nur zwei oder drei, sondern gleich im Dutzend.«

Zane gab seinem Bruder keine Antwort.

»Warum gehst du nicht nach Los Angeles?« fragte Jasper nach einer Weile.

»Los Angeles? Was soll ich dort?«

»Mann. Wenn du das nicht weißt.«

Sie schwiegen und hingen ihren Gedanken nach, und irgendwann schlief Zane ein, und er erwachte mitten in der Nacht, als Jasper ihn weckte, indem er ihm einen Kieselstein an den Kopf warf.

»He! Bist du wach?« raunte ihm Jasper zu. Zane setzte sich auf. Das Feuer war niedergebrannt. Die Glut fraß sich dunkelrot in die Nacht hinein. In ihrem Schein sah Zane seinen Bruder im Schlafsack sitzen. Zane hörte eines der Pferde leise schnauben.

»Was ist?« fragte er im Flüsterton.

»Er ist hier«, gab Jasper ebenso leise zurück. »Der Wolf ist hier. Ich habe seine Augen gesehen.«

»Wo?«

»Dort drüben. Bei den Bäumen.«

Zane blickte in die Richtung, in die sein Bruder mit dem ausgestreckten Arm zeigte. Dort drüben, von einer Gruppe beinahe kahler Espen, flossen lange dünne Schatten den Hang hinunter, der mit seinem Salbeigestrüpp silbern im Mondlicht lag.

»Dort!« flüsterte Jasper aufgeregt. »Bei den ersten Bäumen, die von den anderen etwas entfernt stehen. Dort habe ich ihn gesehen.«

Zane sah ihn nicht. Eines der Pferde schnaubte warnend. Jasper griff nach dem Gewehr, das neben seinem Lager im Sattelschuh an der Böschung lehnte. Mitten in der Bewegung verharrte er. Dort, wo er ihn vorhin gesehen hatte, tauchte zwischen den Salbeibüschen der Wolf auf, einem schwarzen Schatten gleich, der sich zögernd und geräuschlos von anderen Schatten löste und erst im Mondlicht die Gestalt eines Wolfs annahm. Gelb leuchteten seine schrägen, eng zusammenstehenden Augen, wie fremde Lichter im kalten Glitzern der Sterne. Durch das Gestrüpp schleichend, blickte er herüber, beobachtete sie, während sie ihn beobachteten, und er ging den Hang hoch, ohne Hast und auch ohne Angst, durchquerte die Schattenstreifen der Bäume und blieb auf einer Hügelkuppe stehen, dunkel vor dem flimmernden Himmel. Er reckte seinen Hals, hob den Kopf zum Mond und ließ seine Stimme vernehmen. Tief in die Täler eindringend und sich über die Hügel hinweg ausbreitend, hallte sein langgezogenes Heulen durch die Nacht, in der zuvor eine Totenstille geherrscht hatte. Das Heulen verklang, und die Stille kehrte zurück, aber sie war nicht mehr die, die sie einmal gewesen war, denn in ihr war der Widerhall der Wolfsstimme gefangen. Zane spürte, wie es ihm eiskalt über den Rücken lief, während er zum Hügel hochstarrte. Der Wolf stand ruhig dort oben, lauschte in der Stille nach einer Antwort, die nicht kam und auch nicht kommen würde. Noch einmal heulte er, und noch einmal verlor sich seine Stimme, als er verstummte. Einige Sekunden stand er regungslos auf dem Hügel. Ein letztes Mal blickte er zu ihnen herunter, und Jasper, der die Hand am Gewehr hatte, wagte es nicht, sich zu rühren. Der Wolf drehte sich um und trottete davon. Im nächsten Moment war er hinter dem Hügel verschwunden.

»Mann!« stieß Jasper leise hervor. »Hast du das gesehen?«

Zane hatte schon den Schlafsack von sich gestreift. Er erhob sich. Auch Jasper kletterte aus seinem Schlafsack. Er bückte sich, um sein Gewehr aufzunehmen, aber die Stimme seines Bruders warnte ihn.

»Laß es stecken, Jasper!«

Jasper richtete sich jäh auf. Nie zuvor hatte die Stimme

seines Bruders so drohend geklungen. Er starrte Zane verwirrt an, aber Zane beachtete ihn nicht, denn er war schon dabei, zur Hügelkuppe hochzulaufen. Jasper ließ das Gewehr liegen. Er ging zuerst zu den Pferden, die sich ein Stück weit vom Lagerplatz entfernt hatten. Durch die Witterung des Wolfs unruhig geworden, standen sie dicht beisammen. Jasper redete leise auf Bonito ein, der besonders nervös war und trotz seiner gehobbelten Vorderbeine vor ihm zurückscheute. Während er Bonito am Zaumzeug festhielt, blickte er zum Hügel hoch, auf dem nun sein Bruder stand. Noch immer hatte Jasper Zanes Stimme im Ohr. Er sah, wie Zane auf dem Hügel niederkauerte und mit beiden Händen den Boden berührte, wo zuvor der Wolf gestanden hatte. Und er sah, wie er den Hals reckte und den Kopf hob, so daß ihm der Mond ins Gesicht schien. Regungslos verharrte er dort oben, am Boden kauernd. Der Wind wehte ihm den Atem von den Händen, als er sie trichterförmig zum Mund hob und das langgezogene Heulen des Wolfs nachahmte. Bonito warf den Kopf hoch und versuchte sich vom Griff Jaspers zu befreien. Cheyenne schnaubte durch aufgeblähte Nüstern zum Hügel hoch, die Augen vor Schreck weit aufgerissen. Und Dakota drängte sich so dicht an Bonito heran, daß der junge Schecke nach ihm schnappte.

Zanes Geheul verlor sich in der Stille der Nacht. Er erhob sich und blieb lange im Wind stehen. Jasper führte die Pferde in die Nähe des Lagers zurück, legte Holz auf die Feuersglut und blies hinein, bis die Flammen an den Ästen hochzüngelten. Als er sich aufrichtete, kehrte Zane vom Hügel zurück. Er ließ sich beim Feuer nieder und hielt die Hände in die Wärme.

»Hast du ihn noch einmal gesehen?« fragte ihn Jasper.

Zane schüttelte den Kopf und starrte dabei in die Flammen.

»Bestimmt hat er dich gehört«, sagte Jasper.

»Er hat mich gehört«, antwortete Zane.

»Es klang wie echt«, sagte Jasper. »Du hast sogar die Pferde erschreckt.«

Zane schwieg. Jasper ging zu seinem Lager und kroch in seinen Schlafsack.

»Er wollte sich uns bestimmt nur zeigen«, sagte er, bevor er den Kopf einzog, um der Kälte zu entgehen. »Damit wir wissen, daß er nicht weitergezogen ist.«

Zane gab ihm keine Antwort.

Am nächsten Morgen brachen sie früh auf. Sie ritten in der eisigen Dämmerung über die Hügelkuppe hinweg und folgten der Fährte des Wolfs über langgezogene Hänge hinunter. Als die Sonne aufging und der Rauhreif schmolz, befanden sie sich in einem Seitental des Flathead River, durch das sich ein schmales ausgetrocknetes Bachbett schlängelte. Sie verloren die Fährte des Wolfs im Bachbett, und sie entschieden sich, das Tal hochzureiten, bis zur kontinentalen Wasserscheide hinauf und noch weiter durch die Wälder den Bergen entgegen. Zu Mittag saßen sie auf einem großen Felsbrocken und bewunderten den Anblick der verschneiten Berge, die hinter den kahlen Espenwäldern aufragten. Sie redeten nicht viel und hingen die meiste Zeit ihren Gedanken nach, und am Nachmittag ritten sie zum oberen Ende des Birch-Creek-Tales, wo es im Quellgebiet kleine Sumpfwiesen gab und wo sich trotz der eisigen Nachtkälte noch mehr als drei Dutzend Kühe mit ihren Kälbern aufhielten. In einer Woche, zu Beginn des Roundups, sollten diese Tiere zu Tale getrieben werden.

Sie beobachteten die Kühe und die Kälber, und sie zählten sie, und Zane schrieb die Zahl in ein Notizbuch, und dann ritten sie an den Sumpfwiesen vorbei, und sie verließen das Tal des Birch Creek über einen alten Jagdpfad der Piegan, der zum Tal des Indian Knife Creek führte. Dort, tief im Tal, wo der Pfad auf den Indian Knife Creek traf, begegneten sie Wade Hicks und Lester Couch, die in der letzten Nacht von

Buckhorn aus aufgebrochen waren, um noch einen ernsthaften Versuch zu unternehmen, den Wolf zur Strecke zu bringen. Beide trugen Tarnanzüge, und Lester Couch hatte selbst sein Gesicht und die Hände mit grüner und schwarzer Farbe angemalt.

Wade Hicks hielt den Jeep an und wartete, bis Zane und Jasper vom Waldrand herunterkamen und auf die Spuren des Jeeps einschwenkten. Sie zügelten neben dem Jeep ihre Pferde, und Lester Couch spuckte einen Strahl Tabaksaft ins Gras und fragte sie, ob sie den Wolf gesehen hätten.

»Nicht einmal Spuren«, log Jasper kaltschnäuzig.

Wade Hicks blickte Zane an. »Und du?« fragte er argwöhnisch.

»Wir waren die ganze Zeit zusammen«, sagte Zane.

Wade Hicks zog einen Flachmann aus der Innentasche seiner Jägerjacke und trank einen Schluck.

»Vielleicht ist er weitergezogen«, sagte Jasper.

Lester Couch verzog sein Gesicht. »Nee«, sagte er mit einem Kopfschütteln. »Der ist noch immer in der Gegend. Manchmal glaube ich, daß er uns beobachtet.« Er nahm den Feldstecher an die Augen und begann mit seinen Blicken die Talhänge abzusuchen. »Grad jetzt spüre ich dieses Gefühl ganz deutlich. Als ob er irgendwo dort oben wäre.«

»Wenn er noch hier wäre, gäbe es Spuren von ihm«, sagte Jasper.

»Wir fahren das Tal hoch«, erklärte Hicks. »Vielleicht hält er sich in den Wäldern auf und meidet offenes Gelände. Außerdem sahen wir dort oben einige Bussarde kreisen. Vielleicht hat das was zu bedeuten.«

»Was ist mit deinen Fallen, Hicks?« fragte Zane den schwergewichtigen Mann, der hinter dem Steuerrad des Jeeps eingeklemmt schien.

Hicks ließ den Flachmann in seiner Jacke verschwinden. »Nichts«, sagte er. »Der muß dort, wo er herkommt, Bekanntschaft mit Fallen gemacht haben.«

»Oder er ist einfach zu schlau für euch«, grinste Jasper.

Wade Hicks lachte und drehte den Zündschlüssel. Der Motor sprang an. Eine Rauchwolke wirbelte vom Auspuff des Jeeps. Die Pferde scheuten. Hicks legte den ersten Gang ein. »Ihr beide kümmert euch besser um eure Kühe!« rief er ihnen zu. Zane richtete sich im Sattel auf.

»Diesen Wolf kriegst du nie, Hicks!« rief er hinter dem Jeep her. »Nie!«

Hart zog er Dakota herum, und sie überquerten den Indian Knife Creek an einer seichten Stelle, wo das Flußbett mit Steinen bedeckt war. Sie ritten an den gegenüberliegenden Hängen hoch, in der Absicht, in das Tal des Little Creek zu gelangen, wo Wade Hicks die Fallen ausgelegt hatte.

Sie tauchten in die blauen Nachmittagsschatten ein, und es wurde schnell kühler. Jasper ritt nun voran, dicht gefolgt von Zane, der Cheyenne am Strick führte. Eine Weile noch vernahmen sie das Motorengeräusch des Jeeps, aber es wurde leiser und leiser, und schließlich verstummte es. Hoch über ihnen zog ein Flugzeug einen Kondensstreifen über den blassen Himmel. Erst später vernahmen sie schwach das Dröhnen der Düsenaggregate. Zane blickte dem Flugzeug nach, das in der Sonne blitzte wie der blanke Stahl eines Messers.

Sie hatten ungefähr die Hälfte des Aufstiegs zurückgelegt und näherten sich einem Wald, als sie einen Gewehrschuß vernahmen. Der Wind trug ihn vom oberen Teil des Indian Knife Creeks herüber. Zane und Jasper zügelten sofort ihre Pferde. Das verwehte Echo des Schusses verlor sich im Tal.

Sie verharrten auf ihren Pferden, und sie brauchten nicht lange zu warten. Die nächsten Schüsse krachten in schneller Folge. Es waren zwei Gewehre, mit denen geschossen wurde. Zwei Gewehre. Zwei Schützen. Zane versuchte, die Schüsse zu zählen. Vier oder fünf waren es. Vielleicht mehr. Dann war es plötzlich wieder still. Sie warteten fast eine Minute lang, aber es fiel kein Schuß mehr. Da zog Zane sein Pferd

herum. Er übergab seinem Bruder den Strick, an dem Cheyenne festgemacht war. Der wilde Ausdruck im Gesicht seines
Bruders erschreckte Jasper.

Zane gab Dakota die Sporen und jagte den Hang hinunter
davon.

»Warte!« rief ihm Jasper nach, aber Zane hörte nicht auf
ihn.

Zane zügelte Dakota einige Schritte vom Jeep entfernt.

Der Jeep saß mit der Hinterachse auf. Wer immer ihn
gefahren hatte, Wade Hicks oder Lester Couch, war vom
schmalen Karrenweg abgekommen, der dem Indian Knife
Creek entlang das Tal hinaufführte. Als Zane beim Jeep
ankam, roch es dort nach heißem Motorenöl, aber den Radspuren nach hatte der Fahrer nicht versucht, den festgefahrenen Jeep frei zu kriegen. Es sah alles danach aus, als hätten
Wade Hicks und Lester Couch das Fahrzeug in aller Eile
verlassen. Die schmutzige Baseballmütze, die Lester Couch
mit Tarnfarbe angemalt hatte, lag einige Schritte vom Jeep
entfernt am Boden. Das Radio des Jeeps war noch an. Leicht
verzerrt kam ein Sender aus Great Falls rein, der die stünd-
lichen Nachrichten verlautbarte. Zane trieb sein Pferd näher
an den Jeep heran, beugte sich aus dem Sattel und drehte den
Zündschlüssel. Das Radio ging aus. Jetzt war nur das Geräusch zu hören, das der Indian Knife Creek machte, der
etwa fünfzig Schritte entfernt über mehrere Felsbrocken
herunter in ein tief ausgewaschenes, beinahe kreisrundes
Becken hineinfloß. Hart am Rand dieses Beckens, auf der
anderen Seite des Baches, lag der Kadaver einer Kuh im
Salbeigestrüpp. Die Kuh lag auf der Seite an der steilen
Böschung, mit dem Kopf halb im Wasser und weit offenem
Bauch, aus dem das Gedärm herausquoll. Die Kuh hatte
keine Augen mehr und mehrere tiefe Wunden, wo die Raub-
vögel mit ihren Schnäbeln das blutverkrustete Fell aufge-
hackt hatten.

Zane drehte sich im Sattel um. Jasper, dem er Cheyenne überlassen hatte, damit er selbst schneller vorankam, befand sich auf einem flachen Wegstück, etwa eine Meile weiter talabwärts. Ohne sich weiter um ihn zu kümmern, trieb Zane Dakota die steile Böschung hinunter und durch den Bach zum anderen Ufer, von dem ein geröllbedeckter Hang steil zu einem Felsgrat aufstieg. Zane merkte, wie Dakota sich sträubte, näher an den Kadaver der Kuh heranzugehen. Er verstärkte den Schenkeldruck und nahm ihn kürzer an den Zügeln. Dakota gehorchte erst, als er die Sporen spürte. Widerspenstig, den Kopf erhoben und mit tänzelnden Schritten, näherte er sich dem Kadaver. Vom Sattel aus betrachtete Zane den Kadaver. Die Kuh war beinmager gewesen. Das Fell hing ihr schlaff von den Knochen. Auf der rechten hinteren Seite war sie mit einem fellverwachsenen Brandzeichen markiert, das Zane nicht entziffern konnte. Es sah aber nicht aus, als wäre es das Zeichen der Clark Ranch, das dieser Kuh vor langer Zeit eingebrannt worden war.

Zane trieb Dakota an der Kuh vorbei. Er blickte den Steilhang hoch zum Felsgrat, der zerklüftet und schroff zum wolkenlosen Himmel aufragte. Ein schmaler, kaum erkennbarer Wildpfad führte schräg am Hang hoch durch das Geröll und das Salbeigestrüpp. Zane trieb Dakota zum Anfang des Pfades, und noch bevor er ihn erreichte, bemerkte er die dunklen Flecken auf dem steinigen Boden, mehrere Schritte vom Kadaver der Kuh entfernt. Zane brauchte nicht abzusteigen, um die Flecken als Blutspuren erkennen zu können. Blut, das nicht von der Kuh stammte, denn diese war allen Anzeichen nach beim Trinken zusammengebrochen und verendet, bevor sich zuerst die Vögel und dann der Wolf über ihren halb verwesten Kadaver hergemacht hatten.

»Du bist doch nicht so schlau, wie ich gedacht habe«, sagte Zane leise, während er den Pfad hochblickte, der zu einer Lücke im Felsgrat führte. Keinen Moment zweifelte er daran, daß der Wolf von Wade Hicks und Lester Couch überrascht worden war, weil er den Jeep durch das laute Geräusch, das der Indian Knife Creek hier machte, nicht gehört hatte. Wahrscheinlich war er erst aufgeschreckt worden, als der Fahrer beim Anblick des Wolfs den Jeep beinahe über die Böschung hinunter in den Bach gesteuert hätte. Der Schreck mußte dem Wolf so tief in die Glieder gefahren sein, daß er einige Sekunden lang wie gelähmt über dem Kadaver verharrte. Für Lester Couch und Wade Hicks genügte diese kurze Zeitspanne, ihre Jagdgewehre aufzunehmen, anzulegen, zu zielen und zu schießen. Der Wolf war von einer zu hastig abgefeuerten Kugel getroffen und verletzt worden, noch bevor er zur Flucht ansetzen konnte. Ob ihn noch weitere Kugeln getroffen hatten, konnte Zane an der Blutspur, die einem Wildpfad entlang durch dichtes Salbeigestrüpp den Hang hochführte, nicht erkennen.

Zane blickte sich schnell nach Jasper um, der jedoch noch immer nicht beim Jeep angekommen war. Er entschied sich deshalb, nicht auf seinen Bruder zu warten. Hart trieb er Dakota voran und in den Hang hinein. Er folgte dem Wildpfad durch das Salbeigestrüpp. Dakotas Hufe knallten gegen loses Geröll, das im eigenen Staub zu Tale polterte. Direkt unterhalb der Felsklippen wurde der Hang so steil, daß Zane absteigen mußte. Er zog Dakota an den Zügeln hinter sich her. Dakota hatte Mühe, auf dem Geröll einen sicheren Halt zu finden. Immer wieder rutschte er aus und setzte sich beinahe hin, um einen Sturz zu vermeiden, während er mit seinen auskeilenden Vorderhufen nach festem Grund tastete. Selbst Zane gelang es kaum mehr, voranzukommen, ohne sich mit den Händen an größeren Steinbrocken festzuhalten. Er war völlig außer Atem, als sie schließlich in den Schatten des Felsgrates gelangten. Der Pfad führte durch eine schmale Lücke zum Rand eines Plateaus hoch, das sich flach und steinig bis zum Fuß eines dicht bewaldeten Hügelzuges ausdehnte. Zane suchte mit seinen Blicken das Plateau ab, konnte jedoch weder den Wolf noch die beiden Männer irgendwo sehen. Dafür war die Fährte des Wolfs hier noch deutlicher zu erkennen als am Geröllhang. Es war eine richtige Schweißfährte, mit langen dünnen Blutspuren, einige davon von den Schuhen der Männer zertreten, so daß sie an mehreren Stellen blutige Sohlenabdrücke hinterlassen hatten.

Noch einmal sah sich Zane nach Jasper um. Sein Bruder war nun mit den beiden Pferden beim Jeep angelangt. Er blickte zum Felsgrat hoch. Zane hätte ihm zurufen können, dort unten auf ihn zu warten, aber Jasper hätte ihn durch das Geräusch, das der Little Creek machte, nicht gehört. Er hob nur kurz die Hand, schwang sich in den Sattel und gab Dakota die Sporen. In einem kurzen Galopp überquerte er auf der Blutfährte des Wolfs das Plateau.

Der Wolf hatte sich ihnen gestellt. Er lag am Waldrand, wo der Sturm eine mächtige alte Kiefer entwurzelt hatte. Dort lag er, in einem Loch zwischen den Wurzelarmen, und er blickte hechelnd zu ihnen auf, ohne sie wirklich anzusehen. Sein Fell, bräunlich grau und silbern über seinem Rükken, war blutverschmiert. Sie konnten nicht sehen, wo er getroffen worden war, aber um ihn herum war die Erde und das Geröll dunkel von seinem Blut.

Wade Hicks und Lester Couch starrten auf den Wolf nieder, und Couch hob sein Gewehr, außer Atem noch von der Hetzjagd den Hügel hinauf und über das Plateau, drückte den Kolben fest an seine Schulter und brachte den Lauf ins Ziel.

»Lieber Gott«, schnaufte Wade Hicks, und er ließ sich ganz sachte und langsam auf die Absätze seiner Gummistiefel nieder. Am Rand der tiefen Grube kauernd, in der einmal der Wurzelstock der Kiefer verankert gewesen war, blickte er dem Wolf in die gelben Augen, und er spürte dabei, wie er am ganzen Leib zu zittern anfing. Nie zuvor, auf keiner Jagd, war ihm etwas Ähnliches passiert, und er wartete wie gelähmt auf den Schuß. Aber der Schuß fiel nicht, und als er zu Lester Couch aufsah, senkte dieser das Gewehr.

»Dem schlage ich den Schädel ein«, erklärte Couch atemlos, und er entspannte sein Gewehr und nahm es wie eine Keule zur Hand. »Wenn ich ihm noch eine Kugel aufbrenne, ist sein Pelz nämlich versaut, Wade.«

Unverzüglich machte sich Lester Couch daran, in die Grube hinunterzusteigen. Vorsichtig, damit er nicht über die ineinander verschlungenen Wurzelarme stolperte und zu Fall kam, setzte er einen Fuß vor den anderen. Der Wolf rührte sich nicht. Er belauerte Lester Couch, und er ahnte, daß der Mann ihm nach dem Leben trachtete, aber in seinen Augen zeigte sich nicht ein Schimmer von Todesangst. Er hatte nicht mehr die Kraft, sich zur Wehr zu setzen, und er war zum Sterben bereit.

Lester Couch näherte sich ihm vorsichtig. Der Wolf zog die Lefzen zurück. Fast sah es aus, als grinste er den Mann an, der sein Gewehr zum Schlag erhoben hatte. Couch blieb plötzlich stehen. Er warf einen flüchtigen Blick zu Wade Hicks hoch, der noch immer am Rand der Mulde kauerte, das Gesicht gerötet und voll mit Schweiß, der ihm aus dem schütteren Haar in die Stirn lief.

»Verdammt, halt ihn wenigstens mit deiner Knarre in Schach!« forderte Couch seinen Jagdgefährten auf.

Hicks nahm sofort das Gewehr hoch. Er spannte den Hammer und zielte an Lester Couch vorbei auf den Wolf, hatte dessen Kopf genau über Kimme und Korn.

»Paß auf, daß du nicht mich triffst«, sagte Lester Couch.

Wade Hicks lachte auf, durch die Sicherheit, die ihm das schußbereite Gewehr in seinen Händen gab, von seiner Anspannung befreit.

»Paß lieber auf, daß er dir nicht an die Gurgel springt, Lester!« lachte er.

»Red keinen Scheiß, Mann!« entgegnete ihm Lester Couch. »Siehst du nicht, daß er halb tot ist?«

»Besser wäre es, wenn er tot wäre. Warum lassen wir ihn nicht einfach liegen? Er verblutet. Krepiert ganz einfach. Wetten, daß er nicht mehr lange durchhält?«

»Das kann Stunden dauern«, widersprach Couch seinem Gefährten. »In einer guten Stunde geht die Sonne unter. Wenn es dunkel ist, will ich nicht auf einen Wolf aufpassen müssen, der nur auf eine Gelegenheit wartet, abzuhauen.«

»Sollte es dann noch nötig sein, kannst du ihn in einer Stunde immer noch totschlagen, Lester. Auf jeden Fall ist er dann noch schwächer als jetzt.«

Lester Couch ließ das Gewehr sinken. Er betrachtete den Wolf abschätzend. Der Wolf schien an ihm vorbeizusehen. Couch bückte sich und nahm einen faustgroßen Stein vom Boden auf. Er schleuderte ihn auf den Wolf, traf ihn am Bein. Der Wolf zog das Bein zurück. »Hast du das gesehen?« lachte Couch.

»Natürlich hab ich das gesehen.« Wade Hicks schaute sich um und entfernte sich einige Schritte vom Muldenrand. Er hob einen langen Ast vom Boden auf und warf ihn Couch zu.

»Schubs ihn mal ein bißchen, Lester! Mal sehen, wie er reagiert.«

Couch nahm den Ast auf. Er war etwa so lang wie sein Arm. Damit er den Wolf mit dem Astende erreichen konnte, mußte er näher an ihn herangehen.

»Ziel auf ihn, verdammt!« stieß er aufgeregt hervor.

»Ich ziel auf ihn, Mann. Keine Angst.«

»Ich hab keine Angst, Mann. Ich habe nur die verdammte Hose voll.«

Lester Couch näherte sich dem Wolf mit kleinen Schritten. Der Wolf konnte ihm nicht entgehen. Die Wurzelarme versperrten ihm den Fluchtweg. Couch blieb stehen. In der einen Hand hielt er sein Jagdgewehr, in der anderen den Stock. Er beugte sich vor und stieß den Wolf mit dem dünneren Astende an. Der Wolf reagierte nicht.

76

»Der ist am Ende, Wade«, sagte Couch. Er ging noch ein Stück näher an den Wolf heran, und jetzt stieß er ihm das Stockende gegen den Kopf. Der Wolf knurrte nicht. Seine Augen waren schmal und beinahe schläfrig. Couch kauerte nieder. Er roch den Atem des Wolfs und den Wolf selbst, der nach Kadavergestank roch, nach Verwesung.

»Kannst du sehen, wo ich ihn getroffen habe?« fragte Wade Hicks.

»Du? Ich habe ihn getroffen! Mit dem ersten Schuß!«

»Ich bin sicher, daß ich ihn getroffen habe«, schnappte Wade Hicks. »Oder glaubst du etwa, ich verschwende meine Kugeln?«

»Vielleicht haben wir ihn beide getroffen«, lenkte Lester Couch ein. »Er blutet wie ein Schwein. Kann gut sein, daß er zwei Löcher im Pelz hat.« Er beugte sich vor. »He, dreh dich mal ein bißchen zur Seite!« sagte er zu dem Wolf, und er stieß mit dem Stock heftig zu. Der Stock traf den Wolf am Hals, und sein Kopf fuhr herum, und seine Fänge schnappten nach dem Stock. »Scheiße!« brüllte Lester Couch, und er sprang vor Schreck zurück und ließ den Stock los, der im Maul des Wolfs steckte. »Hast du das gesehen, Wade? Hast du gesehen, wie er nach dem Stock geschnappt hat? Blitzschnell war das, für einen, der halb tot sein soll.«

»Du läßt ihn besser verbluten, Lester«, schlug Wade Hicks vor.

»Das sagst du jetzt, verdammt. Vorher hast du mir den Scheißstock zugeworfen, und jetzt soll ich ihn in Ruhe lassen.«

»Entschuldige, Mann. Ich dachte, er ist halb tot.«

»Eine Stunde reicht bestimmt nicht, bei dem, was er noch drauf hat.« Lester Couch packte sein Gewehr mit beiden Händen am Lauf. »Jetzt schlag ich ihm den Schädel ein.«

»Paß auf, Lester! Ich will dich nicht zum Jeep zurückschleppen müssen.«

»Ich paß schon auf. Paß lieber du auf!«

»Ich hab ihn im Visier, Partner.«

»Okay, dann schlag ich ihm jetzt den Schädel ein.«

Lester Couch ging erneut auf den Wolf zu, aber bevor er nahe genug an ihn herankommen konnte, vernahm er den Hufschlag eines Pferdes auf dem harten Boden des Plateaus. Couch blieb sofort stehen und wandte sich nach seinem Gefährten um. Er sah, wie Wade Hicks sich am Rand der Grube umdrehte und dabei laut auflachte. »Du glaubst es nicht, Lester, aber da kommt dieses Halbblut angeritten, als hätte ihn die Hölle ausgespuckt!«

»Halt ihn auf, Mann! Halt ihn mir nur ...«

Lester Couch wurde von Zanes Stimme unterbrochen, der Wade Hicks' Namen ausrief. Hicks lachte auf. Er hob sein Gewehr an die Schulter und schoß. Der Hufschlag ging im Knall des Schusses unter. Als er verhallt war, war es einige Sekunden lang still. Lester Couch sah, wie Hicks das Gewehr senkte. »Gott verdammt ...« hörte er Hicks sagen. »Was ist?« schnappte Couch, der aus der Grube heraus nicht sehen konnte, was auf dem Plateau vor sich ging.

Hicks hob noch einmal sein Gewehr. »Dieser verdammte Idiot glaubt wohl ...«

Weiter kam Wade Hicks nicht mehr. Ein Schuß peitschte auf, und er war nicht aus seinem Gewehr abgefeuert worden. Lester Couch sah Wade Hicks taumeln und zusammensakken. Das Gewehr fiel aus seinen Händen, und er taumelte nach hinten und stürzte über den Rand hinweg in die Grube hinein.

Lester Couch stand wie angewurzelt da und starrte auf seinen Gefährten nieder, dessen Tarnanzug auf der Brust ein Loch hatte.

»Du heilige Scheiße!« stieß Lester Couch hervor. »Oh, du heilige Scheiße!« Er vergaß in diesem Moment den Wolf. Er sah das Blut, mit dem sich Wade Hicks' Tarnanzug um das kleine Loch herum vollsog, und er hörte Hicks stöhnen und röcheln, und er hörte den Hufschlag eines galoppierenden Pferdes, das sich schnell näherte. Er ließ sein Gewehr fallen,

und dann schrie er, und er packte Wade Hicks mit beiden
Händen bei den Armen. Er wollte ihn zum Muldenrand
hochschleifen, aber Hicks blieb an den aus dem Erdreich
ragenden Wurzelarmen hängen. Couch schrie und zerrte an
ihm, und Hicks' Tarnanzug riß an den Nähten, aber Couch
vermochte seinen Gefährten nicht zu befreien. Er ließ seine
Arme los und packte ihn an einem Bein, aber plötzlich
krümmte sich Wade Hicks zusammen, und Blut lief ihm aus
dem Mund.

Lester Couch brüllte in seiner Verzweiflung, und er bemerkte dabei nicht, wie sich der Wolf zwischen den Wurzelarmen hervorquälte und an der Böschung hochkroch. Der
Wolf sah den Reiter, als er zum Rand der Grube hochkam,
und er konnte ihn wittern, und der Geruch verriet ihm, wer
er war. Der Wolf trottete davon, und das Blut lief ihm aus
seinem Fell in die Fährte, die er machte.

Als Zane sein schäumendes Pferd zügelte, war der Wolf
im nahen Wald verschwunden.

Der Wolf

»Jesus«, sagte Lester Couch, »Jesus, weißt du, was du getan hast, Zane? Du hast ihn umgebracht!« Er richtete sich langsam auf und machte einen Schritt auf Zane zu. »Du hast ihn umgebracht!« schrie er, und er hob in einer hilflosen Bewegung beide Fäuste und schüttelte sie.

Zane, der sein Pferd einige Schritte entfernt angehalten hatte, blickte auf ihn nieder, und er richtete das Gewehr auf ihn. »Bleib lieber stehen, Lester!« warnte er ihn. »Ich will nicht noch einmal schießen müssen.«

Lester starrte Zane ungläubig an.

»Das würdest du tun, Jesus Christus!« stieß er in seiner Verzweiflung hervor. »Was bist du nur für ein Mensch, verdammt?« Er zeigte hinter sich in die Grube hinein, in der Wade Hicks lag. »Er ist tot, Zane! Er ist tot, verdammt noch mal!«

»Er hat auf mich geschossen, Lester!«

»Ein Warnschuß, Zane. Jesus Christus, es war nichts als ein gottverdammter Warnschuß!«

»Und er wollte den Wolf töten!«

»Der Wolf!« Lester Couch bemerkte erst jetzt, daß sich der Wolf nicht mehr im Loch zwischen den Wurzelarmen befand. »Jesus, für einen gottverdammten Wolf tötest du Wade Hicks. Das versteh ich nicht, Zane. Das Leben eines Wolfs gegen das Leben eines Menschen. Wie willst du das jemandem erklären, Zane?«

»Das will ich niemandem erklären«, antwortete ihm Zane.

»Jesus, ich begreif das nicht, Zane! Du mußt verrückt sein! Total verrückt! Sonst wärst du zu so was nicht fähig. Nicht wegen eines gottverdammten Wolfs!«

»Der Wolf hat euch nichts getan!«

»Der Wolf hat ein Schaf gerissen!«

Zane nickte. »Das ist alles, was er getan hat.«

»Er ist ein wildes Biest, Zane! Er hätte weitergetötet. Er hätte noch mehr Schafe gerissen. Und auch Kälber. Wir waren uns alle einig, daß der Wolf weg muß. Selbst dein Vater hatte nichts dagegen, daß wir Jagd auf ihn machten.«

»Mit meinem Vater hat das nichts zu tun.«

»Stimmt genau, Zane! Das geht ganz allein auf deine Kappe! Dafür trägst du die Verantwortung und niemand sonst! Ich weiß nicht, wie das vor Gericht aussieht, aber ich glaube, das ist Mord! Ganz einfach Mord!«

»Das werden andere zu entscheiden haben«, sagte Zane. Er trieb Dakota an und ritt an Lester Couch vorbei zum Rand der Grube. Wade Hicks lag dort unten, halb auf der Seite und halb auf dem Bauch, mit dem Gesicht im Dreck und im Blut, und die Finger seiner rechten Hand umklammerten einen Wurzelarm. Zane hörte ihn leise stöhnen, und er bewegte sich, so als wollte er sich auf den Rücken drehen.

»Er ist nicht tot«, sagte Zane. Er stieg vom Pferd und kletterte in die Grube hinunter. Lester Couch kam hinzu, als Zane den schweren Körper des Kneipenwirts auf den Rücken drehte. Hicks hatte die Augen geöffnet. Blut lief ihm aus dem Mund, und er schien etwas sagen zu wollen, aber sie konnten nur einen leisen Laut vernehmen, der wie ein Röcheln klang.

»Wade! Wir bringen dich nach Buckhorn, hörst du? Zane hier, der wird mir helfen, dich aus der Grube zu ziehen und dann bringen wir dich nach Buckhorn zum Doc.«

»Wo ... wo bin ich getroffen?« keuchte Wade Hicks.

»In die Brust.«

»Lieber Gott, ich glaube, ich sterbe!«

»Versuch durchzuhalten, Wade! Beiß die Zähne zusammen, hörst du?«

»Ich ... ich beiß die Zähne zusammen!« stöhnte Hicks.

»Okay, Wade. Wir schaffen dich hier raus.« Lester Couch packte Wade Hicks unter den Armen. »Hilf mir, verdammt!« forderte er Zane auf, und Zane lehnte das Winchestergewehr gegen den Wurzelstock des Baumes, und er half

Couch, den Verletzten aus der Grube zu schaffen. Halb trugen sie ihn, halb schleiften sie ihn die Böschung zum Grubenrand, und als sie oben waren, war Hicks ohnmächtig, und Zane stieg in die Grube hinein und nahm sein Gewehr auf. Er betrachtete die Stelle, wo der Wolf gelegen hatte und wo die Erde sich mit Blut vollgesogen hatte, und dann kletterte er aus der Grube. Auf der anderen Seite des Plateaus tauchte Jasper mit den beiden Pferden auf. Zane erklärte Lester Couch, daß Cheyenne den Verletzten bis hinunter zum Jeep tragen könne.

Couch kniete bei seinem Gefährten am Boden, und er blickte Zane verständnislos an, der jedoch seinem Blick auswich.

Jasper galoppierte heran und zügelte Bonito, der tänzelnd unter ihm rückwärts gehen wollte, als er die Witterung des Blutes und des Wolfs aufnahm.

Jasper redete leise auf das junge Pferd ein und klopfte ihm mit der linken Hand auf den Hals. Bonito beruhigte sich. Jasper blickte sie nacheinander an, zuerst seinen Bruder, dann Wade Hicks, dessen Augen geschlossen waren, und schließlich Lester Couch, der völlig verstört schien.

»Was ist passiert?« fragte Jasper. »Kann mir vielleicht einer erklären, was hier passiert ist.«

»Dein verrückter Bruder hat ihm eine Kugel verpaßt, Jasper!« stieß Lester Couch aus. »Wir ... wir haben den Wolf gestellt, dort drin in der Grube, und dann krachte plötzlich ein Schuß, und Wade fiel um.«

Jasper blickte Zane an.

»Es stimmt, was er sagt«, sagte Zane, dem ungläubigen Blick seines Bruders begegnend.

»Er ... er muß dich bedroht haben«, antwortete Jasper stockend. »Er muß ...«

»Nein!« fuhr ihm Couch heftig ins Wort. »Er stand am Rand der Grube, und als Zane plötzlich dort drüben auftauchte, gab er einen Warnschuß ab.«

»Ein Warnschuß?« fragte Jasper kopfschüttelnd.

»Ein verdammter Warnschuß war es, damit dieser Verrückte uns nicht in die Quere kommt.«

»Er schoß in meine Richtung«, sagte Zane ruhig.

»Vielleicht schoß er in deine Richtung, aber er schoß nicht auf dich!« schnappte Lester Couch. »Hätte er nämlich auf dich geschossen, hätte er getroffen.« Lester Couch fühlte am Hals nach Hicks' Puls. »Jesus, er stirbt, wenn wir ihn nicht schnell nach Buckhorn transportieren!«

»Nimm Cheyenne den Plunder ab«, sagte Zane zu seinem Bruder. »Ihr könnt ihn über den Packsattel legen und festbinden. Mit dem Jeep seid ihr in anderthalb Stunden in Buckhorn.«

»Und du? Was ...«

»Mach, was ich sage, Jasper! Es ist seine einzige Chance.«

Zane wandte sich um, nahm sein Pferd bei den Zügeln und schwang sich in den Sattel.

»He, wohin gehst du?« wollte Jasper wissen. »Du läßt uns doch nicht einfach allein?«

Zane trieb sein Pferd an und ritt an der Grube vorbei davon.

»He! Warte! Du kannst nicht einfach wegreiten, nach dem was hier geschehen ist, Zane!« Lester Couch war aufgesprungen, aber er versuchte nicht, Zane aufzuhalten.

»Der Wolf ist irgendwo im Wald«, antwortete ihm Zane, ohne sich nach ihm umzudrehen.

»Scheiß auf den Wolf!« rief Lester Couch ihm nach. »Wenn Hicks stirbt, machen wir Jagd auf dich, Zane!«

»Das werdet ihr ohnehin«, sagte Zane. Er gab Dakota die Sporen und trieb ihn in einem kurzen Galopp in den Wald hinein.

Er ritt auf der Spur des Wolfs durch den Wald. Der rote Abendhimmel über ihm schimmerte durch ein Gewirr kahler Äste, an denen noch wenige, vom Frost verbrannte Blätter hingen. Der Boden war bedeckt mit dem Laub der Espen; ein gelb-braun gefleckter Teppich, über den sich die Blutspur des Wolfs hinwegzog wie ein dicker, dunkelroter Wollfaden, den jemand auf seinem Weg abgespult hatte, um später wieder zurückzufinden.

Zane hatte keine Mühe, der Fährte zu folgen. Er sah, wo der Wolf angehalten hatte, um neue Kräfte zu sammeln, und er sah auch die Stellen, wo er sich hingelegt hatte oder wo er gestürzt war.

Er sah die Sonne nicht hinter den Bergen untergehen, aber er wußte, daß sie untergegangen war, als das Licht grau wurde. Die Fährte brachte ihn an einen Bach, dessen Namen er nicht kannte, falls er überhaupt einen hatte. Der Wolf hatte sich in das eiskalte Wasser gelegt, wo es spiegelblank über eine Kiesbank hinwegfloß. Wie lange der Wolf im Bach gelegen hatte, konnte Zane nicht abschätzen, aber seine Spur war noch nicht trocken, als Zane den Bach erreichte. Er folgte der Spur talaufwärts in der Dämmerung. Es wurde schnell dunkel. Der Mond ging auf, hing blaß und kalt im Geäst der Bäume, und es schien, als ob die glitzernden Sterne an den Ästen befestigt waren und nicht irgendwo in der Unendlichkeit das Licht der Sonne reflektierten.

Zane folgte dem Bach talaufwärts bis zu seiner Quelle. Es war Nacht, als er Dakota aus dem Wald trieb, auf die Lichtung hinaus, die hell im Mondlicht lag.

Der Wolf erwartete ihn. Er stand auf seinen langen dünnen Beinen am Rand eines Quelltümpels, halb im Schatten einiger von Wind und Wetter zerzausten Kiefern, die von einem Steilhang aufragten, mit ihren Wipfeln hoch im Himmel.

Dakota warf den Kopf hoch und blieb stehen, und Zane spürte das Zittern, das durch den Körper des Pferdes lief. Er nahm es kurz an den Zügeln. Dakota schnaubte und stampfte rückwärts. Die eisenbeschlagenen Hufe schlugen hart klingelnd gegen Steine. Der Wolf duckte sich leicht. Zane spürte die Angst, die sich im Herzen seines Pferdes festgekrallt hatte. Er legte ihm die Schenkel fest an, gab ihm dadurch ein Gefühl der Sicherheit, und er beugte sich vor und strich ihm mit der flachen Hand über das dampfende Fell an der Halsseite. Dakota beobachtete den Wolf, während er rückwärts drängte und dabei widerstrebend dem Schenkeldruck seines Reiters gehorchte.

Zane zog das Winchestergewehr aus dem Sattelschuh und stieg ab. Er führte Dakota an den Zügeln zu den Bäumen hinüber. Dort ließ er ihn frei, aber Dakota rührte sich nicht von der Stelle, sobald die Zügel, die von seiner Kandare herunterhingen, den Boden berührten. Zane drehte sich nach dem Wolf um. Der Wolf stand noch immer am selben Fleck, den Kopf tief gesenkt, die Augen halb geschlossen. Seine Weichen weiteten sich und zogen sich bei jedem Atemzug zusammen, und Zane konnte deutlich sehen, wie seine Läufe zitterten. Er kauerte nieder, das Gewehr in der Armbeuge. Er betrachtete den Wolf. Regungslos verharrte er, im Mondlicht kauernd, seinen eigenen Schatten klein und rund vor sich auf dem Boden. Und während er den Wolf studierte, fiel ihm auf, daß der Wolf kein Rüde sein konnte.

Sie stürzte beinahe, als sie sich hinlegte. Da lag sie, den Kopf auf ihren Vorderläufen, und die Augen fielen ihr zu. Zane stand auf. Er ging auf sie zu, und sie hob den Kopf und bleckte ihre Fänge. Ganz leise hörte er sie knurren. Er blieb stehen. Ihr Kopf sank auf ihre Vorderläufe zurück. Zane wandte sich von ihr ab. Er ging zu seinem Pferd und nahm ihm den Sattel ab. Er legte den Sattel gegen die Böschung, machte die Schnallen an den Lederriemen auf, mit denen die Bettrolle am Hinterzwiesel befestigt war, und rollte den Schlafsack aus. Die Wölfin konnte er dabei nicht sehen, aber er spürte, daß sie ihn nicht aus den Augen ließ. Er ging in den Wald und holte Holz für ein Lagerfeuer. Er war nicht sicher, daß sie noch dort sein würde, wenn er zurückkehrte. Im Wald rumorte er herum, ohne sich Mühe zu geben, leise zu sein. Er zog einen halben Baum hinter sich her aus dem

Wald. Die Wölfin lag immer noch am selben Platz. Sie beobachtete ihn, ohne den Kopf zu heben. Er nahm eine kleine Handaxt aus einer der beiden Satteltaschen und machte Kleinholz. Nach wenigen Minuten brannte auf der Lichtung ein kleines Feuer.

Zane hatte keinen Proviant dabei. Er setzte sich in die Wärme des Feuers und wartete.

Sie schlief ein.

Irgendwann fielen ihr die Augen zu. Zane nahm sein Lasso und ein Stück dünnes Seil vom Sattel. Er blickte dabei zur Wölfin hinüber, aber sie erwachte nicht, und er nahm an, daß sie ohnmächtig oder zumindest in einen tiefen Erschöpfungsschlaf gefallen war. Im Licht des Feuers und mit Hilfe seines Messers stellte er aus Stücken des dünnen Seiles einen Maulkorb her. Als er damit fertig war, erhob er sich. Er blickte zu ihr hinüber. Der flackernde Lichtschein lag wie eine warme Decke über ihr. Er sah, daß sie atmete. Irgendwo lief Blut aus ihrem Fell. Zane nahm sein Lasso zur Hand, wand das Ende um seine Taille und legte die Schlinge aus. Den Maulkorb hängte er sich an den Gürtel. Langsam und mit äußerster Vorsicht auftretend, damit er nicht das geringste Geräusch machte, durch das die Wölfin aus dem Schlaf hätte geschreckt werden können, ging er auf sie zu. Bis auf zwei Schritte war er an sie herangekommen, als sie jäh erwachte. Sie sprang auf und wollte fliehen. Zanes Wurfhand bewegte sich, kam von der Hüfte weg hoch an seinem Kopf vorbei, und seine Finger öffneten sich im richtigen Moment, die Schlinge fliegen lassend. Das Seil holte die Wölfin aus der Drehung heraus von den Beinen. Sie flog durch die Luft, landete auf dem Rücken und überollte sich am Boden. Sofort war sie wieder auf den Beinen, und er gab ihr genug Seil, damit sie bis zu einem kleinen Unterholz laufen konnte. Erst als sie bei den ersten Büschen anlangte, zog er das Seil an und stemmte seine Stiefelabsätze in den Boden, um die Wucht, mit der sie das Lasso straff zog, aufzufangen. Die Wölfin wurde vom Ruck so hart herumgerissen, daß sich ihrem aufgerissenen Maul ein heiserer Kläfflaut entrang. Es war der erste richtige Laut, den Zane von ihr hörte, seit sie in der Nacht zuvor geheult hatte. Er hielt das Lasso gestrafft, versuchte jedoch nicht, sie unter den Büschen hervorzuziehen.

Keine zwanzig Schritte trennten sie voneinander, beide durch das Lasso miteinander verbunden.

»Okay«, keuchte Zane, der erst jetzt merkte, daß er völlig außer Atem geraten war. »Okay, jetzt wollen wir mal sehen, wer länger durchhält. Du oder ich.«

Er ging, das Lasso straff haltend, zu einer der kleinen Espen hinüber, die er mehrere Male umrundete. Er löste das Lasso von seiner Taille und machte es am dünnen Stamm des Baumes fest.

Ohne sich um die Wölfin zu kümmern, ging er zum Feuer zurück.

Sie schnappte nach dem straffen Seil und nahm es zwischen die Zähne, aber sie merkte sofort, daß sie es nicht mit einem Biß hätte durchbeißen können. Er beobachtete sie vom Feuer her.

»Mach mir nur nicht mein Lasso kaputt«, rief er ihr zu. »Ein gutes Lasso kostet hundert Dollar oder mehr. Außerdem kenn ich dieses Lasso besonders gut. Ich weiß, wie es in der Hand liegt und wie es geführt werden muß, damit es richtig fliegt.«

Die Wölfin hatte die Ohren zurückgelegt. Sie knurrte nicht. In ihren Augen flackerte der Feuerschein. Es war kalt, dort wo sie lag, und sie war schwach vom Blutverlust, aber sie gab nicht auf.

»Warum machst du nicht einfach die Augen zu und schläfst«, sagte Zane zu ihr. »Du würdest dir und mir eine Menge Schwierigkeiten ersparen. Ich weiß zwar nicht, was ich mit dir anfangen und wo ich dich hinbringen soll, aber vielleicht gelingt es mir, dich vor dem Verbluten zu bewahren.«

Sie machte die Augen nicht zu. Sie beobachtete ihn, das Seil zwischen den Zähnen. Zane wartete, und je länger er wartete, desto ungeduldiger wurde er. Er wußte, daß er die Wölfin von hier wegbringen mußte, bevor es Tag wurde. Was immer auch mit Wade Hicks geschah, am Morgen würde Deputy Sheriff Quinn Bates vom Sheriff der Flathead County wahrscheinlich die Bewilligung kriegen, die Sache vorübergehend selbst in die Hand zu nehmen und so schnell wie möglich und ohne großes Aufsehen zu erregen in Ordnung zu bringen. Was das für ihn bedeutete, war Zane klar. Er durfte nicht zu lange hier an diesem Platz verweilen. Noch bevor der neue Tag graute, wollte er unterwegs sein und sich irgendwo tiefer im Reservatsgebiet der Blackfootindianer verstecken, das sich vom Birch Creek nach Norden hin bis zur kanadischen Grenze ausdehnte. Dabei mußte er offenes Gelände und die Nähe befahrbarer Wege und Straßen vermeiden. Daß sie schon am ersten Tag aus der Luft nach ihm suchen würden, glaubte er nicht, es sei denn, Wade Hicks erlag seiner Schußverletzung. Und daran mochte Zane im Moment überhaupt nicht denken, denn der Zorn, den er noch immer in sich verspürte, schlummerte nur.

Zane erhob sich. Er nahm den Maulkorb von seinem Gürtel und betrachtete ihn im Feuerschein. Es war kein Kunstwerk, das er da fabriziert hatte. Um festzustellen, ob der Maulkorb tatsächlich paßte, hätte er ihn der Wölfin probeweise anlegen müssen. Er blickte zu ihr hinüber. Sie belauerte ihn. Er ging auf sie zu. Sie rührte sich nicht. Der Atemhauch hüllte ihren Kopf ein. Sie hatte eine klar gezeichnete Maske, dunkel auf der Stirn, über dem Nasenrücken und unter den Augen. Ihre Schnauze war mit Blut verschmiert, das sie sich von ihrer Wunde geleckt hatte. Zane roch sie. Es war kein angenehmer Geruch. Sie braucht ein Bad, dachte er.

»Du sträubst dich vergeblich«, sagte er zu ihr. »Bald rinnt kein Tropfen Blut mehr in deinen Adern, und dann ist alles zu spät.«

Er ging auf sie zu und kauerte sich vor ihr nieder. Keine fünf Schritte trennten ihn von ihr, und sie hätte ihn, wenn sie noch die Kraft dazu gehabt hätte, mit einem einzigen Satz anspringen können.

Ob sie überhaupt wußte, wie es um sie stand? Konnte sie ahnen, daß sie sterben würde, wenn sie weiterblutete? Ihre Augen verrieten ihm nichts. Ihre Augen sahen durch ihn hindurch oder an ihm vorbei.

Zane entschied sich, mit ihr zu reden. Seine Stimme vermochte das Mißtrauen in ihr vielleicht abzuschwächen. Er überlegte sich, was er ihr hätte sagen können. Es fiel ihm nichts Gescheites ein.

»Ich erzähl dir von mir«, sagte er leise zu ihr. Sie bewegte kurz ihr linkes Ohr. »Du weißt nicht, wer ich bin«, sagte er. »Mein Name ist Zane. Zane Clark. Und der Junge, der die letzten beiden Tage bei mir war, das ist mein kleiner Bruder Jasper. Du hast mich bestimmt heulen gehört und gedacht, das ist einer, der verrückt ist. Vielleicht bin ich das auch. Vielleicht bin ich verrückt. Ich weiß es nicht. Ich weiß nur, daß ich schon mit Flüssen geredet habe und mit dem Wind im Gras. Und mit Bäumen und Steinen. Mein Großvater sagt, daß alles auf dieser Welt eine Seele hat. Und eine Stimme. Auch Steine. Ich bin nicht ganz sicher, ob das wirklich so ist. Wenn das so wäre, würden wir diese Welt vor Schmerzen schreien hören.«

Zane sah, wie sie das Maul öffnete und den Kopf zur Seite wandte, so daß sie das Lasso nicht mehr zwischen den Zähnen hatte. Er hörte sie atmen, und sie blickte ihn an, und er sah, daß es ihr schwerfiel, den Kopf hochzuhalten.

»Ich wollte eigentlich von hier weggehen«, fuhr er mit sanfter Stimme fort. »Irgendwohin. Nach Texas vielleicht. Vielleicht geh ich immer noch mal dorthin. Später. Wenn das hier vorbei ist. Zuerst werden sie uns jagen. Und wenn sie uns erwischen, werden sie dich töten, und mich werden sie einsperren. Das ist absolut gewiß. Die Gesetze bestimmen das, was sie tun müssen und was sie tun dürfen. Sie haben ein Gesetz erlassen, das dich eigentlich schützten sollte. Aber dieses Gesetz gilt nur so lange, wie du dich ihren Vorstellungen entsprechend aufführst. Du sollst ein Wolf sein und hin und wieder ein Reh reißen oder ein Kaninchen, aber wehe, wenn du dich an einem ihrer Schafe vergreifst oder gar an einem Kalb. Dann gilt dieses Gesetz nicht mehr. Dann bist du nicht mehr nur ein Wolf, dann bist du plötzlich ein Raubtier. Vor Raubtieren fürchten sie sich. Sie fürchten sich vor allen Lebewesen, die sie nicht zähmen können. Sie fürchten sich sogar vor Ameisen und Käfern, ganz besonders aber vor Raubtieren. Sie haben alle Grizzlys, die einmal hier in diesen Bergen gelebt haben, getötet. Sie haben auch alle Wölfe getötet. Onkel Kelso hat den letzten von euch geschossen. Vor zwanzig Jahren. Danach ging er in den Krieg. Zusammen mit Jimmy Hand und mit meinem Vater, der eigentlich nicht mein Vater ist. Mein Vater ist Jimmy Hand. Er fiel im Krieg. Ich weiß nicht viel über ihn. Er war ein Piegan. Ich glaube, seine Seele ist in mir, und alles, was ich tue, ist das, was er tun würde, wenn er an meiner Stelle wäre. Ich habe ihn nie gekannt, aber ich weiß, daß er in mir weiterlebt. Deshalb bin ich hier bei dir. Deshalb versuche ich dir zu helfen.«

Zanes Stimme war leiser und leiser geworden. Jetzt brach er ab, denn die Wölfin hatte den Kopf auf ihre Pfoten gelegt. Ihre Augen waren geschlossen. Ihr Atem ging gleichmäßig. Zane wartete. Er ließ fast zehn Minuten verstreichen, bevor er sich aufrichtete. Sie rührte sich nicht, als er zu ihr ging. Er stellte sich über sie und beugte sich nieder, den Maulkorb in der rechten Hand. Vorsichtig schob er ihn über ihre Schnauze, aber selbst als er sie berührte, erwachte sie nicht. Er verknotete die dünnen Stricke hinter ihren Ohren und unter

ihrem Kinn. Der Maulkorb paßte. Er erlaubte es ihr, das
Maul ein Stück weit zu öffnen. Zane packte sie nun an einem
Vorder- und einem Hinterlauf und zog sie unter den Büschen
hervor. Jetzt wachte sie auf. Ihr Körper zog sich jäh zusammen, und sie schnappte nach ihm, vermochte ihn aber nicht
zu beißen. Er kniete nun über ihr und hielt sie mit beiden
Händen fest. Ihr Atem berührte heiß sein Gesicht.

»Wehr dich nicht!« keuchte er.

Sie versuchte es mit aller ihr verbliebenen Kraft. Sie bäumte sich unter ihm auf und wand und verbog sich ruckartig
nach allen Seiten. Aber Zane gab sie nicht frei, und schließlich erlahmten ihre Kräfte, und sie lag zitternd und hechelnd
unter ihm, die Zunge seitlich aus dem Maul hängend. Zane
lockerte seinen Griff. Er war vor Aufregung und Anstrengung selbst außer Atem geraten. Jetzt richtete er sich etwas
auf. Die Wölfin lag still. Das eine Auge, das er sehen konnte,
war starr auf ihn gerichtet. Er überlegte sich, was er nun tun
sollte. Nun, da er sie in seiner Gewalt hatte, wußte er nicht
mehr, was er mit ihr anfangen sollte. Er blickte zu seinem
Pferd hinüber, das am Rand des Feuerscheins stand und
aufmerksam herübersah.

»Okay«, rief er ihm zu. »Okay, du brauchst mich nicht so
anzusehen, du bist nämlich selbst nur ein Pferd!«

Dakota schnaubte leise.

Er trug sie in den Feuerschein, damit er nach ihrer Wunde
sehen konnte. Sie wehrte sich nicht mehr. Sie lag auf der
Seite, mehr tot als lebendig. Sie blutete aus zwei Wunden,
einem Einschußloch auf der rechten Bauchseite und einem
faustgroßen Loch dort, wo die Kugel ausgetreten war. Zane
untersuchte beide Wunden, und es fiel ihm schwer, zu verstehen, daß die Wölfin überhaupt noch lebte. Entweder war
sie besonders zäh, oder die Gewehrkugel hatte in ihr keine
lebenswichtigen Organe verletzt.

Zane zog seine Jacke und sein Hemd aus. Er benutzte sein

Messer, um das Hemd zu zerlegen und in Streifen zu reißen, mit denen er die Wölfin verbinden konnte. Die Wölfin schien ihn dabei zu beobachten, aber er war nicht sicher, ob sie noch bei Bewußtsein war oder ob ihr nur die Augen offen geblieben waren, als ihre Sinne sie verließen.

Er fesselte ihr die Vorder- und die Hinterläufe mit den Ärmeln seines Hemdes. Dann faltete er zwei Stoffstücke mehrmals zusammen, so daß sie ein kleineres und ein größeres Kissen bildeten. Er legte das kleinere über das Einschußloch und das größere über die Wunde auf der anderen Seite. Dann umwickelte er den hinteren Körperteil der Wölfin mit den Stoffstreifen, bis sie alle aufgebraucht waren. Als er damit fertig war, erhob er sich und trat zurück. Er betrachtete die Wölfin. Sie blieb still am Boden liegen.

»Was sagst du jetzt?« sagte er zu ihr.

Zane ging zum Baum und löste das andere Ende des Lassos. Er nahm ihr die Schlinge vom Hals und rollte das Lasso auf. Dakota stampfte mit den Hufen.

»Wir bleiben nicht hier«, rief er ihm zu. Er machte das Lasso an seinem Sattel fest, nahm die Satteldecke und den Sattel vom Boden auf und ging durch den Feuerschein zu seinem Pferd. Dakota versuchte ihm mit kleinen Schritten auszuweichen.

»Benimm dich!« gebot er ihm. Dakota stand still. Zane legte ihm die Decke und den Sattel auf.

Freunde

Er ritt aus dem Waldschatten heraus und die Straße hinunter, die im Mondlicht lag, durchbrochen vom Schatten der Böschung und der Bäume. Die Wölfin hatte er vor sich quer über dem Sattel liegen, ihren Kopf in seiner Armbeuge. Sie war beinahe tot. Ihre Nase fühlte sich eiskalt an, und die Zunge hing ihr aus dem Maul.

Er zügelte sein Pferd hart an der Böschung. Mit der Wölfin auf den Armen stieg er ab. Dakota wollte nicht stillstehen. Der Geruch der Wölfin ängstigte ihn. Zane sagte ihm, daß er auf ihn warten solle. Er ließ die Zügel einfach auf den Boden herunterhängen, damit Dakota wußte, daß er sich nicht vom Platz entfernen durfte.

Zane ging die Straße hinunter auf den alten Wohnwagen zu, der mitten auf einem staubigen Platz an ihrem Ende stand. Die Hunde fingen an zu bellen, als sie ihn hörten und die Wölfin rochen. Es waren zwei Jagdhunde, die Marions Vater gehörten. Einer hieß Toby. Der andere Flint. Die Hunde drehten schier durch in ihrem Zwinger, jagten am Maschendrahtzaun hin und her und bellten ihr rauhes, hustendes Bellen.

Im Wohnwagen ging ein Licht an und sofort wieder aus. Dann knallte auf der hinteren Seite eine Metalltür zu. Zane trat aus dem Schatten, so daß man ihn vom Haus aus deutlich sehen konnte. Der Mond schien ihm ins Gesicht.

»Mr. Galloway!« rief Zane. »Ich bin's, Zane Clark!«

»Zane Clark? Mann, du bist besser Zane Clark, wenn ich dich sehe, sonst fliegt dir eine Ladung Sauposten um die Ohren!«

Die Stimme kam aus dem Schatten des Wohnwagens, von dort, wo eine Bretterhütte an seiner Längsseite angebaut worden war, mit einer überdachten Veranda, auf der allerlei Gerümpel herumlag. Zane konnte Henry Galloway nicht sehen, aber er kannte ihn gut genug, um zu wissen, daß er mit einem schußbereiten Schrotgewehr um den Wohnwagen und die Bretterhütte herum kam.

Blech schepperte. Ein Eimer rollte von der Veranda herunter, und Henry Galloway fluchte. Die Hunde sprangen wild gegen den Zaun.

»Kid, was, zum Teufel, treibst du dich um die Nachtzeit hier draußen herum?« kam Henry Galloways Stimme aus dem Dunkeln. »Weißt du denn, wie spät es ist?«

»Ich brauche eure Hilfe«, gab Zane zurück, aber die beiden Hunde machten so viel Lärm, daß Henry Galloway ihn nicht hören konnte. Er brüllte seine Hunde an und befahl ihnen Ruhe zu geben. Sie kuschten erst, als er aus dem Schatten heraus zum Zwinger ging und mit dem Schuh gegen den Zaun trat.

Im Wohnwagen ging das Licht wieder an, und in einem der kleinen Fenster tauchte ein Schatten auf.

»Henry, es ist tatsächlich Zane Clark, der dort steht!« rief eine Frauenstimme. »Ich kann ihn erkennen.«

»Ich bin auch nicht blind, Norma Jean!« rief Henry Galloway zurück. Er kam auf Zane zu und blieb dann beim Wrack eines alten Ramblers stehen, der den Galloways als Hühnerhaus diente.

»He, Kid, was soll das? Brauchst du 'ne Einladung, um näher zu treten oder was?« Beim Wohnwagen ging ein Außenlicht an, und Mrs. Galloway und Marion traten heraus. Mrs. Galloway trug einen Morgenmantel und klobige Schuhe, während Marion ihre Bettdecke um sich gehüllt hatte. Beide kamen zögernd auf den Platz heraus und blieben dicht beieinander im eisigen Wind stehen. Hinter ihnen erschien Link auf der Veranda. Er hatte eine Stablampe in der Hand und leuchtete damit zu Zane hinüber, der auf der Straße zwischen den tief ausgefahrenen Radrillen stand.

»Zane, was ist das, was du auf den Armen hast?« fragte Henry Galloway mißtrauisch.

»Ein Wolf«, sagte Zane, den das grelle Licht der Stablampe blendete.

»Ein was?«

»Ein Wolf, Sir.«

»Kid, wenn du mich auf den Arm nehmen willst, komm lieber bei Tag noch mal vorbei.«

»Wade Hicks hat letzte Woche beim Reservoir Wolfsspuren entdeckt«, erklärte Zane. »Seither machten sie Jagd auf den Wolf. Gestern, am Nachmittag, haben sie ihn angeschossen.«

»Henry, dann stimmt es also doch, was die Cowboys von der Rocking-K erzählt haben. Daß ein Wolf in den Hügeln herumstreift!«

»Bucky Steele und Tomo haben seine Spuren gesehen, Ma'am. Am Wochenende waren Cowboys von der Rocking-K in den Hügeln, um den Wolf abzuschießen.«

»Und was bringst du uns 'nen toten Wolf her, Kid?« Henry Galloway ging auf Zane zu. »Er stinkt schlimmer als 'ne Ratte. Kein Wunder, daß Toby und Flint durchgedreht haben, als sie ihn witterten.«

»Er ist nicht tot, Mr. Galloway«, sagte Zane.

»Er ist nicht tot?«

»Nein, Sir. Ich glaube, er lebt noch ein bißchen.«

»Teufel, Kid, was willst du hier mit 'nem halbtoten Wolf?«

»Ich bin auf dem Weg nach Norden.«

»Durchs Reservat? Was tust du dann hier, mitten in der Nacht?«

»Ich war schon auf dem Weg, aber dann dachte ich, daß ich ein paar Dinge dringend brauche.«

Henry Galloway blieb ein paar Schritte von Zane entfernt stehen. Er starrte den Wolf an, dessen Läufe über Zanes Arme herunterhingen.

»Was willst du mit 'nem halbtoten Wolf, Kid?« fragte er noch einmal. Hinter ihm näherten sich Mrs. Galloway und ihre Tochter Marion so vorsichtig, als fürchteten sie beim nächsten Schritt in einen Abgrund zu stürzen. Link kam von der Veranda herunter, und sein Vater sagte ihm, daß er die Lampe ausmachen oder zumindest Zane nicht ins Gesicht leuchten solle.

»Wer, sagst du, hat diesen Wolf angeschossen?«

»Wade Hicks und Lester Couch waren hinter ihm her. Ich war nicht dort, als sie ihn überraschten. Ich kam später hinzu, als sie vom Indian Knife Creek her seiner blutigen Fährte folgten.«

»Und was geschah dann?«

Zane schwieg. Henry Galloway kniff die Augen etwas zusammen.

»Ich habe vor, ihn dorthin zu bringen, wo er in Sicherheit ist, Sir.«

»Und wo ist das deiner Meinung nach, Kid?«

»In Kanada, wahrscheinlich.«

»Du willst diesen Wolf nach Kanada bringen?«

»Ja.«

»Weißt du, wie weit es von hier bis zur Grenze ist, Kid?«

»Ungefähr.«

»Und wie bist du unterwegs, Kid? Etwa zu Fuß?«

»Ich habe Dakota dort hinten zurückgelassen.« Zane deutete mit dem Kopf über seine Schulter zurück.

»Du bist mit deinem Pferd hier?«

»Ja. Ich brauche ein Wundpulver und Verbandszeug, Sir. Und eine Decke. Außerdem würde ich mir gern ein paar warme Sachen ausleihen. Mit meinem Hemd habe ich ihre Wunden verbunden.«

»Ihre Wunden?«

»Es handelt sich um eine Wölfin, Sir.«

Henry Galloway blickte Zane mit einem merkwürdigen Ausdruck in seinen Augen an. Dann wandte er sich seiner Frau zu. »Hast du gehört, was der Junge gesagt hat, Norma Jean? Der Wolf ist eine Wölfin, und er will sie nach Kanada bringen.«

»Zane, wissen deine Eltern, daß du ...«

»Niemand weiß, wo ich bin, Ma'am«, unterbrach Zane sie schnell.

»Dann komm erst einmal ins Licht, Kid«, forderte Henry Galloway Zane auf.

»Und wenn du willst, ruf ich deine Leute an, Zane«, sagte Mrs. Galloway. »Dein Vater könnte mit dem Pickup in einer guten Stunde hier eintreffen und ...«

»Norma Jean, wenn er mitten in der Nacht hierherkommt, anstatt nach Hause zu gehen, dann hat er dafür bestimmt triftige Gründe«, fiel Henry Galloway seiner Frau ins Wort. »Komm, Kid. Geh mit deinem Wolf nicht zu nah an den Zwinger ran. Toby ist imstande, über den Zaun zu klettern, und Flint könnte ihm das nachmachen wollen.« Henry Galloway ging Zane voran. »Mach das Schuppenlicht an, Norma Jean, und hol mal ein paar warme Sachen für den Jungen. Ein Hemd und wollenes Unterzeug und ein paar Wollsok-ken. Außerdem kann er ganz bestimmt ein warmes Essen vertragen, stimmt's, Kid?«

»Bist du sicher, daß ich nicht deinen Leuten Bescheid geben ...«

»Norma Jean, der Junge will diesen Wolf nach Kanada bringen. Glaubst du im Ernst, daß das irgend jemand verstehen würde?« Henry Galloway rief seinen Hunden zu, sich zu verkriechen. Sie standen am Zaun und knurrten. »Marion, hol sein Pferd her und gib ihm was zu fressen.«

»Paß auf, Dakota ist ziemlich durcheinander«, warnte sie Zane.

»Nicht nur er, scheint es mir«, sagte Marion.

»Hör nicht auf sie«, sagte ihr Vater. »Seit sie erfahren hat, daß sie in Portland an der Uni zugelassen wurde, spinnt sie. Du solltest mal sehen, was für Kleider sie sich in Great Falls gekauft haben, sie und ihre Mutter.«

Zane folgte Galloway zum Schuppen. Dort brannte jetzt eine nackte Glühbirne, die an einem Kabel vom Giebelbalken herunterhing. Aus dem Hauswagen kam Mrs. Galloways Stimme. »Hähnchen oder Stew, Zane?«

»Mach das Stew warm, Norma Jean. Für mich auch.« Henry Galloway legte seine Schrotflinte auf den Sitz eines alten Traktors, der im Schuppen abgestellt war. »Moment, Kid, gleich kannst du ihn hier auf die Werkbank legen, und dann sehen wir uns mal seine Wunden an.« Er machte auf der Werkbank Platz, indem er alles, was darauf gestanden oder gelegen hatte, mit der Hand über den Rand schob. Dann holte er eine Decke aus dem Hauswagen und legte sie auf der Werkbank aus. »So, jetzt leg ihn mal hin, Kid«, forderte er Zane auf.

Zane legte die Wölfin auf die Wolldecke. Mit einem Messer zerschnitt Galloway die Hemdstreifen, mit denen Zane ihre Wunden verbunden hatte. Sie waren durch und durch mit Blut vollgesogen. Henry Galloway blickte sich nach seinem Sohn um. »Link, leuchte mir mal!« befahl er ihm. Link trat näher heran und richtete die Stablampe auf die Wölfin. Vorsichtig löste Henry Galloway die Stoffstücke vom rohen Fleisch, an dem sie festklebten. Aus dem Einschußloch lief kein Blut mehr, aber auf der anderen Seite blutete die Wunde noch immer. Draußen erklang Hufschlag. Marion brachte Dakota zum Schuppen. Sie trug jetzt Jeans und eine dicke Wolljacke, deren Kragen sie hochgeschlagen hatte. Ihr Haar hing ihr strähnig unter einer Baseballmütze hervor.

»Gib ihm Wasser und Heu, Marion!« sagte ihr Vater.

Sie brachte Dakota zur Pferdekoppel hinter dem Schuppen.

»Soll ich ihn absatteln?« rief sie zum Schuppen hinüber.

»Nein«, rief Zane zurück.

Unterdessen hatte Henry Galloway mehrere Dosen und eine Flasche von einem Regal heruntergenommen. Er säuberte die Wunden der Wölfin mit reinem Alkohol. Marion kam von draußen herein. Sie blickte Zane an und schüttelte den Kopf. »Ich kann's nicht fassen«, sagte sie. »Das geht einfach nicht in meinen Kopf rein, Zane.«

»Ich will nicht, daß sie stirbt, Marion. Das ist alles!«

Sie lachte. »Man hat mir immer gesagt, daß mit dir irgendwas nicht stimmt, Zane. Ich wollte es nur nicht glauben.«

»Und jetzt bist du sicher?«

»Nein. Ich weiß nicht. Ich glaube, dieser Wolf hatte viel Glück, ausgerechnet dir zu begegnen.«

Ihr Vater, der dabei war, die Wunden im Lichtkegel der Stablampe zu untersuchen, blickte kurz auf, kniff die Augen etwas zusammen, als er seine Tochter anblickte, und kümmerte sich wieder um die Wölfin.

»Ich bin zwar kein Tierarzt, Kid, aber eines kann ich dir mit Gewißheit sagen; dieser Wolf wäre ohne dich längst am Blutverlust krepiert.«

»Glauben Sie, daß sie überlebt, Mr. Galloway?«

»Das ist schwer zu sagen, Kid. Vielleicht blutet sie nach innen weiter, ohne daß du dagegen etwas machen kannst.« Er gab seinem Sohn die Stablampe zurück. »Ein Tierarzt könnte sie vielleicht retten. Bist du sicher, daß du sie nicht nach Buckhorn bringen willst?«

Zane schüttelte den Kopf. »Das geht nicht«, sagte er.

Galloway nickte und begann die Wunden mit einer dicken grauen Salbe zu bestreichen, die auch auf der Clark Ranch benutzt wurde, wenn sich Pferde verletzten.

»Bring mir bitte ein paar alte Handtücher, Marion. Und allen Verbandstoff, den deine Mutter auftreiben kann.«

Marion verließ den Schuppen. Kurze Zeit später kam sie mit den Handtüchern und mehreren Rollen von elastischem Verbandstoff zurück. Vorsichtig legte ihr Vater der Wölfin einen dicken Verband an.

»Sobald sie aufwacht und merkt, was los ist, wird sie versuchen, mit den Zähnen an den Verband heranzukommen. Du mußt aufpassen, Kid. Ich würde den Verband einige Tage lang dran lassen und ihn dann erneuern. Nimm die

Salbe mit und den Alkohol. Außerdem können ihr ein paar Aspirin bestimmt nicht schaden.«

»Das Essen steht auf dem Tisch!« rief Mrs. Galloway aus der Tür des Hauswagens.

»Komm ins Haus, Kid«, sagte Henry Galloway.

»Und die Wölfin?«

»Die lassen wir hier. Marion kann auf sie ...«

»Im Leben nicht!« fiel Marion ihrem Vater ins Wort und stürmte aus dem Schuppen. Henry Galloway lachte. »War nichts als ein Scherz«, sagte er. »Kid, glaub es mir, es gibt hier bei uns nicht mehr viel, worüber man richtig lachen könnte.« Er hüllte die Decke um die Wölfin, hob sie vorsichtig von der Werkbank und trug sie hinaus. Draußen legte er sie zwischen dem Gerümpel auf die Veranda.

Sie schauten ihm beim Essen zu. Link spielte an der Stablampe herum, knipste sie an und aus und an und aus. Galloway saß ihm gegenüber am Tisch. Er bot Zane ein Bier an. Zane lehnte ab. Eine Wanduhr im kleinen Wohnzimmer schlug vier. Galloway blickte vom Teller auf.

»Hör auf, mit der Lampe herumzuspielen, Link!«

Link legte die Lampe auf die Anrichte. Er war ein magerer Junge mit großen Ohren, die ihm vom Kopf abstanden. Er sah mehr seinem Vater ähnlich als seiner Mutter. Seine Mutter war zierlich. Einmal mochte sie hübsch gewesen sein. Ähnlich hübsch, wie es Marion jetzt war.

Die Galloways lebten seit mehr als zehn Jahren in diesem Wohnwagen und in der angebauten Bretterhütte. Früher war Galloway ein Farmer gewesen. Irgendwo in Colorado. Die Bank hatte ihm die Farm genommen. Jetzt arbeitete Galloway für Lugosi & Co., eine Firma, die vorfabrizierte Holzhäuser herstellte, von denen er selbst sich keines leisten konnte. Seine Frau arbeitete in Buckhorn im General Store. Link ging in Buckhorn zur Schule. Er war ein widerwärtiger Knilch, der nirgendwo beliebt war.

»Nimmst du die Straße zum Marias-Paß hoch?« fragte ihn Galloway.

»Kaum«, sagte Zane. Er blickte sich nach Mrs. Galloway um. »Das Stew schmeckt ausgezeichnet, Ma'am.«

»Iß nur, Zane. Wer weiß, wann du wieder dazu kommst, deinen Bauch vollzuschlagen.«

»Verhungern wird er sicher nicht«, sagte Galloway. »Pack ihm nur schön was ein, Norma Jean.«

»Artischocken, Zane. Ich habe zwei Büchsen Artischockenherzen im Küchenschrank stehen, die niemand mag.«

»Pack ihm lieber was Eßbares ein, Norma Jean. Hier frißt kein Schwein Artischockenherzen. Wir sind hier, Gott sei Dank, nicht in Kalifornien.«

»Wir sind hier nirgendwo«, sagte Marion.

»Ißt du vielleicht Artischockenherzen?«

»Sicher nicht mitten in der Nacht, Dad.«

»Ich gebe dir vom Stew mit, Zane. Außerdem denke ich, daß du Hundefutter mitnehmen solltest. Könnte ja sein, daß du den Wolf durchbringst, und dann verhungert er dir, weil du für ihn nichts zu essen dabei hast.«

»Sie ißt bestimmt kein Hundefutter«, sagte Link.

»Warum denn nicht«, wandte Marion ein. »Wölfe sind auch Hunde.«

»Wölfe sind keine Hunde. Wölfe sind Wölfe.«

»Und die Hunde. Stammen die etwa nicht von den Wölfen ab?«

»Einige vielleicht. Aber Pudel bestimmt nicht.«

Zane hatte den Teller leergegessen. Er stand auf. »Ich muß jetzt gehen«, sagte er. »Danke für alles.«

»Nichts zu danken, Kid«, sagte Henry Galloway. »Melde dich mal, wenn du wieder zurück bist. Ich würde gern wissen, wie das ausgegangen ist mit diesem Wolf.«

»Und bring die Kleider zurück, wenn du sie nicht mehr brauchst, Zane«, sagte Mrs. Galloway.

»Jawohl, Ma'am, das werde ich ganz gewiß tun.«

Zane nahm das Kleiderbündel von der Anrichte und verließ die Küche durch das kleine Wohnzimmer des Wohnwagens. Sie folgten ihm alle und schauten ihm zu, wie er die Kleider in den Satteltaschen verstaute und den Proviantbeutel, den ihm Mrs. Galloway übergab, am Sattel festmachte.

Henry Galloway begann im Gerümpel herumzukramen, der auf der Veranda herumlag. »Da lag doch immer ein Halsband rum, das Toby früher getragen hat«, sagte er. Er schob mit dem Schuh eine leere Schachtel zur Seite, in der einmal ein Transistorradio eingepackt gewesen war. Marion zeigte auf einen der Stützpfosten, die das Verandadach trugen. Dort hingen nebst einer alten Rattenfalle und einem Barometer ein paar Stricke, Ketten und Leinen auf mehreren krummen Nägeln. Tobys altes Halsband aus dickem Rindsleder und mit Chromnieten verziert, lag beim Pfosten auf den Bodenbrettern. Galloway hob es auf, inspizierte es kurz und meinte, daß es dem Wolf passen würde. »Ohne ein Halsband kannst du ihn nicht an die Leine nehmen, Kid, wenn du ihm mal die Fesseln abnimmst.«

Er nahm ein langes, dünnes Seil von einem der Nägel, und er kam herüber und übergab Zane das Halsband und das Seil. Zane legte der Wölfin das Halsband an und überprüfte den Sitz.

»Es soll noch kälter werden, Kid«, sagte Mr. Galloway. »An deiner Stelle würde ich die Straße nach Battle Butte nehmen. Da schützen dich die Hügel wenigstens vor dem Wind. Außerdem hast du doch Verwandte im Reservat. Dein Onkel Kelso soll sich irgendwo in der Milk River Ridge verkrochen haben, er kann dir und deinem Wolf bestimmt weiterhelfen.«

»Ich weiß nicht, welchen Weg ich nehmen werde.«

»Was sollen wir deinen Leuten sagen, wenn sie uns fragen?«

»Sagen Sie meiner Mutter, daß sie sich keine Sorgen um mich zu machen braucht.«

»Sie wird sich trotzdem welche machen, Zane.«

»Gibt es sonst noch etwas, was wir für dich tun können, Zane?« fragte Mrs. Galloway.

Zane nahm die Zügel auf und ging mit Dakota zur Veranda, auf der die Wölfin lag.

»Sagen Sie Quinn Bates, daß Wade Hicks zuerst auf mich geschossen hat«, sagte Zane, ohne jemanden anzusehen. Er ging auf die Veranda, kauerte sich nieder und hob die Wölfin auf. Sie starrten ihn ungläubig an.

»Wie war das, Zane?« fragte Marion. »Wer hat auf wen geschossen?«

»Wade Hicks hat auf mich geschossen.«

»Und du, Kid?« Henry Galloway kam auf ihn zu.

»Ich habe zurückgeschossen.«

Zane stand auf, die Wölfin auf den Armen. Er trat von der Veranda herunter, stellte seinen linken Fuß in den Steigbügel und stieg in den Sattel.

»Du bist nicht getroffen«, sagte Mrs. Galloway. »Du bist unverletzt, nicht wahr, Zane?«

»Ja.«

»Und Wade Hicks?«

Zane nahm die Zügel auf. Er sah Marion an.

»Antworte ihr, Kid!« sagte Henry Galloway. »Wir sind deine Freunde! Von uns erfährt keiner was.«

»Lester Couch und mein Bruder Jasper haben ihn nach Buckhorn gebracht.«

»Teufel, das heißt, daß er verletzt ist?«

»Ja.«

»Du hast ihn getroffen?«

Zane nickte. Er zog Dakota langsam herum und ritt durch den Lichtschein der Lampe, die neben dem Eingang des Wohnwagens brannte.

»Kid, weißt du, was das bedeutet?« rief ihm Henry Galloway nach. »Das bedeutet, daß sie hinter dir her sein werden!«

Zane gab ihm keine Antwort mehr. Er trieb Dakota mit den Schenkeln an und ritt in die Dunkelheit hinaus.

Der untere Lauf des Birch Creek war die Grenze zum Reservat. Zane ritt ein Stück weit im Tal des Birch Creek bis zur Biegung, von der aus der kleine Fluß für einige Meilen nordwärts floß. Dort, etwa eine halbe Meile westlich des Highway 89, durchquerte er den Birch Creek an einer Stelle, wo sein Bett eine natürliche Furt bildete. Mitten im Bach hielt er Dakota an und ließ ihn trinken. Das war, als die Wölfin aufwachte.

Sie öffnete die Augen. Er spürte, wie sich ihr Körper wie im Krampf zusammenzog, und er packte sie mit der freien Hand am Nackenfell, das sich borstig aufgerichtet hatte.

Sie rührte sich nicht, und sie schien den Atem anzuhalten. Starr lag sie quer vor ihm über dem Sattel. Ihr Kopf ruhte in seiner Armbeuge.

»He«, sagte er. »Gut geschlafen?«

Er trieb Dakota zum Ufer und stieg ab. In diesem Moment versuchte sie freizukommen. Sie schnellte herum und hieb ihm ihre gefesselten Pfoten vor die Brust. Zane hatte noch einen Fuß im Steigbügel, als Dakota scheuend den Kopf hochwarf und mit tänzelnden Schritten zur Seite drängte. Zane verlor das Gleichgewicht. Er stürzte, die Wölfin am Nackenfell festhaltend und rutsche den Abhang hinunter und fiel über die niedere Böschung in den Bach hinein.

Das Wasser war so kalt, daß es ihm den Atem verschlug. Während er selbst bis auf die Haut naß wurde, hielt er die Wölfin mit beiden Händen über Wasser. Sie versuchte, sich drehend und wendend loszureißen, aber seine Finger gruben sich tief in ihr Fell und die lose Haut über ihren zuckenden Muskeln. Sie fauchte ihm ins Gesicht, als er hochkam und zum Ufer watete, die Kleider triefend an ihm herunterhängend und die Kälte in seinen Gliedern. Er taumelte die Böschung hoch, und oben ließ er sie los, und sie fiel auf den

Boden und schlug mit ihren Pfoten aus wie ein Pferd, aber sie brachte es nicht fertig, die Fesseln loszuwerden. Sie schob sich, den Körper gegen die Erde gepreßt, durch das Gestrüpp und das dürre Gras, und schließlich blieb sie am Ast eines Busches hängen. Sie versuchte den Ast zwischen die Zähne zu kriegen, aber der Maulkorb hinderte sie daran, und schließlich erlahmten ihre Kräfte, und sie gab auf. Hechelnd lag sie am Boden und schielte zu ihm herüber.

»Reicht's jetzt?« sagte er grimmig. Er wandte sich von ihr ab und blickte sich nach seinem Pferd um. Es stand im Waldschatten am Hang und äugte nervös herüber, zur Flucht bereit. Er ging durchs Gestrüpp auf das Pferd zu, und es wich vor ihm zurück, die Zügel am Boden.

»Bleib stehen!« befahl er ihm. »Bleib nur schön stehen, wenn du keinen Ärger willst!«

Dakota schnaubte ihm entgegen. Zane ergriff die Zügel und klopfte ihm auf den Hals. »Laß dich von ihr nicht nervös machen, Mann«, sagte er, und er streichelte ihn, bis er sich beruhigt hatte. Dann führte er ihn zu einem Baum und machte ihn fest. Er holte das Hemd und das Unterzeug, das ihm die Galloways mitgegeben hatten, aus den Satteltaschen. Dann zog er sich aus und spazierte nackt in der Sonne herum. Die eisige Luft nagte an ihm, während sie ihn trocknete, und er versuchte sich warm zu halten, indem er seine Arme und Beine rieb. Er sah zur Wölfin hinüber. Die Wölfin sah ihm zu.

»Noch nie einen nackten Menschen gesehen, was?« rief er ihr zu.

Es war merkwürdig, aber ihr Blick machte ihn verlegen. Schnell zog er Galloways Unterzeug an, ein paar Wollsocken, das karierte Hemd und eine alte Armeehose, mit aufgenähten Taschen und Flicken auf den Knien. Er hängte seine nassen Sachen über die Äste eines kahlen Busches, so daß das Wasser aus dem Stoff laufen konnte. Es war kurz nach neun. Er fragte sich, ob man inzwischen schon nach ihm suchte.

Hier, auf Reservatsland, das den Schwarzfußindianern gehörte, hatte Quinn Bates eigentlich als Sheriff keine Befugnis. Trotzdem war Zane sicher, daß Bates sich von den Reservatsgrenzen nicht aufhalten lassen würde.

Zane ging zur Wölfin zurück. Er kauerte bei ihr nieder, und sie rührte sich nicht. Er packte sie und hob sie auf und trug sie zum Bachufer hinunter. Dort nahm er einen kleinen Ast vom Boden auf und schob ihn durch eine Lücke im Seilgeflecht des Maulkorbes. Sie schnappte nach dem Stock, als er damit ihre zurückgezogenen Lefzen berührte, und er zwang sie, den Stock hinter ihren Fängen mit den Backenzähnen festzuhalten. Ihr Maul blieb dadurch halb geöffnet, und sie bleckte die Fänge, und ihre Augen waren nur noch zwei schmale Schlitze. Sie hatte die Ohren flach zurückgelegt und knurrte und fauchte. Er legte sie auf den Rücken. Sie zog den Schwanz zwischen den Hinterbeinen eng gegen den Leib, und sie pißte sich an und seine ohnehin schon nassen Stiefel.

Ätzender Uringestank hüllte ihn ein, als er mit der Hand Wasser schöpfte und es ihr von der Seite in den Mund laufen ließ. Sie schnappte knurrend nach seiner Hand, den Stock noch immer im Maul. Er fuhr zurück, obwohl sie ihn nicht beißen konnte, und dabei verschüttete er Wasser über ihren Kopf.

»Was soll das denn?« fuhr er sie an. »Du mußt trinken, wenn du gesund werden willst!« Er zog sie näher an den Bach heran, und sie begann sich zu wehren, als er ihr den Kopf ins Wasser stieß, so daß sich ihre Schnauze mit dem Maulkorb unter Wasser befand. Ihr Widerstand erlahmte schnell. Er zog sie zurück und ließ sie am Ufer liegen. Einige Schritte von ihr entfernt setzte er sich hin, zog die stinkenden Stiefel aus und stellte sie ins Wasser. Es fiel ihm auf, daß seine Finger ihren Geruch angenommen hatten. Er wusch sich die Hände im Bach und trank dann aus ihnen. Als er sich aufrichtete, sah er sie trinken. Sie hatte jetzt den Stock nicht mehr zwischen den Zähnen. Durch den Maulkorb behindert, schlappte sie mit ihrer Zunge Dreckwasser aus einem tiefen Hufabdruck, der von Dakota stammte.

Er ließ sie trinken, und er beobachtete sie, und als der Hufabdruck leer war, nahm er einen seiner Stiefel und füllte ihn mit Wasser. Mit dem randvollen Stiefel ging er zu ihr, und er ließ das Wasser aus dem Stiefelschaft in den Hufabdruck laufen, bis er voll war. Er trat zurück, und sie belauerte ihn, und er trat noch einen Schritt zurück und wartete. Sie begann zu trinken, und sie beobachtete ihn, während sie trank. Sie mußte einen furchtbaren Durst gehabt haben. Zum zweiten Mal trank sie den Abdruck leer, und er ging zu ihr und kauerte sich bei ihr nieder. Er hielt ihr den Stiefel so hin, daß sie das Wasser im Schaft blinken sehen konnte.

»Trink!« sagte er leise. »Ich seh dir an, daß du noch Durst hast.«

Er wartete vergeblich darauf, daß sie seiner Aufforderung nachkommen und das Wasser aus seinem Stiefel trinken würde. Er redete ruhig auf sie ein, und sie schien ihm zuzuhören, und es schien fast, als könnte sie seine Worte verstehen. Aber sie trank nicht aus seinem Stiefel. Er gab es schließlich auf und füllte den Abdruck noch einmal mit Wasser. Sie trank, noch während das Wasser aus dem Stiefel in den Abdruck lief. Er lachte, und sie erschrak. Er lachte, und er beugte sich über sie und lachte ihr ins Gesicht. Sie begann am ganzen Leib zu zittern. Er hob die freie Hand und begann sie zu streicheln. Ihr Fell war kalt und feucht und voll mit feuchtem Dreck. Nach einer Weile zitterte sie nicht mehr.

Er blickte auf sie nieder. Das Licht der Sonne lag über ihr. Sie lag auf der Seite, mit dem Kopf auf der glitschigen Erde in der Fährte des Pferdes. Sie wich seinem Blick aus.

»Okay«, sagte er. »Du siehst schon besser aus als vorher. Nicht mehr so blaß um die Nase.«

Er schüttete den Rest des Wasser aus dem Stiefel in den

Bach. Plötzlich verharrte er. Ganz leise vernahm er Motorengeräusch, das von Süden her kam. Hastig zog er den Stiefel an und lief zu dem Platz, wo der andere Stiefel im Wasser stand. Er holte ihn heraus und zog ihn stehend an. Dabei verlor er beinahe das Gleichgewicht. Ohne sich nach dem Wolf umzusehen, jagte er einen Hang hoch zu einer Kuppe, von der aus er ein Stück des Highway 89 sehen konnte. Im Schatten der Bäume ließ er sich auf die Stiefelabsätze nieder. Sein Hosenboden sog sich sofort mit Wasser voll. Er stand auf und stellte sich hinter einen Baumstamm. Das Motorengeräusch wurde lauter, aber das Fahrzeug, von dem es stammte, war noch nicht zu sehen. Erst nachdem mehrere Minuten vergangen waren, tauchte in einer langezogenen Kurve etwa zwei oder drei Meilen weit entfernt ein Fahrzeug auf. Zane kniff die Augen etwas zusammen. Konnte es sein, daß es der neue Dodge Pickup seines Vaters war, der dort auf der Straße langsam herankam? Zuerst war Zane nicht ganz sicher, aber nach wenigen Minuten, als das Fahrzeug die Waldschatten hinter sich ließ und vom Licht der Morgensonne erfaßt wurde, war er sicher, daß es der Pickup war. Er spürte, wie ihm das Herz gegen die Brust polterte. Er sah sich nach einem besseren Versteck um, aber es gab hier oben keines. So machte er sich hinter dem Baumstamm so dünn wie möglich und äugte nur mit einem Auge hervor.

Ganz langsam näherte sich der Pickup. In der Windschutzscheibe spiegelten sich die Hügel und der Himmel. Zane konnte nicht erkennen, wer hinter dem Steuer saß. Aber hinten, auf der Ladebrücke, saßen mehrere Gestalten, die alle dick vermummt waren und Gewehre in den Händen hielten. Der Pickup fuhr keine dreißig. Er bog etwa eine halbe Meile entfernt auf den alten Rastplatz ein, wo ein windschiefes Schutzdach über einen Tisch und zwei Bänken aus Beton hinausragte. Bei der schußdurchlöcherten Mülltonne hielt der Pickup an. Der Boden dort glitzerte von Flaschenscherben, als hätte ihn jemand mit Glimmer bestreut. Die Fahrertür ging auf. Es verschlug Zane den Atem, als er seinen Vater aussteigen sah.

Hinten auf der Ladebrücke glaubte er seinen Bruder Jasper zu erkennen. Und Quinn Bates, den Deputy, zusammen mit Lester Couch und einem anderen Mann, den Zane nicht erkennen konnte, weil er eine Skimütze trug, die sein Gesicht fast vollständig bedeckte. Henry Galloway war nicht bei ihnen. Quinn Bates kletterte über die Heckbracke herunter und ging um den Pickup herum. Er öffnete die Beifahrertür und hielt sie für Zanes Mutter auf. Cody sprang heraus und lief schnurstraks zur Mülltone und pinkelte dagegen. Da der Wind von Nordwesten her kam, brauchte Zane nicht zu fürchten, daß Cody ihn oder den Wolf hätte wittern können.

Zanes Mutter stieg aus. Sie sagte etwas zu Bates. Dann ging sie ein Stück weit die Straße entlang und blickte zu den Hügeln hoch. Und ganz leise hörte Zane ihre Stimme. Sie rief seinen Namen. Drei- oder viermal rief sie nach ihm. Dann blieb sie stehen und blickte sich nach ihrem Mann um, der dabei war, zum Pickup zurückzugehen. Zane sah, wie sein Vater stehenblieb. Er zeigte zu den Hügeln hoch, in die Richtung des Birch Creek. Zane zog den Kopf unwillkürlich zurück. Mit angehaltenem Atem wartete er. Eine Minute verging. Zwei. Der Motor des Pickup begann zu laufen. Zane lugte vorsichtig hinter dem Baum hervor. Der Pickup fuhr vom Rastplatz und schwenkte auf die Straße ein. In Richtung Norden. Eine halbe Meile weiter überquerten sie den Birch Creek. Zane konnte die Brücke von seinem Standort aus nicht sehen. Er wartete, bis das Motorengeräusch verklungen war. Dann eilte er den Abhang hinunter zum Platz zurück, wo er Dakota und die Wölfin zurückgelassen hatte.

Weites Land

Er wußte nicht genau, wo er sich befand. Irgendwo in den Ausläufern der Heart Butte Mountains, wahrscheinlich im Quellgebiet des Badger Creek. Seit zwei Tagen war er keinem Menschen mehr begegnet. Er hielt sich die meiste Zeit in schmalen, unzugänglichen Tälern auf, deren Hänge bewaldet waren. Er traf auf keinen Weg, der befahrbar gewesen wäre, und die einzigen Pfade, denen er folgte, waren vor ihm von Wildtieren benutzt worden.

Es war ein wildes Land, in dem der Sturm die Bäume fällte und nicht die Motorsägen derjenigen, die den Wert eines Baumes in Dollar und Cent maßen. Unberührt von der Zivilisation und ihrem Fortschritt, bot es sich Zane an wie ein letzter Rest jener ursprünglichen Welt, in der seine Vorfahren, die Schwarzfuß, gelebt hatten, bevor es zu ihrem Reservat bestimmt worden war. Die Heimat war dieses Land gewesen, für zehntausend von ihnen, denen noch vor hundert Jahren nicht einmal der Horizont eine Grenze sein konnte. Von irgendwoher waren sie hierher gekommen, mit Erinnerungen, die angesichts der Schönheit und der Gastfreundlichkeit dieses Landes verblaßten wie alte Träume. Die Sonne war ihr Gott gewesen, der Kojote ihr Bruder, das Pferd ihr Gefährte und der Bison ihr Freund. Zu schnell war jene Welt untergegangen, zerstört durch einen Eindringling, dem sie so, wie sie vom Schöpfer geschaffen wurde, nicht gut genug war. Selbst ein Wesen, das zur Kreation des Allmächtigen gehörte, entwickelte sich dieser Eindringling rasch zu einem Vernichter, der vor nichts und niemandem haltmachte, mächtiger als der mächtigste Sturmwind, listiger als der listigste Fuchs und tollkühner als der tollkühnste Piegan. Seine Welt war in der Zukunft. Seine Welt war nicht die Welt des allmächtigen Schöpfers, sondern seine, von ihm geschaffene und nach seinem Gutdünken hergestellte Welt.

110

Nichts erinnerte Zane jetzt an diese Welt, außer dem leisen Dröhnen eines Flugzeugs, so hoch am Himmel, daß er nichts anderes erspähen konnte als seine weiße Spur, schnurgerade im Blau, später von Winden verweht, die die Erde niemals berührten. Und nachts, wenn er in seinem Schlafsack lag und zum Himmel aufblickte, konnte er hier und dort einen Satelliten sehen, der so schnell seine Bahn zog, als hätte er es besonders eilig, sich irgendwo am Nachthimmel zwischen Myriaden von Sternen einen eigenen Platz zu suchen, von dem er fortan auf die Erde herunterfunkeln konnte.

Allein die Erinnerung blieb ihm. Er versuchte, nicht an das zu denken, was geschehen war, aber das gelang nicht. Er schlief ein mit Gedanken an Wade Hicks und seine Gefährten, an Marion Galloway und ihre Eltern und ihren Bruder und an seine eigene Familie. Er wußte nicht, ob sein Vater und seine Mutter die Suche nach ihm aufgegeben hatten und nur noch das Gesetz hinter ihm her war. Das Roundup durfte unmöglich aufgeschoben werden, denn es konnte sein, daß schon bald der erste Wintersturm von den Bergen herunterfegte und das Land mit Schnee und Eis bedeckte. Dann war es zu spät, die Kühe und die Kälber zu Tale zu treiben und die Arbeit zu tun, die jedes Jahr aufs neue getan werden mußte. Er schlief ein mit der Frage, ob sein Vater das Land jenseits des Spotted Horse Canyon verkauft hatte, damit er endlich seine Bankschulden bezahlen konnte, und wenn er am Morgen erwachte, blieben Fetzen seiner Träume an ihm hängen wie dunkle Schatten.

Die Wölfin erholte sich. Er konnte es ihren Augen ansehen. Ihr Blick war klarer geworden, obwohl sie ihn nie direkt ansah. Sie duldete seine Nähe. Oder sie gewöhnte sich langsam daran, daß er bei ihr war. Er redete manchmal mit ihr, erzählte ihr von der Schule und von Marion und er erzählte ihr von seinem ersten Pferd, das er selbst zugeritten hatte, und von seinem Sturz beim Buckhorn Rodeo, bei dem er sich das eine Schlüsselbein gebrochen hatte. Am Anfang hatte sie die Ohren zurückgelegt, und er konnte sie nur dazu verleiten, aufmerksam zu werden, wenn er plötzlich mit der Zunge schnalzte oder so leise redete, daß sie ihn nur hören konnte, wenn sie die Ohren aufstellte.

Mit der Zeit änderte sich das. Wenn er sich ihr näherte, hob sie den Kopf und richtete die Ohren auf. Wenn er sie aufhob und aufs Pferd stieg, blieb sie ruhig und versuchte nicht mehr, ihn zu beißen. Sie schien begriffen zu haben, daß sie ihm nicht entkommen konnte, solange sie gefesselt war und den Maulkorb trug. Er versuchte ihr aus der Hand zu trinken zu geben. Stundenlang saß er bei ihr und hielt ihr die zu einer Schale geformten Hände vor die Schnauze. Manchmal wurden seine Finger so kalt, daß er sie nicht mehr bewegen konnte. Er zwang sie, Aspirin zu schlucken, indem er sie so lange mit einem Stock ärgerte, bis sie sich in ihm verbiß. Den Stock dort, wo er ihr zwischen den Zähnen hervor seitlich aus dem Mund ragte, festhaltend, bog er ihr den Kopf weit zurück und ließ eine oder zwei Tabletten in ihr Maul fallen. Ihren Versuch, die Tabletten aus dem Rachen heraufzuwürgen und mit der Zunge auszustoßen, machte er dadurch zunichte, daß er ihr das Maul so lange zuhielt, bis sie deutlich erkennbar schluckte.

Schon am zweiten Tag schnappte sie nicht mehr nach dem Stock. Er löste die Aspirin in Wasser auf, das er ihr aus seinem Blechteller zu trinken gab.

Sie fraß nichts. Er bot ihr vom Hundefutter an, aber sie drehte den Kopf zur Seite. Er machte einen Brei aus Hundefutter und Wasser und mischte ihm aus einer der Dosen etwas Rindsgulaschsuppe bei. Der Brei roch so gut, daß Zane ihn demonstrativ selbst aß und ihr anschließend genüßlich ins Gesicht rülpste.

Am Morgen des dritten Tages nahm er ihr den Verband ab. Die Wunden sahen gut aus, das rohe Fleisch blaß und nicht entzündet. Er wusch den Verband in einem Bach aus und hängte die langen Streifen über kahle Buschäste in die

Sonne. Bis Mittag ließ er die Wunden offen, und die Wölfin versuchte mehrere Male, den Kopf zurückzulegen und die Wunden mit der Zunge zu lecken. Da er nicht wußte, ob das gut gewesen wäre, hinderte er sie daran. Zu Mittag bestrich er die Wunden mit Zinksalbe und verband sie. Als er damit fertig war, öffnete er eine der beiden Büchsen mit den Artischockenherzen. Mit seinem Taschenmesser angelte er eines der Herzen heraus und roch mißtrauisch daran. Es war ein eigenartiger Geruch, der ihm in die Nase stieg. Er steckte sich das Herz zwischen die Zähne, zerkaute es und schluckte es. Er vermochte nicht zu entscheiden, ob es ihm schmeckte oder nicht, da er jedoch hungrig war, aß er mehrere der kleinen weißlichgrünen Klumpen. Die Wölfin sah ihm beim Essen zu. Er kniff die Augen zusammen und verzog sein Gesicht.

»Magst du vielleicht Artischockenherzen?« fragte er sie.

Sie legte den Kopf auf den Boden und machte die Augen zu.

Zane warf ihr ein Artischockenherz zu. Es traf sie am Kopf, und der kleine Klumpen rollte von ihrer Nase herunter und blieb dicht bei ihr im Dreck liegen. Sie machte ein Auge einen Spaltbreit auf und schloß es wieder.

»He, Artischockenherzen sind eine Delikatesse.«

Sie rührte sich nicht, aber sie hörte ihm zu. Er sagte ihr, daß er am Abend versuchen würde, ein Kaninchen zu erlegen. »Und wenn du dich benimmst, nehm ich dir mal die Fesseln ab. Mal sehen, ob du inzwischen was gelernt hast.«

Er erhob sich und schüttete die restlichen Artischok-kenherzen ins Gestrüpp. Er grub mit dem Messer ein Loch, legte die leere Dose hinein, zertrat sie mit dem Stiefelabsatz und deckte sie mit Erde zu. Dann packte er sein Zeug zusammen und verstaute es in den Satteltaschen. Er zog den Sattelgurt fest, nahm die Zügel auf und führte Dakota zu dem Platz, wo die Wölfin lag. Obwohl er eigentlich nicht darauf achtete, fiel ihm sofort auf, daß das Artischockenherz nicht mehr vor ihrer Schnauze am Boden lag. Ungläubig starrte er sie an. Sie sah an ihm vorbei in die Ferne.

»He«, sagte er.

Sie stellte die Ohren auf.

»He, ganz schön wählerisch für einen Wolf. Was darf es denn zum Dessert sein? Vanilleeis mit flambierten Himbeeren?«

Er ließ die Zügel los und suchte im Gestrüpp nach den Artischockenherzen, die er weggeworfen hatte. Er fand drei davon, und er ging zu ihr und kauerte sich bei ihr nieder, die drei dreckig gewordenen Klumpen auf der flachen Hand.

»Laß es dir schmecken«, sagte er zu ihr.

Sie hob den Kopf und versuchte ihm von der Hand zu fressen, aber der Maulkorb behinderte sie. Er überlegte sich, ihr den Maulkorb abzunehmen, wagte es aber dann doch nicht. Statt dessen nahm er eines der Artischockenherzen zwischen Daumen und Zeigefinger und hielt es ihr so durch eine der kleinen Lücken im Maulkorb, daß sie danach schnappen konnte. Sie zögerte nur einen Augenblick, dann schnappte sie so schnell danach, daß sie beinahe auch seine Finger erwischte. Er fuhr zurück und sah zu, wie sie das Artischockenherz zerkaute, als wäre es eine Zitrone. Als sie es geschluckt hatte, hielt er ihr das zweite hin.

»Vorsichtig«, warnte er sie, und seine Stimme zitterte. Erneut schnappte sie blitzschnell zu, aber dieses Mal war er darauf gefaßt.

Sie verschlang auch das dritte und letzte der Artischokenherzen. Zane sprang auf und fiel vor Freude Dakota um den Hals. »Hast du das gesehen!« lachte er. »Hast du das gesehen, Dakota? Sie hat gefressen. Sie hat endlich gefressen.«

Kaum eine halbe Stunde später, als sie in das Tal des Two Medicine Creek hinunterritten, verwandelte sich seine Freude jäh in Ärger, denn plötzlich krümmte sich ihr Körper vor ihm über dem Sattel zusammen, und sie furzte, und im nächsten Moment kackte sie ihm über das rechte Hosenbein.

Ihr Stuhl war dünn wie Kaffee und stank so erbärmlich, daß es ihm im ersten Moment den Atem verschlug. Die Luft anhaltend, stieg er ab. Dakota entfernte sich ein Stück, blieb stehen und blickte sich verstört nach ihnen um. Zane legte die Wölfin auf den Boden. Er holte den langen Strick, den ihm Henry Galloway mitgegeben hatte, und verknotete das eine Ende am Ring des Halsbandes. Dann zog er sein Messer und schnitt die Stoffstreifen durch, mit denen er ihre Vorder- und Hinterläufe zusammengebunden hatte.

Er trat, so weit es die Länge des Strickes erlaubte, zurück. Sie schaute ihm interessiert zu. Er blieb stehen und zog kurz am Strick.

»Steh auf!« sagte er.

Sie blieb liegen.

Sie erhob sich. Ihre Bewegungen waren ungelenk, und sie wankte auf steifen Beinen am Ende des Strickes, als versuchte sie die ersten Schritte ihres Lebens. Er beobachtete sie, konnte ihr aber nicht ansehen, ob sie Schmerzen hatte. Sie sah ihn nicht an, und als sie stand, senkte sie den Kopf und starrte zu Boden.

»He«, rief er ihr zu. Sie stellte die Ohren auf. Die Rute hatte sie zwischen die Hinterbeine gezogen, und sie stand mit gekrümmtem Rücken da, den Kopf tief haltend und das silberne Nackenhaar leicht aufgerichtet.

Er zog leicht am Strick. Sie sträubte sich gegen den Zug, mit steifen Vorderbeinen, während sie hinten so tief ging, daß sie mit dem eingezogenen Schwanz beinahe den Boden berührte.

»He, wenn du stehen kannst, kannst du auch gehen«, sagte er. Er zog mit beiden Händen am Strick, und sie knurrte, und die Klauen ihrer Pfoten rissen den Boden unter ihr auf. Ihre Flanken zitterten vor Anstrengung, und sie verbrauchte ihre ganze Kraft, um sich ihm zu widersetzen. Schließlich legte sie sich erschöpft hin. Er ging dem Strick entlang auf sie zu.

Einige Schritte von ihr entfernt kauerte er sich nieder, den losen Teil des Seiles aufgerollt.

»Du stinkst schlimmer als ein Schwein«, sagte er. »Ich kann dich unmöglich noch einmal aufs Pferd nehmen, bevor du sauber bist.«

Er redete auf sie ein, und sie hörte ihm zu. Länger als eine halbe Stunde versuchte er, sie noch einmal zum Aufstehen zu bewegen. Als er aufgeben wollte, erhob sie sich. Er gab ihr mehr Seil, aber zu seiner Überraschung versuchte sie nicht, davonzulaufen. Er drehte ihr den Rücken zu und entfernte sich von ihr. Als sich das Seil straffte, folgte sie ihm. Zane wagte es nicht, anzuhalten oder sich nach ihr umzusehen. Er rief nach Dakota, der abwartend in einem Bachbett stand, in dem kein Wasser floß. Als sich Zane ihm näherte, schnaubte er und entfernte sich von ihm, obwohl seine Zügel auf den Boden herunterhingen.

Zane folgte ihm bachabwärts durch das tief ausgewaschene Bachbett talwärts. Ein paarmal rief er Dakota zu, anzuhalten, aber der wollte nicht auf ihn hören. Erst als er mit einem Vorderhuf zufällig auf den rechten Zügel trat und sein Kopf dadurch mit einem harten Ruck nach unten gezogen wurde, blieb er freiwillig stehen. Zane schloß zu ihm auf, ergriff den linken Zügel und ließ ihn einen Schritt rückwärts gehen.

»Ich bring dir noch bei, stehenzubleiben, wenn du stehen bleiben sollst«, sagte er zu ihm, während er das Seil am Sattelhorn festmachte. Dabei spürte er, daß das Seil straff gespannt war. Er brauchte sich nicht nach ihr umzusehen, um zu wissen, daß sie sich sträubte, näher an das Pferd heranzukommen. Ohne sie zu beachten, stieg er auf und trieb Dakota aus dem Bachbett hinaus und auf einen Wildpfad, der am flachen Talhang entlang führte. Das Seil, an dem er die Wölfin festgemacht hatte, lockerte sich. Er blickte über die Schulter zurück. Sie trottete etwa zehn Schritte hinter ihnen her und achtete darauf, nicht auf das Seil zu treten. Er zog es etwas an, so daß es nicht mehr an Steinen und Gestrüpp hängenbleiben konnte. Allmählich verflüchtigte sich der Gestank, und der Stoff der Armeehose wurde dort, wo er von ihr verschmutzt worden war, steif wie ein Brett.

Am späten Nachmittag, als die Sonne hinter einem Meer flammender Wolken versank, schoß er ein Kaninchen. Im peitschenden Knall des Schusses warf sie sich so hart herum, daß sie, einen japsenden Laut ausstoßend, auf den Rücken fiel. Er stieg ab, das rauchende Gewehr in der Hand. Sie machte sich klein am Boden und bleckte ihre Fänge. Er ging zu ihr, kauerte sich nieder und berührte sie mit den Fingerspitzen. Sie lag still, zitternd, und ließ sich streicheln. Als er sich erhob, stand sie auch auf, den Schwanz immer noch zwischen den Beinen.

Er streckte ihr seine Hand hin, aber sie wich sofort zurück.

»Vielleicht ist es besser, wenn du mir nie ganz traust«, sagte er zu ihr.

Er ging dorthin, wo das Kaninchen im Gras lag. Er hob es bei den Ohren auf, ging zurück zu seinem Pferd und stieg auf. Sie überquerten in der frühen Dämmerung einen Hügelrücken, auf dem Zane Spuren entdeckte, die von Menschen stammten. Irgend jemand hatte auf der höchsten Kuppe aus Steinen einen Kreis errichtet, der einen Durchmesser von etwa vier Fuß hatte. In der Mitte des Kreises lag ein größerer Steinbrocken, der hauptsächlich aus Quarz bestand. Er war von einer eigenartigen, rosaroten Farbe und schimmerte in der Dämmerung, als hätte er das Licht des Tages in sich gefangen. Zwischen diesem Stein und dem Kreis hatte jemand sämtliche anderen Steine und jeden Grashalm entfernt, so daß die Erde nackt und wie mit einem Besen gekehrt dalag.

Zane blickte sich um. Nichts anderes deutete darauf hin, daß sich hier in letzter Zeit Menschen aufgehalten hatten. Es gab keinen Weg zur Hügelkuppe hinauf und keine Fußspuren. Zane vermutete, daß es sich bei diesem Steingebilde um einen Schrein der Schwarzfuß handelte, konnte sich jedoch nicht erinnern, jemals etwas Ähnliches gesehen zu haben.

Er ritt in einiger Entfernung des Schreines über die Hügelkuppe und in eine bewaldete Talsenke hinein.

In dieser Nacht lagerten sie in einem Seitental des Two Medicine Creek. Im Schutz des Waldes, auf einer kleinen Lichtung mit einem Teich, in dem sich der Sternenhimmel spiegelte, machte er ein Feuer. Er zog dem Kaninchen das Fell ab und nahm es aus. Das Herz und die Leber bot er der Wölfin roh an, indem er sie ihr auf der flachen Hand hinstreckte. Sie drehte den Kopf weg.

»Du willst wohl, daß ich dir den Maulkorb abnehme«, sagte er leise zu ihr.

Sie schielte nach ihm. Er überlegte sich, ob er versuchen sollte, ihr den Maulkorb abzunehmen, entschied aber, es nicht zu tun. Ohne den Maulkorb hätte sie während der Nacht leicht so lange am Seil herumbeißen können, bis sie freigekommen wäre. Er legte das Herz und die Leber in ihrer Nähe ins Gras, erhob sich und schnitt einen grünen Ast von einem Busch, an dem er ein aufgespießtes Stück des Kaninchens über die Flammen halten konnte, bis es rundum gleichmäßig gebraten war.

Er aß Stücke des Kaninchens und trank Wasser vom Teich. In den Hügeln jaulten Kojoten. Er blickte sich nach ihr um. Sie hatte das Kaninchenherz und die Leber gefressen. Ihr Kopf ruhte auf ihren Vorderpfoten. Schläfrig blickte sie herüber, den flackernden Feuerschein in ihren Augen. Er warf ihr ein Stück rohes Fleisch zu. Sie hob den Kopf und stand auf. Sie roch an dem Fleich und legte sich hin. Sie benutzte ihre Pfoten dazu, das Fleischstück so herumzudrehen, daß sie es trotz des Maulkorbes mit ihren Zähnen aufnehmen konnte.

Als sie das Fleischstück verschlungen hatte, leckte sie ihre Lefzen. Und zum ersten Mal erschien es ihm, als ob sie ihn direkt anblicken würde. Er nahm das Stück des Kaninchens,

118

das er nicht gebraten hatte, und ging zu ihr. Er zerteilte das Stück mit seinem Messer, und sie beobachtete ihn dabei die ganze Zeit. Er hielt ihr mit spitzen Fingern ein Fleischstück vor die Schnauze, und dieses Mal schnappte sie danach. Er fütterte sie von seiner Hand, und sie aß den Rest des Kaninchens.

Er blieb bei ihr, bis ihm kalt wurde. Das Feuer war nahezu niedergebrannt. Er holte Holz aus dem Wald, zerkleinerte es mit der Handaxt und legte die Stücke ins Feuer. Dann kroch er in seinen Schlafsack, und er schlief mit einem guten Gefühl in der Brust ein. Irgendwann in der Nacht wachte er auf. Die Glut des Feuers beleuchtete den Lagerplatz schwach. Manchmal züngelten kleine Flammen aus den verkohlten Holzstücken. Er blickte zur Wölfin hinüber. Ihre Augen leuchteten rot.

»Was starrst du mich an, anstatt zu schlafen?«

Ihre Augen wurden schmaler.

Er drehte sich auf die andere Seite. Die Luft war eiskalt. Er zog den Kopf tief in den Schlafsack. Er schlief ein und träumte von Jasper. Jasper rannte barfuß auf einer klitschnassen Straße auf eine Brücke zu, auf der zwei Männer einen dritten Mann mit sich schleiften. Noch bevor Jasper die Brücke erreichte, zerfiel sie, und die drei Männer stürzten in die Tiefe einer Schlucht. Jasper rannte auf den Rand der Schlucht zu. Dort tauchten Männer auf, die Helme trugen und Masken vor ihren Gesichtern. Hinter ihnen kam Feuer und Rauch aus der Schlucht. Die Männer waren Soldaten, und sie begannen mit Maschinenpistolen auf Jasper zu schießen. Jasper wurde jedoch nicht getroffen. Er stürzte sich auf die Männer, und im Sprung verwandelte er sich in eine merkwürdig gestreifte Raubkatze.

Zane erwachte. Sein Gesicht war mit kaltem Schweiß bedeckt. Zitternd vor Kälte kroch er aus dem Schlafsack und brachte das Feuer in Gang. Die Wölfin lag dort, wo sie sich vor einigen Stunden hingelegt hatte. Ihre Ohren waren aufgestellt, ihre Augen jedoch zu. Sie stellte sich schlafend, aber er wußte, daß sie jedes Geräusch hörte, das er machte.

Zane kroch in den Schlafsack zurück, aber er konnte nicht mehr einschlafen. Ungeduldig wartete er auf den Morgen.

Die Sonne schien durch die Bäume, als er aufbrach. Er ritt durch den Wald und aus den Schatten in das Licht der Morgensonne hinein. Auf einem Weg, der aus zwei holprigen Radspuren bestand, kamen ihm ein Mann und ein Mädchen entgegen. Der Mann war barhaupt. Das Mädchen trug eine Wollmütze, die es sich über die Ohren heruntergezogen hatte, und einen dunkelblauen Wollmantel mit einem schwarzen Pelzkragen.

Der Mann und das Mädchen blieben stehen, als sie ihn bemerkten. Im Gesicht des Mannes leuchtete ein flammendroter Vollbart. Sein schütteres Haar trug er lang und im Nacken wahrscheinlich zu einem Pferdeschwanz gebunden. Auch er war mit einem Mantel bekleidet, der ihm lose von seinen schmalen Schultern herunterhing. Im Gegensatz zu dem Mädchen, das Bluejeans und Wanderschuhe trug, hatte er schwarze Schuhe an den Füßen, die einmal zu einem Sonntagsanzug besser gepaßt hatten als derzeit zur Trainingshose, die unter dem fadenscheinigen Mantel hervorlugte. Es fiel Zane auf, daß die Schuhe nicht mit Schnürsenkeln versehen waren und dem Mann viel zu groß schienen.

»Guten Morgen, mein Junge«, grüßte ihn der Mann, während er das Mädchen zum Wegrand zog, so als wäre es dort vor Pferd und Reiter sicher. »Einen schönen Hund hast du dabei. Sieht ein bißchen aus wie ein Wolf.«

Zane zügelte sein Pferd. Erst jetzt fiel ihm auf, daß der Mann und das Mädchen im Gesicht mit feinen Linien und Punkten tätowiert waren. Er drehte sich im Sattel nach der Wölfin um. Sie stand am straffen Seil zwischen den Radfurchen, sperrig wie ein Maultier, das sich entschlossen hatte,

120

sich nicht mehr von der Stelle zu bewegen. Aus mißtrauischen Augen belauerte sie den Mann und das Mädchen.

»Es ist ein Wolf, nicht wahr?« sagte das Mädchen, das nicht viel jünger als Zane war und ein schmales, blasses Gesicht hatte.

»Es ist eine Wölfin«, sagte Zane.

»Das sieht man ihr an«, sagte das Mädchen. »Wo hast du sie her? Ich meine, man kriegt doch nicht so ohne weiteres von irgendwoher einen Wolf.«

Er mußte lachen. »Nicht so ohne weiteres«, sagte er.

»Sie ist verletzt«, sagte der Mann, und es war mehr eine Frage als eine Feststellung.

»Sie wurde angeschossen.«

»Angeschossen?«

»Ja. Irgendwer hat Jagd auf sie gemacht. Als ich sie fand, war sie halb tot.«

Das Mädchen trat auf ihn zu.

»Kann man sie anfassen?«

»Nein. Sie läßt sich nicht anfassen.«

»Von dir auch nicht?«

»Manchmal.«

»Sie ist scheu, nicht wahr?«

»Ja. Sie ist scheu und mißtrauisch.«

»Würde ich auch sein«, sagte der Mann. »Wenn ich ein Wolf wäre, meine ich.« Er lachte auf. »Mein Name ist Kinsler. Howard Kinsler. Das ist meine Tochter Debbie. Wir sind hier in der Nähe zu Hause.« Er deutete mit einer Handbewegung vage in nordwestliche Richtung das Tal hoch. »Wo kommst du her, mit deinem Wolf?«

»Buckhorn«, sagte Zane.

»Und dein Name ist ...?«

»Zane.«

»Zane ...?«

»Ja.«

»Der Wolf und du, ihr seid beide mißtrauisch«, lachte der

Mann. »Aber vor uns braucht ihr euch nicht zu fürchten. Wir sind friedliebende Menschen. Vielleicht hast du schon einmal von uns gehört? Wir gehören dem Stamm des Totems an, und dies hier ist unser Reich.«

Zane blickte sich um. Er sah nichts, was darauf hätte hindeuten können, daß der Mann und das Mädchen hier wohnten. Sie waren zu Fuß unterwegs, und soweit das Auge reichte, sah Zane kein Haus, keine Hütte, nicht einmal ein Zelt. Natürlich dachte er an den Steinkreis, den er gestern nachmittag auf der Hügelkuppe entdeckt hatte, und er war sicher, daß er etwas mit diesem Mann und dem Mädchen zu tun hatte.

»Du fragst dich bestimmt, was wir hier draußen in dieser Einsamkeit tun, nicht wahr?« fragte der Mann. Seine Augen schienen plötzlich zu glühen. »Nun, mein Junge, wir sind auf dem Weg zum Platz des heiligen Südrings, um für jene zu beten, die noch nicht von der Macht des Totems berührt wurden, jene, die dort draußen blind und taub in einer dem Untergang geweihten Welt herumirren, als wäre ihre Zeit noch lange nicht abgelaufen.«

»Dies hier, Sir, ist meines Wissens Land der Schwarzfußindianer«, erklärte ihnen Zane.

»Jawohl, mein Junge. Dieses Reservat ist geweihtes Land. Ein Schutzgebiet für alle Kinder des Totems. Es erscheint mir äußerst merkwürdig, daß dich dein Weg hierher gebracht hat, mein Junge, obwohl mir scheint, daß du keinem Pfad gefolgt bist. Würde es dir etwas ausmachen, meine Tochter und mich ein kurzes Stück zu begleiten?«

»Ich bin auf dem Weg zur kanadischen Grenze, Sir.«

»Es ist nicht weit zum Zenit unseres Reiches. Dort, hinter jenem Hügelzug, da sind wir zu Hause.«

»Bitte, komm mit uns«, sagte das Mädchen. »Es hat bestimmt etwas zu bedeuten, daß ihr, der Wolf und du, hier seid. Wir werden White Thunder fragen. Er ist ein weiser Mann.«

»White Thunder?«

»Der Sohn des Totems«, erklärte der Mann. »Er war ein Schamane der Schwarzfuß. Jetzt führt er uns auf dem Weg ins ewige Reich.«

»Bitte«, sagte das Mädchen noch einmal. »Du würdest uns eine ganz große Ehre erweisen.«

»Dein Pferd könnte sich bei uns satt fressen, und meine Frau würde dir eine warme Mahlzeit zubereiten. Wann hast du denn das letzte Mal etwas Warmes gegessen, mein Junge?«

»Gestern abend. Ein Kaninchen, das ich erlegt habe.«

Der Mann lachte. »Nun, du erscheinst mir keineswegs hilflos zu sein, mein Junge. Kennst du dich denn aus in diesem Gebiet?«

»Ein bißchen.«

»Bist du etwa ein Indianer?« fragte das Mädchen.

»Mein Vater war ein Piegan.«

»Ein Schwarzfuß?«

»Ja.«

»Dann bist du sozusagen hier zu Hause. Ich meine, das ist das Land deiner Vorfahren.«

Zane lächelte. »Alles Land ist das Land meiner Vorfahren.«

»Natürlich. Wie kann ich nur so etwas Dummes sagen.« Der Mann schüttelte den Kopf. »Deine Mutter, ist sie auch eine Indianerin?«

»Nein.«

»Nun, genug der Fragerei, mein Junge.« Der Mann näherte sich dem Pferd von der Seite. Er legte eine Hand auf Zanes Oberschenkel, und mit der anderen tätschelte er Dakotas Hals. »Dein Pferd hat wohl kaum etwas von dem Kaninchen gegessen, nicht wahr?« sagte er mit einem Augenzwinkern. »Es sieht hungrig aus. Das Gras ist überall schon ziemlich dürr. Uns, das heißt natürlich unserer Gemeinschaft, gehören mehrere Pferde. Wir haben einen Vorrat an Heu und

Silofutter. Wenn ich die Landkarte richtig im Kopf habe, dann ist es von hier noch ein langer Weg zur kanadischen Grenze.«

Es stimmte eigentlich, was der Mann sagte. Dakota hatte während der letzten paar Tage wenig gefressen. Es gab kaum frisches Gras, und das alte taugte nicht mehr viel.

»Du wirst es ganz bestimmt nicht bereuen«, sagte das Mädchen.

»Und was ist mit ihr? Sie ist Menschen nicht gewöhnt.«

»Wir werden dies respektieren.«

»Und die Hunde?«

»Wir haben weder Hunde noch Katzen. Wir haben Pferde und Ziegen und Kaninchen, aber keine Hunde und Katzen.«

»Es geht nicht«, sagte er. »Ich muß weiter.«

Seine Entscheidung betrübte sie. Mr. Kinsler legte einen Arm um die Schultern seiner Tochter.

»Dann dürfen wir dich wenigstens ein Stück begleiten?« fragte er.

»Ich reite in diese Richtung«, sagte er und zeigte nach Norden.

»Wir kommen ein Stück weit mit dir«, sagte das Mädchen.

Er hob die Schultern. Sie gingen neben ihm her und erzählten ihm von ihrem Leben als Kinder des Totems. Sie erzählten ihm, daß sie ursprünglich aus Oklahoma kämen, aus dem Herzland Amerikas, und daß sie von dort vertrieben worden wären, weil sie versucht hätten, in den Wichita Mountains ihr Zentrum zu errichten. Hier, im Schwarzfußreservat, dürften sie sich nur aufhalten, weil sie Gäste von White Thunder wären, der sich wiederum bei der Stammesregierung für sie einsetzte. Ihre Hoffnung wäre es, so lange hier zu bleiben, bis die Zeit kam, diese Welt zu verlassen und das ewige Reich des Totems aufzusuchen. Zane hörte ihnen aufmerksam zu. Er hatte zuvor noch nie von den »Kindern des Totems« gehört, aber es war ihm nicht neu, daß immer mehr Menschen nach neuen Religionen suchten, die ihnen

124

Halt und eine Richtung geben konnten. Auch der Name White Thunder war ihm nicht bekannt. Debbie erzählte ihm, daß sie in Oklahoma von FBI-Agenten davongejagt worden wären. »Mit Waffengewalt hat man uns von dort vertrieben, und unserer Totemtempel wurde niedergebrannt, und später behaupteten sie, wir seien es gewesen, die das Feuer gelegt hätten.«

»Aber jetzt sind wir hier in Sicherheit«, sagte Debbies Vater. »Es ist ein Glück, daß wir friedliebende Menschen sind, die keine Waffen besitzen, sonst hätte es in Oklahoma vielleicht ein Massaker gegeben.«

Der Weg, dem sie folgten, führte durch die Talsenke und durch einen schütteren Wald über den Hügelrücken hinweg, hinter dem sich ein anderes Tal befand. In diesem Tal, in der Nähe eines kleinen Sees, hatten die Mitglieder vom »Stamm des Totems« ihr Dorf errichtet. Nie zuvor hatte Zane etwas Ähnliches gesehen wie diese Ansammlung runder Erdhütten, die in einem Kreis um ein großes, ebenfalls rundes Erdhaus gebaut worden waren. Dieses Erdhaus bildete das Zentrum des Kreises. Alle Eingänge der Hütten waren zum Zentrum hin ausgerichtet. Schmale Wege, die mit Steinen begrenzt waren, führten von den Hütten in gerader Linie zu den vier Eingängen des Erdhauses, die nach den vier Himmelsrichtungen ausgerichtet waren. Vor jedem Eingang, etwa vier Schritte entfernt, erhoben sich mannshohe Steinpyramiden, die in den Farben Rot, Blau, Weiß und Schwarz bemalt waren. Aus dem Haus im Zentrum stieg Rauch. Hinter dem Dorf, in einer Niederung, durch die ein schmaler Bach floß, weideten Pferde und Ziegen. Mehrere Autos standen auf einem Platz in der Nähe des Dorfes, unter ihnen auch ein großer alter Greyhound-Bus, der mit rosaroter Farbe bemalt worden war. Auf die Seiten hatte jemand mit schwarzer Farbe und großen Buchstaben KINDER DES TOTEMS gemalt.

Kinder spielten in der Morgensonne. Als sie den Mann und

das Mädchen mit dem Reiter sahen, rotteten sie sich zusammen und kamen auf dem Weg zum Hügel hochgerannt, die schnelleren den anderen weit voran. Sie riefen den Namen des Mädchens, und das Mädchen ging ihnen rasch entgegen und sagte ihnen, daß sie nicht zu nahe an den Reiter herangehen sollten, wegen des Wolfs, den er dabei hatte. Die Kinder wichen zurück und beobachteten den Reiter und den Wolf.

Zane zeigte zu einer Lücke in der Hügelkette auf der anderen Seite des Tales. »Ich reite dorthin«, sagte er zu Mr. Kinsler.

»Du läßt dich nicht davon abhalten, weiterzureiten«, antwortete Mr. Kinsler.

Zane schüttelte den Kopf, und er nahm die Zügel kürzer und trieb Dakota vom Weg und auf einen Steilhang zu.

»Auf Wiedersehen!« rief ihm das Mädchen nach. Im Steilhang drehte er sich nach ihnen um. Das Mädchen winkte ihm. Sein Vater stand neben ihm, und er hob die Hand zum Gruß. Zane lenkte Dakota den Steilhang hinunter und in einen Wald hinein. Er wußte nicht, warum er so erleichtert war, als er sie nicht mehr sehen konnte. Sie hatten ihn nicht bedroht. Und trotzdem schien es ihm, als wäre er eben einer Gefahr entronnen, die ihm tief in seiner eigenen Seele aufgelauert hatte.

Die Verfolger

Irgendwann in der Nacht war es wärmer geworden. Am Morgen schien die Sonne, und Zane zog die Jacke und das Hemd aus und machte sie hinter dem Sattel fest. Zu Mittag sah er in der Niederung des Two Medicine River Staub aufsteigen. Aus sicherer Entfernung beobachtete er einige Cowboys, die eine Herde das Tal hinuntertrieben, und der Anblick ließ ihn an zu Hause denken und an das Herbstround-up, das sein Vater unmöglich aufschieben konnte. Er hörte die Pfiffe der Cowboys und ihre Rufe, mit denen sie die Herde zusammenhielten, und er vernahm das Gebell der Hunde, die sie dabei hatten. Lange nachdem die Herde nicht mehr zu sehen war, hing hinter ihr der Staub in der stillen Luft über dem Fluß.

Zane durchquerte den Two Medicine River. Er machte kurz halt, ließ das Pferd und die Wölfin trinken und füllte seine eigene Wasserflasche. In der Nachmittagssonne ritt er den Squaw Hills entgegen, die vor ihm in der Ferne wie Buckel eines riesigen Tieres über den nackten, langgezogenen Hügeln aufragten. Es gab hier kaum Wald, in dem er sich hätte verstecken können. Das Gelände war hügelig und dünn mit Gras und Salbei bewachsen. Von der Sonne getrocknete Kuhfladen verrieten ihm, daß dieses Gebiet als Weideland für Rinder benutzt wurde. Im Laufe des Nachmittags passierte er mehrere Viehtränken. Dann näherte er sich einer schmalen staubigen Straße, die von Osten nach Westen führte. Die Squaw Hills lagen nun östlich von ihm, und er ritt über ein zerklüftetes Hochplateau, und gegen Abend ritt er vom Plateau die langen Hügel hinunter und in die Prärie hinaus.

Er hatte die Squaw Hills nun im Rücken, aber er wußte nicht, wo er sich befand, und er ritt bis zum Ufer des Sees, und die Wildenten flüchteten schnatternd aus dem Ried und jagten flügelschlagend über das Wasser, in dem sich der wolkenlose Himmel spiegelte, um sich schließlich in die Lüfte zu erheben. Sie flogen zum entferntesten Ende des Sees und ließen sich im Wasser nieder, und einige flogen weiter und kehrten später zurück, als Zane Dakota abgesattelt hatte und ihn frei ließ, so daß er vom spärlichen Gras fressen konnte, das um den See herum wuchs.

Zane hatte die Wölfin am Ast einer windzerzausten Weide festgebunden. Sie lag im Gras, und sie beobachtete ihn aufmerksam, aber ihren Augen fehlte die lauernde Wachsamkeit, die im Laufe der Tage und Nächte mehr und mehr nachgelassen hatte. Sie beobachtete ihn aus schläfrigen Augen und wartete darauf, daß er sich mit ihr beschäftigen würde. Er zog sich aus und ging in den See hinaus, bis ihm das Wasser bis an die Hüften reichte. Er wusch seine Hose aus und das Unterzeug. Sie hatte den Kopf erhoben und sah ihm zu. Er trug die nassen Sachen zum Ufer, wrang sie aus und hängte sie an der Weide auf. Dabei kam er so dicht an sie heran, daß er sich nur noch hätte niederbeugen müssen, um sie zu berühren.

»Die Wolken dort drüben bringen Regen und Schnee«, sagte er zu ihr. »Ich wünschte, ich hätte einen dicken Winterpelz wie du.«

Sie blickte zu ihm auf, ihr Blick war klar wie nie zuvor.

Er ging in den See hinaus. Der Grund war morastig, und er sah einen großen Karpfen im aufgewirbelten Schlamm, gelblich aufleuchtend im blassen Licht der Sonne, die durch dünne Wolkenschleier schien. Er schwamm im See, drehte sich auf den Rücken und trat die Wasseroberfläche mit den Füßen. Er tauchte unter, und als er wieder auftauchte, lag die Wölfin nicht mehr unter der Weide. Sie stand einige Schritte vom Seeufer entfernt, den Kopf schief haltend, und er hörte sie ganz leise winseln. Er lachte und spritzte mit dem Wasser um sich wie ein kleiner Junge, und sie streckte sich am Ufer auf eine merkwürdige Art, machte sich dünn und lang, die vorderen Beine lang ausgestreckt und den Hintern hoch erhoben. Ihre Rute war nicht mehr zwischen den Beinen, sondern nach hinten ausgestreckt, und sie öffnete den Mund, so weit es der Maulkorb zuließ, und gähnte und gab gleichzeitig seltsame Laute von sich, die er ihr nie zugetraut hätte. Wie von einer Kinderstimme klangen sie, und er ging ans Ufer, und sie legte sich vor ihm hin, legte sich auf die Seite und dann auf den Rücken. Er kauerte sich bei ihr nieder.

»Das habe ich befürchtet«, sagte er zu ihr. »An dem Tag, wenn ich dich freilassen werde, willst du nicht mehr allein sein.«

Er kraulte sie am Bauch, und sie lag regungslos zu seinen Füßen. Er wußte, daß der Zeitpunkt gekommen war, ihr den Maulkorb abzunehmen. Vergeblich versuchte er einen der Knoten mit den Fingern aufzumachen. Er ging zu seinem Lagerplatz, wo sein Zeug im Gras lag. Er nahm sein Messer auf, das mit anderem Kram aus seiner Hose auf einem Haufen lag, öffnete es und ging zur ihr zurück. Sie war aufgestanden, als er sich von ihr entfernt hatte. Als er auf sie zukam, krümmte sie ihren Rücken und senkte den Kopf. Ihr Nackenhaar richtete sich auf, und sie legte die Ohren zurück.

»Was ist nun?« fragte er sie. »Glaubst du etwa, mir fällt es leicht, dir sozusagen deine Waffen zurückzugeben?«

Sie gab keinen Laut von sich.

»Leg dich hin!« befahl er ihr.

Sie legte sich hin, den Schwanz zwischen den Beinen. Er ging zu ihr und streichelte sie. Sie machte die Augen beinahe zu. Er langte nach den Stricken des Maulkorbes. Ihre Lefzen begannen zu zucken, und sie zeigte ihm ihre weißen, stark gekrümmten Fänge. Sie knurrte nicht, und sie lag still, die Pfoten angewinkelt am Bauch. Er legte ihr die Hand über die Schnauze und hielt sie mit sanftem Druck fest. Mit ruhiger Stimme redete er auf sie ein, sagte ihr, daß er ihr den Maulkorb beim ersten Versuch, ihn zu beißen, wieder umlegen würde. Er sah, wie sich ihre Flanken schneller bewegten. Sie atmete in kurzen schnellen Zügen. Er ließ ihre Schnauze los und schnitt den Strick durch, der hinter ihren Ohren hindurchführte, so daß es ihr unmöglich gewesen war, den Maulkorb abzustreifen. Langsam richtete er sich auf und zog ihr gleichzeitig den Maulkorb von der Schnauze. Sie rührte sich nicht. Er legte den Maulkorb ins Gras. Sie beobachtete ihn, den Kopf seitlich auf dem Boden.

»He«, sagte er zu ihr, seine Stimme zitterte, »wie wär's, wenn ich dir eine dieser schönen fetten Enten schießen würde?«

Er streichelte sie, und sie rührte sich nicht. Er legte ihr seine linke Hand über die Schnauze. Ihre Nase war kalt und feucht. Sie machte den Mund auf, und er spürte ihre rauhe Zunge auf seinem Handrücken. Sein Herz raste. Er blickte sich um, aber es war niemand da, mit dem er sein Glück hätte teilen können. Er wünschte, seine Mutter hätte ihn jetzt gesehen. Und sein Vater. Er sagte es ihr leise. Er sagte ihr, wie glücklich er war. Er sagte ihr, daß er seine Freude hätte hinausschreien wollen, so daß die ganze Welt auf sie aufmerksam geworden wäre. »Ich nehme nur auf dich Rücksicht, hörst du? Wenn ich schreie, drehst du womöglich durch, und dann fängt alles noch einmal von vorne an.« Er redete mit sanfter, gleichmäßiger Stimme, und während er ihr sagte, daß sie die Nacht hier an diesem See verbringen würden, vernahm er plötzlich ein Geräusch, das ihn verstummen ließ. Das Geräusch war ein klopfendes Dröhnen, das von Süden her kam, hinter den Ausläufern des Plateaus, die sich lang in die Ebene hinauszogen. Zane erhob sich langsam, um die Wölfin nicht zu erschrecken, und kaum stand er, hob sich knapp eine halbe Meile entfernt ein Hubschrauber über eine Reihe flacher Hügelkuppen hinweg, schräg in der Luft hängend und mit den Farben des sich spiegelnden Himmels im Glas des Cockpits. Sekundenlang stand Zane da wie gelähmt, starrte dem fliegenden Monster entgegen, das gegen den Wind und im fahlen Licht der Sonne auf ihn zudröhnte, und er sah Gestalten im zerfließenden Spiegelbild des Himmels, verschwommene Silhouetten des Piloten und des Mannes, der neben ihm saß. Der Lärm des Hubschraubers wurde so laut, daß Zane das ängstliche Wiehern Dakotas nicht hörte. Aus den Augenwinkeln sah er jedoch, wie das Pferd sich plötzlich aus dem Stand herumwarf und in panischer Angst in die offene Prärie hinaus flüchtete, in der ihm, so weit das Auge reichte, kein Baum und kein Strauch hätte Schutz geben können. Der Hubschrauber flog nun dicht über den See hinweg, an dessen Ufer sich das Riedgras bog, und Zane sah nun die Männer hinter der Cockpitscheibe deutlicher, und er erkannte Quinn Bates, den Deputy Sheriff, der Kopfhörer aufgesetzt hatte, und die Seitentür ging auf, und Zane sah einen Mann in der dunklen Öffnung, der ein Gewehr in den Händen hielt. Er erkannte den Mann nicht, der eine Schildmütze trug und eine Sonnenbrille, aber er sah, wie er das Gewehr hochnahm und anlegte. Zane sah das Mündungsfeuer des Gewehres, aber den Knall des Schusses vernahm er im ohrenbetäubenden Heulen und Dröhnen nicht, das die Luft um ihn herum erzittern ließ. Er sah nicht, daß die Kugel hinter ihm einschlug, wenige Schritte von ihm entfernt und so nahe an der Wölfin, daß sie von splitterndem Gestein getroffen wurde. Sie versuchte zu fliehen, aber das Seil riß sie im Sprung zurück. Der Hubschrauber hing nun schaukelnd schräg über ihnen und über dem See, und der Mann hatte das Gewehr noch immer an der Schulter, und er zielte lange, versuchte die Bewegungen des Hubschraubers auszugleichen, und schoß. Dieses Mal sah Zane die Kugel einschlagen, und er sah die Wölfin hochspringen und in ihren Augen leuchtete helle Panik. Sie schnappte nach dem Seil und versuchte es durchzubeißen, aber Zane rannte zu ihr und warf sich über sie. Sie biß ihm in den Arm, und sie versuchte sich von ihm zu befreien, indem sie sich unter ihm jäh aufbäumte. Er hielt sie fest, und es gelang ihm, sie mit der

131

linken Hand an der Schnauze zu packen. Sie ließ seinen Arm los, als er zudrückte, und er begrub sie halb unter sich und schrie ihr ins Ohr, ruhig zu bleiben, während er sich gleichzeitig nach dem Hubschrauber umblickte und nach dem Gewehrschützen.

Eine Lautsprecherstimme fiel ihn aus dem Lärm heraus an.

»Zane Clark! Ich bin Deputy Sheriff Quinn Bates! Steh auf und geh weg von deinem Wolf! Hörst du? Steh auf und entferne dich von deinem Wolf! Deine Flucht ist zu Ende! Du bist gestellt!«

Zane drehte sich über der Wölfin und streckte den Arm aus und zeigte ihnen den Finger. Er wußte nicht, ob sie das sehen konnten, aber er wünschte sich, er hätte sein Gewehr bei sich gehabt. Es steckte im Sattelschuh, und der Sattel lag in der Nähe der Stelle, wo er die Nacht hatte verbringen wollen. Etwa zehn Sprünge waren es bis dorthin, zehn lange Sprünge.

»Zane! Warum, zum Teufel, willst du nicht aufgeben!« lärmte die Lautsprecherstimme von Quinn Bates! »Du hast keine Chance, uns zu entkommen! Wir warteten nur darauf, daß du in das offene Land hinausreitest. Schau dich um! Weit und breit gibt es keinen Platz, wo du dich verstecken könntest!«

»Fick dich selbst, Bates!« brüllte Zane in den Lärm hinaus und ohne daß ihn Bates hören konnte. »Fick dich selbst!«

»Dein Pferd ist abgehauen, Zane! Steh auf und ergib dich!«

Zane sah sich um. Seine Kleider hingen schräg über ihm an den Ästen der Weide. Dakota konnte er nirgendwo sehen.

»Daheim warten deine Eltern und deine Geschwister auf dich! Wenn du aufgibst, wird man nachsichtig sein mit dir! Man wird dir zugute halten, daß du jung bist und nicht gewußt hast, was du tust, als du auf Wade Hicks geschossen hast. Man wird Verständnis aufbringen für dich, weil du immerhin eine halbe Rothaut bist. Du hast ganz einfach durchgedreht, Zane. Das kann jedem mal passieren!«

Zane sprang jäh auf und jagte mit langen Sätzen zu seinem Lagerplatz hinüber. Dort warf er sich nieder, löste die Sicherungsschlaufe am Sattelschuh, riß das Winchestergewehr heraus und warf sich herum, während er es durchlud. Beinahe aus der Drehung heraus schoß er, und er sah, wie der Mann in der offenen Seitentür zurückwich. Als er zum zweiten Mal feuerte, hob sich der Hubschrauber jäh, legte sich schief und flog seitwärts davon. Zane sprang auf und jagte zum Baum zurück. Die Wölfin stand am Ende des ausgestreckten Strickes, bebend vor Angst. Zane nahm seine nassen Kleider vom Baum. Während er sie anzog, sah er den Hubschrauber in einem Bogen wieder auf sich zukommen. Das Hemd klebte kalt an seinem Leib, und er ergriff sein Gewehr und schoß ohne zu zielen in die Richtung des Hubschraubers, der sofort abdrehte. Zane legte das Gewehr ins Gras, nahm sein Messer zur Hand und schnitt das Seil, mit dem er die Wölfin am Bauch festgemacht hatte, durch. Er wand sich das Ende um die Taille und verknotete es. Er nahm sein Gewehr auf, packte mit der linken Hand das Seil und zerrte mit einem Ruck daran. »Komm«, sagte er zu ihr. »Wir müssen Dakota finden.«

Er zog sie mit sich, und sie sträubte sich und versuchte sich loszureißen. Er hielt das Seil fest, und sie fiel hin und sprang auf und versuchte in eine andere Richtung davonzulaufen.

Der Hubschrauber schwebte nun an einer Stelle über dem See, sich leicht im Wind wiegend.

»Zane!«

Zane beachtete den Ruf nicht. Er begann zu laufen, und die Wölfin trottete am Ende des Seiles mit ihm. Er lief das Seeufer entlang, und er sah die Fährte im dürren Gras, die von Dakota stammte.

»Zane, ein Fluchtversuch ist sinnlos!« drang die Lautsprecherstimme kaum verständlich durch den Lärm.

Der Hubschrauber flog in sicherer Distanz einen weiten Bogen um ihn herum. Die Seitentür war noch immer offen. Während er rannte, sah er den Mann mit dem Gewehr auftauchen. Der Mann saß in einem Sitz und hatte nur den Oberkörper zur Seite gedreht. Er schoß auf die Wölfin. Die Kugel schlug hinter ihr ein. Zane zerrte am Strick und nahm ihn so kurz, daß sie direkt vor ihm laufen mußte. Er konnte sie kaum mehr zurückhalten. Sie jagte hechelnd vor ihm her und riß ihn beinahe von den Beinen. Er stolperte durch das niedere Salbeigestrüpp und über Stock und Stein einen leicht ansteigenden Hang hoch. Der Hubschrauber flog ihn jetzt aus der blassen Sonne heraus an. Er wollte stehenbleiben, um auf den Hubschrauber zu schießen, aber es gelang ihm nicht, die Wölfin zurückzuhalten. So dicht flog der Hubschrauber über ihn hinweg, daß er vom wirbelnden Wind der Drehflügel beinahe umgestoßen wurde. Er stolperte weiter hinter der Wölfin her, und er sah, wie der Hubschrauber abdrehte und auf dem Hügelrücken langsam niederging, bis seine Kufen den Boden berührten. Der Lärm wurde schwächer. Ein Mann sprang aus dem Hubschrauber und lief geduckt über den Hügel. Der Mann hatte ein Gewehr in den Händen, und auf seiner Brust glänzte ein Abzeichen. Zane schoß im Laufen auf ihn. Der Mann warf sich zu Boden, sprang auf und rannte zum Hubschrauber zurück. Sekunden danach hob sich der Hubschrauber, flog über den Hügel hinweg und verschwand dahinter. Zane konnte ihn jetzt nur noch hören, leiser werdend im Keuchen des eigenen Atems.

Er fiel hin, rappelte sich auf und rannte weiter, halb aus eigener Kraft und halb gezogen von der Wölfin. Kurz bevor er auf dem Hügelrücken ankam, von dem sich ein hügeliges Plateau nach Westen hin ausbreitete, vernahm er im entfernten Dröhnen des Hubschraubers einen Knall, so hart und trocken, als hätte jemand mit Wucht zwei Holzbretter zusammengeschlagen. Ohne den Knall bewußt in sich aufzu-

134

nehmen, lief er das steile Stück des Hanges hoch und erreichte die erste Hügelkuppe, hinter der das Gelände steil zu einer tiefen Kerbe abfiel, nur um auf der anderen Seite wieder steil anzusteigen. Wie eine Decke voller Falten, die in gleicher Richtung verlaufend Täler und Mulden formten, lag das Land vor ihm, die Hügelrücken vom letzten Licht der Sonne überflutet, gelb und silbern gefleckt vom Gras und Salbei und mit der frühen Dämmerung in den Tiefen. Zane sah den Hubschrauber sofort. Er flog durch eine dieser Kerben, hart am Hang, die Drehflügel eine runde, blaßdurchsichtige Scheibe bildend. Aber nicht der Anblick des Hubschraubers war es, der Zane aufschreien ließ. Im Licht der Sonne galoppierte Dakota der Länge eines Hügelrückens entlang, den Hals ausgestreckt, mit fliegendem Mähnenhaar und den Boden mit seinen Hufen kaum berührend. Nie zuvor hatte Zane sein Pferd schneller laufen sehen, ein Schatten nur zwischen Himmel und Erde. Der Hubschrauber flog in gleicher Höhe, überholte ihn, und in dem Augenblick, als Dakota zur Seite ausbrechen wollte, hörte Zane erneut einen Knall, und dieses Mal begriff er sofort, daß es sich um einen Gewehrschuß handelte. Das Seil, an dem die Wölfin zerrte, mit beiden Händen festhaltend, starrte er über die Hügel und Rillen hinweg zu seinem Pferd hinüber, das im Knall des Schusses zur Seite auszubrechen schien, um dem Hubschrauber zu entkommen. Mitten in der Drehung jedoch knickte Dakota auf der Vorderhand ein. Für einen Moment glaubte Zane, daß er nur gestolpert war und sich auffangen konnte, aber dann stürzte er kopfüber, und sein Hals bog sich zur Seite, und sein mächtiger Körper überschlug sich, die auskeilenden Hufeisen blinkten sekundenlang im Sonnenlicht auf. So wuchtig ging das Pferd nieder, daß es vom harten Boden abprallte, bevor es schließlich im Salbeigestrüpp liegen blieb. Zane sah, wie es den Kopf hochwarf und wie es versuchte, noch einmal auf die Beine zu kommen, aber der Hubschrauber flog nun über den Hügelrücken hinweg und von der anderen Seite an das Pferd heran. Zane hörte seinen eigenen Aufschrei in das Dröhnen des Triebwerks hineindringen, und er sah das Mündungsfeuer in der dunklen Öffnung der linken Seitentür. Der Kopf Dakotas fiel zur Seite, als der Hubschrauber über ihn hinwegflog. Seine langen Glieder streckten sich, und nach einem kurzen Todeskampf lag er regungslos auf dem Hügel, die Sonne wie ein Tuch über seinem staubigen Fell.

Zane kniete fassungslos am Boden, unfähig, sich zu erheben. Die Wölfin stand einige Schritte von ihm entfernt, die Zunge aus dem Maul hängend und mit hechelndem Atem. Sie starrte ihn an, aber er sah sie in diesem Moment nicht. Er sah nur, wie der Hubschrauber abdrehte, und er sah, wie die Seitentür zugemacht wurde. Ganz langsam hob er das Gewehr und drückte den Kolben gegen seine Schulter. Die Wölfin zog jetzt nicht mehr am Seil. Er hielt das Gewehr still, folgte mit dem Lauf dem Hubschrauber, bis er ihn über Kimme und Korn hatte. Der Hubschrauber hob sich aus dem Schatten in die Sonne. Zane wollte abdrücken, merkte jedoch, wie ihm die Tränen die Sicht nahmen. Der Hubschrauber verschwamm vor seinen Augen, und als er sie sich mit einer schnellen Bewegung ausgewischt hatte, war die Maschine schon zu weit entfernt. Noch immer auf den Knien, ließ Zane das Gewehr sinken. Er blickte aus tränenverschleierten Augen dem Hubschrauber nach, der über den kleinen See hinwegflog und am Ufer niederging, dort wo Zane sein Lager hatte aufschlagen wollen. Zwei Männer sprangen aus dem Hubschrauber, und einer von ihnen hob Zanes Sattel vom Boden auf und trug ihn zum Hubschrauber zurück, während der andere mit einem Gewehr in den Händen zum Baum hinüberging, an dem Zane die Wölfin festgemacht hatte. Er kauerte dort nieder und suchte den Boden ab, wahrscheinlich, um festzustellen, ob einer der Schüsse die Wölfin nicht doch verletzt hatte. Nach kurzer Zeit kehrte auch er zum Hubschrauber zurück, und der Hubschrauber flog auf und flog einen weiten Kreis um Zane und die Wölfin herum.

»Zane, gib auf!« verlangte die Stimme von Quinn Bates. »Ohne dein Pferd bist du verloren! Wenn du jetzt vernünftig bist, fliegen wir dich nach Buckhorn zurück, und du kannst die Nacht in einem warmen Bett verbringen!«

Zane erhob sich.

»Kommt her!« brüllte er ihnen zu. Und er winkte sie mit einer Hand heran, das Gewehr in der anderen haltend. »Kommt her! Holt mich!« Seine Stimme brach, und er stand mit hängenden Schultern auf dem Hügel, aber sie wagten es nicht, näher an ihn heranzufliegen. Der Hubschrauber flog noch einmal einen Kreis über ihn und glitt dann zu dem Hügel hinüber, auf dem Dakota am Boden lag. Fast eine Minute lang blieb er über dem toten Pferd hängen, bevor er in einem weiten Bogen zurück zum See flog. Dort ging er nieder, und das Triebwerk wurde ausgeschaltet. Die Türen gingen auf, und wieder sprangen zwei Männer heraus. Einer von ihnen war der mit der Schildmütze. Obwohl die Sonne untergegangen war, trug er noch immer seine Sonnenbrille.

Er beobachtete sie vom Hügel aus. Sie hatten ein Feuer gemacht und zwei kleine Igluzelte aufgeschlagen, eines davon gelb und grau und das andere blau. Es waren vier Männer, aber Zane kannte nur Quinn Bates. Er schaute ihnen zu, und sie wußten es, aber sie kümmerten sich nicht um ihn. Es wurde schnell dunkel. Der Mond ging auf. Düstere Wolken jagten am Himmel dahin. Ein merkwürdiger Wind wehte von Südwesten herauf, warm wie ein Sommerwind, der Regen bringt.

Zane verließ die Hügelkuppe und suchte sich einen Weg durch das Salbeigestrüpp den Hang hinunter. Die Wölfin trottete nun hinter ihm her, als wollte sie ihn die Richtung bestimmen lassen. Er ging nach Norden in die mondbleiche Leere hinaus, über die schnelle dunkle Wolkenschatten zogen, ging in einiger Entfernung an seinem toten Pferd vorbei, und er spürte, wie die Wölfin unruhig wurde, als sie den Blutgeruch witterte. Später hörte er die Kojoten jaulen und heulen, und das Geheul begleitete ihn durch die Nacht.

Es begann zu regnen, als er in einem flachen Tal einen Bach durchquerte. Er ließ die Wölfin trinken. Der Mond schien durch ein Loch in den Wolken und durch den Regen, der in seinem Licht glitzerte. Zane ruhte sich am Bach aus. Seine Füße schmerzten. Er hatte keine Ahnung, wie spät es war. Lange nach Mitternacht. Drei Uhr, vielleicht. Der Regen wurde stärker. Er begann zu frieren, erhob sich und ging weiter. Sobald der Mond hinter den Wolken verschwand, war es so dunkel, daß er nichts mehr sehen konnte. Auf der anderen Talseite traf er auf einen Karrenweg, der den flachen Hügeln entlang nach Westen und nach Osten führte. Er entschied sich, dem Weg nach Westen zu folgen, um näher an die Berge und an die bewaldeten Gebiete heranzukommen. Irgendwo im Westen mußte sich Browning befinden und ein kleines Nest, das Blackfoot hieß. Und im Norden lag das Tal des Cut Bank River. Zane wußte, daß er dieses Tal, in dem er sich wahrscheinlich hätte verstecken können, nicht bis zum Tagesanbruch erreichen konnte. Zu Fuß würde er wahrscheinlich mehr als drei Tage brauchen, um zum Cut Bank zu gelangen. Allein der Gedanke, zehn oder zwanzig Meilen durch diese Einöde gehen zu müssen, machte ihm klar, daß er seinen Jägern kaum entkommen konnte. Und das wußten Quinn Bates und seine Gefährten so gut wie er. Deshalb hatten sie einfach am See ihr Lager aufgeschlagen. Am Morgen würden sie in ihrem Hubschrauber die Verfolgung aufnehmen und die fünfzehn oder zwanzig Meilen, die er in der Nacht gegangen war, in zehn Minuten zurücklegen. Vielleicht würden sie, um ihn im hügeligen Gelände ausfindig zu machen, in einem Zickzackkurs fliegen müssen, weil der Regen bis dahin seine Fährte ausgelöscht hatte, aber wenn es ihm nicht gelang, bis zum Morgen ein Versteck zu finden, war er ihnen erneut und genauso hilflos ausgeliefert wie am Abend, als sie Dakota getötet hatten. Müde und bis auf die Haut durchnäßt, ging er zwischen den Radfurchen durch den Regen. Er war so müde, daß er sich am liebsten hingelegt und zu schlafen versucht hätte, aber er wußte, daß die Kälte ihn umgebracht hätte. So ging er weiter, und manchmal sagte er etwas zu der Wölfin, ohne sich nach ihr umzusehen, und manchmal blieb er stehen, weil er nicht mehr sicher war, ob sie sich noch auf dem Weg befanden oder nicht. Er trat in tiefe Pfützen, stolperte über die Unebenheiten des Bodens und war schließlich so erschöpft, daß er sich an der Böschung hinsetzte. Er zog die Wölfin näher heran, und sie legte sich bei ihm nieder. Zane beugte sich über sie und streichelte ihr nasses Fell.

Ein Licht, das sich nicht bewegte, leuchtete schwach durch den Regen. Zane blieb stehen. Er wußte nicht, was das Licht war und woher es kam. Es konnte eine Taschenlampe sein, die jemand in der Hand hielt, oder ein Licht, das aus dem Fenster eines Hauses fiel.

Zane wischte sich den Regen aus den Augen und ging weiter. Der Weg führte einen langen Hügel hinunter in eine weite Senke hinein. Im Rauschen des Regens vernahm Zane das Geblök von Vieh. Er konnte die Tiere in der Finsternis, die ihn umgab nicht sehen, aber er ahnte ihre Nähe.

Das Licht, das er eine Weile gesehen hatte, erlosch. Es begann stärker zu regnen. Der Regen prasselte eiskalt auf Zane und auf die Wölfin nieder. Das Leder von Zanes Stiefeln wurde so schmierig, daß er haltlos auf seinen nackten Füßen in ihnen herumrutschte. Zane wünschte sich nichts mehr, als daß es endlich hell werden würde. Der Regen und die Dunkelheit machten ihn hilflos und raubten ihm nach und nach den Mut. Er begann daran zu denken, aufzugeben, sobald es Tag wurde. Diese Gedanken peinigten ihn, und er versuchte, sie zu verjagen, aber sie drängten sich immer wieder in sein Bewußtsein, so als kämpften in seinem Herzen Mut und Feigheit um die Herrschaft über ihn. Er war verzweifelt, aber er wollte es sich selbst nicht eingestehen. Er war müde, aber irgendwo in seinem Innern fand er die Kraft, weiterzugehen.

Der Tag graute.

In der schmutzigen Dämmerung entstand die Welt, regenverhangen und kalt. Er sah ein Auto auf dem Weg stehen, keine zweihundert Schritte entfernt. Das Auto war ein grauer alter Pontiac, mit eingebeultem Dach und durchgerosteten Kotflügeln. Er stand mitten auf dem Weg in den Fahrrillen, die voll mit Regenwasser waren. Der Motor lief. Zane hörte ihn leise brummen. Die Scheiben waren angelaufen. Neben dem Auto glänzten leere Bierdosen im Dreck. Zane ging auf den Pontiac zu. Die Wölfin wollte nicht mehr weitergehen. Er zog sie hinter sich her. Jetzt vernahm er Musik. Das Radio des Pontiac lief. Zane blieb stehen. Er hörte die Musik, und er hörte den Motor und den Regen. Es war noch so dunkel, daß er keine Einzelheiten erkennen konnte, aber er sah, daß der Pontiac inmitten der weiten Senke stand, in der weit und breit nichts anderes zu sehen war, außer ein paar Rindern, die einzeln und in kleinen Gruppen über die Senke verstreut im Dreck lagen. Der Karrenweg führte durch eine Anzahl von Rinnen und Gräben und über Hügel hinweg zum anderen Rand der Senke, wo auf dem höchsten der Hügel kleine Kiefern wuchsen.

Langsam näherte sich Zane dem Pontiac, die Wölfin hinter sich herziehend. Je näher sie dem Auto kamen, desto heftiger sträubte sie sich, ohne sich ihm jedoch wirklich zu widersetzen. Er näherte sich dem Pontiac von vorn. Die Windschutzscheibe, die auf der Beifahrerseite einen Sprung hatte, war grau vom Kondenswasser, das sich im Inneren gebildet hatte. Nur dort, wo die Heizungsluft die Scheibe direkt berührte, hatten sich kleine, nierenförmige Löcher gebildet. Zane blickte durch eines dieser Löcher in die Kabine hinein. Das erste, was er im Halbdunkel sah, war der nackte Hintern eines Mannes, der verkrümmt halb unter einer zerwühlten Wolldecke lag. Ein Arm des Mannes lag über der Wolldecke und über einem Mädchen. Das Mädchen hielt die Wolldecke mit beiden Händen unter seinem Kinn fest, aber seine Beine ragten unten heraus, nackte Beine und nackte Füße, von denen einer auf dem Steuerrad ruhte. Das Mädchen hatte die Augen geöffnet und starrte zur Innendecke hinauf. In seinem langen schwarzen Haar hing eine Spange, die mit bunten Glasperlen bestickt war.

Zane wich zurück. Er machte einen Bogen um den Pontiac herum und ging auf dem Weg weiter. Es wurde nun heller. Er blieb stehen und blickte sich nach dem Pontiac um. Dann suchte er in der Richtung, aus der er gekommen war, den Horizont ab. Irgendwann in der nächsten Zeit würde dort der Helikopter auftauchen, und Quinn Bates und seine Begleiter würden den Pontiac im offenen Gelände sofort entdecken. Zane blickte auf die Wölfin nieder. Sie war triefend naß. Der Verband war beinahe schwarz vom Dreck, mit dem er sich vollgesogen hatte. Sie stand in einer braunen Pfütze, mit ihren Pfoten tief in der aufgeweichten Erde.

Er hob sein Gewehr. Die ganze Zeit hatte er es so gehalten, daß es ihm nicht in den Lauf regnen konnte.

»Komm«, sagte er zu ihr. Er ging zum Pontiac zurück. Das hintere Fenster war völlig undurchsichtig. Er ging zur Fahrertür und machte sie auf. Die Augen des Mädchens weiteten sich jäh, und es stieß einen leisen Schrei aus. Der Mann brummte und wälzte sich herum. Zane beugte sich über ihn und drehte den Zündschlüssel. Der Motor und das Radio gingen aus. Der Arm des Mannes tastete nach dem Mädchen. Das Mädchen preßte die Lippen zusammen, Todesangst in seinen dunklen Augen.

Zane stieß den Mann mit dem Gewehrlauf an.

Der Mann stöhnte.

»Wach auf, Mann!« Zane drückte ihm die Laufmündung ins Genick.

Der Mann drehte sich herum und öffnete die Augen. Er hatte Lippenstift in seinem dunklen, pockennarbigen Gesicht, und das Weiß seiner Augen war gerötet.

»Wer zum Teufel bist du?« stieß der Mann hervor. Zane wich etwas zurück, und der Mann richtete sich aus seiner krummen Stellung auf und hielt sich mit einer Hand an der Rücklehne der vorderen Sitzbank fest, während er mit dem Handrücken der anderen über seinen Mund fuhr. Er starrte Zane an, und dann drehte er sich nach dem Mädchen um, und als er die großen, ängstlichen Augen des Mädchens sah, fluchte er und griff nach seiner Hose, die ihm verdreht und zusammen mit der Unterhose vom rechten Fußgelenk hing.

»Scheiße!« stieß er hervor, während er unter der Wolldecke versuchte, in seine Unterhose und seine Hose zu steigen. »Scheiße, Mann, was soll dieser Scherz, so früh am Morgen?«

»Ich brauch ein Auto«, sagte Zane, das Gewehr auf den Mann gerichtet, der kaum zwanzig Jahre alt sein mochte.

»Was? Hab ich das richtig gehört? Du bist an meiner Karre interessiert, Mann?«

»Man hat mein Pferd abgeschossen.«

»Man hat was ...?

»Ich war mit einem Pferd unterwegs.«

Der Mann blickte ihn ungläubig an. Dann lachte er auf. »Hast du das gehört, Julie, er war mit einem Pferd unterwegs.« Der Mann hatte Mühe mit seiner Hose. »Hast du mal in einen Spiegel gesehen, Mann? Ich meine, du solltest dich mal ansehen. Du siehst aus wie das verdammte Sumpfmonster aus dem Fernsehen. Stimmt's, Julie? Sieht er nicht irre aus?« Der Mann setzte sich nun auf, schob die Decke von sich und knöpfte den Hosenladen seiner Jeans zu. »Du hast meine kleine Julie ganz schön erschreckt, Mann. Julie, mein Schätzchen, dieses Sumpfmonster sitzt echt in der Kacke.

Ohne Pferd im Regen. Und mehr als dreißig Meilen bis nach Blackfoot. Ich glaube, wir sollten ihm wirklich ...«

»Randy, das ... das ist ...« Das Mädchen hielt sich eine Hand vor den Mund und verstummte.

Der Mann verzog sein Gesicht und kniff die Augen etwas zusammen, so als ob er dadurch Zane besser sehen könnte.

»Zane Clark ist mein Name«, sagte Zane.

»Zane Clark?«

»Ja.«

Der Mann kratzte sich in seinem pechschwarzen Haar, das ihm vom Mittelscheitel an in Rastalocken vom Kopf abstand. Er betrachtete Zane und das Gewehr in seinen Händen.

»Willst du mich erschießen oder was, Mann? Weißt du, das macht mich ganz zappelig, diese Scheißknarre, mit der du auf mich zielst. Ich tu dir ganz bestimmt nichts. Frag Julie, Mann! Ich bin der friedlichste Blackfoot im Reservat. Ein Rastamann, Mann! Der einzige rothäutige Rastamann.« Der Mann lachte und beugte sich nach vorn und angelte eine Packung Camel vom Armaturenbrett. Er klopfte eine Zigarette heraus und bot sie Zane an. Zane schüttelte den Kopf.

»Ich müßte das Gewehr weglegen, Mann«, sagte er.

»Hast du nur eine Hand oder was, Mann?«

»Mit der anderen Hand halte ich den Wolf.«

»Den Wolf? Mann, dann bist du ...« Er brach ab und blickte das Mädchen an.

»Das ... das wollte ich dir sagen, Randy«, stieß das Mädchen hervor. »Das Gesetz ist hinter ihm her.«

»Mann, laß mich deinen Wolf sehen«, sagte der Mann. Er rollte das hintere Seitenfenster herunter und hielt den Kopf heraus. Die Wölfin zeigte ihm ihre Zähne, und er fuhr sofort zurück. »Tatsächlich«, schnappte er. »Schau dir das mal an, Baby. Er hat wirklich seinen Wolf an der Leine.«

Julie beugte sich herüber, die Wolldecke unter dem Kinn festhaltend. Sie betrachtete die Wölfin. »Er ist ziemlich mager«, sagte sie mit Mitleid in der Stimme. »Und er zittert vor Kälte.«

»Das ist die Aufregung, Julie«, sagte der Mann. »Wölfe frieren nicht.«

»Das glaube ich nicht, daß Wölfe nicht frieren«, widersprach ihm das Mädchen trotzig.

»Es ist eine Wölfin«, sagte Zane.

»Mann, wo willst du hin mit ihr?«

»Nach Norden. Wahrscheinlich über die Grenze. Irgendwo, wo es Wölfe gibt, werde ich sie freilassen.«

»Warum tust du das, Mann? Ich meine, so was ist natürlich schon eine Sache, die gelobt werden muß, besonders heutzutage, wo nur noch jeder zuerst an sich selbst denkt und niemand mehr den Mut hat, um seine Freiheit zu kämpfen, aber im Radio wurde gesagt, daß du bei dieser Sache vor nichts halt machst und irgendwo am Birch Creek oder wo einen Kneipenwirt aus Buckhorn niedergeschossen hast.«

»Was Freiheit ist, das wissen die meisten Leute überhaupt nicht mehr«, sagte das Mädchen.

»Der Wolf weiß es«, sagte der Mann. »Ich bin Randy Two Guns, und das ist Julie, mein Mädchen. Falls du dich fragst, warum wir die Nacht hier draußen verbracht haben, dann laß dir gesagt sein, daß ich mich mit Julie nirgendwo in Browning oder in Blackfoot blicken lassen kann. Und frag mich lieber nicht, wieso, sonst vergeht mir die Lebensfreude, Mann. Julie, zieh dir was über. Zane hier fährt mit uns, verstehst du? Wo immer er auch hin will, wir bringen ihn und seinen Wolf hin, wenn sein muß, bis zur Grenze.« Randy lachte, steckte sich eine Zigarette zwischen die Lippen und zündete sie an. Zwischen Daumen und Zeigefinger, als wäre sie ein Joint, hielt er sie Zane vor den Mund. Zane nahm ihm die Zigarette mit den Lippen von den Fingern und rauchte. Randy Two Guns zündete eine Zigarette an und gab sie Julie, und die dritte rauchte er selbst.

»Scheißkalt, heute morgen«, sagte Randy. »Gestern

abend, als wir losfuhren, war es warm. Willst du ein Bier? Dort in der Kühltruhe, dort sind noch mindestens ein halbes Dutzend Dosen drin. Tecate. Mexikanisches Bier.«

»Ich mag Bier nicht«, sagte Zane.

»Hast du schon einmal mexikanisches Bier versucht, Mann? Das ist kein Scheiß Budweiser.« Randy Two Guns beugte sich vor, hob den Deckel der Kühltruhe an und entnahm ihr eine Dose Tecate. Er öffnete sie und hielt sie Zane hin. »Hier, trink, Zane. Auf deine Rettung. Und auf die Freiheit.«

»Ich mag kein Bier«, sagte Zane.

»Mann, hast du das gehört, Julie? Das Sumpfmonster mag kein Bier. Aber ich mag Bier. Ich mag mexikanisches Bier. Ich mag kein Scheiß Budweiser Bier. Ich mag mexikanisches Bier! Prost!«

Er trank aus der Dose. Das Mädchen hatte angefangen, sich unter der Decke anzuziehen. Zane war es peinlich, an der offenen Tür zu stehen.

»Mann, das weckt die Lebensgeister«, sagte Randy Two Guns mit Bierschaum unter der Nase. Er wandte sich dem Mädchen zu. »Willst du? Ist noch ein Schluck drin.«

Julie schüttelte den Kopf. »Nicht zum Frühstück«, sagte sie.

»Apropos Frühstück, Mann, bestimmt hast du noch nicht gefrühstückt. Was hältst du davon, wenn wir zum Tripple T Truck Stop fahren und dort frühstücken?«

»Ich will mich lieber nirgendwo sehen lassen«, sagte Zane.

»Da kennt dich doch kein Schwein, Mann. Woher kommst du überhaupt? Eine Rothaut bist du nicht. Keine richtige, jedenfalls.«

»Mein Vater war ein Blackfoot.«

»Dein Vater? Einer von uns? Ein Piegan?«

»Ja. Jimmy Hand hieß er.«

»Du redest von ihm, als gäbe es ihn nicht mehr?«

»Er ist tot. In Vietnam gefallen. Mein Großvater lebt noch

im Reservat. In Browning. Und ein Freund meines Vaters, der mein Onkel ist, Kelso Rivers.«

»Kelso Rivers, Mann, den kenn ich! Der war früher mal ...«

»Es gibt wohl kaum jemanden im Reservat, der ihn nicht kennt«, unterbrach Zane Randy Two Guns. »Auch außerhalb des Reservats kennt man ihn. Etwas Gutes habe ich aber nie über ihn gehört, solange ich zurückdenken kann. Und gesehen habe ich ihn noch nie.«

»Was? Du kennst deinen eigenen Onkel nicht? Hast du das gehört, Julie? Zane kennt seinen eigenen Onkel nicht.«

»Warum sollte ich? Er ist mein Patenonkel, aber er hat sich nur einmal blicken lassen; bei der Taufe.«

»Warum fahren wir nicht einfach hin, Randy?« schlug Julie vor, während sie sich den Büstenhalter umschnallte. »Ich weiß zwar nicht genau, wo er wohnt, aber er soll am South Fork des Milk River in einer Höhle leben.«

»Die Leute erzählen eine Menge Mist über ihn. Er hat eine Hütte dort, in der Milk River Ridge. Ich war schon einmal dort. Auf der Jagd, zusammen mit ein paar Freunden. Wir haben ihn sogar gesehen, aber als wir auf dem Weg zu seiner Hütte waren, schoß er auf uns.«

»Er schoß auf euch?«

»Er ist ein Verrückter, Mann!« Randy Two Guns tippte sich gegen die Stirn. »Total bekloppt. Niemand geht einfach dorthin und besucht ihn. Man sagt, daß er schon ein paar Leute kaltgemacht hat.«

»Das sind bestimmt auch nur Gerüchte«, lachte Julie. »Oder hast du etwa Angst?«

»Red keinen Scheiß, Julie!« fuhr Randy das Mädchen an. »Mit Angst hat das überhaupt nichts zu tun. Und wenn Zane seinen Onkel sehen will, dann fahren wir ihn selbstverständlich hin.« Randy wandte sich an Zane. »Der lebt allein dort draußen, Zane. Bei dem kannst du dich eine Weile verstecken. Außerdem soll er die Rockys kennen wie keiner sonst. Was sagst du, Mann?«

Es war merkwürdig, wie vertraut Zane der Gedanke erschien, bei Onkel Kelso Zuflucht zu suchen. Fast schien es ihm in diesem Moment, als wäre er schon die ganze Zeit zu ihm unterwegs gewesen, ohne daß er auch nur einmal wirklich daran gedacht hatte, nach ihm zu suchen. Er wunderte sich über diese Erkenntnis, aber er sagte den beiden nichts davon.

»Was sagst du, Zane?« fiel Julie in seine Gedanken.

Zane hob die Schultern. »Okay«, sagte er. Mehr nicht.

»Okay«, sagte Randy Two Guns. »Dann wollen wir mal ...«

Ein leises Dröhnen, das durch den Regen drang, ließ ihn verstummen. Zane drehte den Kopf, aber er konnte den Hubschrauber nirgendwo sehen.

»Sie sind mit dem Hubschrauber hinter mir her«, erklärte er ihnen schnell.

»Schön, daß du uns das so frühzeitig mitteilst«, sagte Randy Two Guns. Er stieß die hintere Tür auf und stieg aus. Sie hielten beide nach dem Hubschrauber Ausschau. Randy sah ihn zuerst. Er tauchte südöstlich von ihnen über den Hügeln auf, formlos im schmutzigen Grau des Regens.

»Mann, du mußt dich verstecken!« Randy Two Guns stieß Zane zur Seite, beugte sich in den alten Pontiac hinein und zog den Schlüssel aus dem Zündschloß. Er ging nach hinten und machte den Kofferraum auf. »Los, Mann! Worauf wartest du? Ihr habt beide Platz da drin. Und Luft kriegt ihr durch die Rostlöcher genug.«

Zane blickte auf die Wölfin nieder. Sie wich seinem Blick aus.

»Komm«, sagte er zu ihr, und er zog sie an sich heran und ging mit ihr zum Heck des Pontiac. Er legte das Gewehr in den Kofferraum, beugte sich nieder und packte die Wölfin mit beiden Händen. Sie schnappte nach ihm, biß ihn jedoch nicht.

»Schnell!« drängte Randy. »Sie haben uns gesehen, Mann. Sie fliegen nun direkt auf uns zu!«

Zane stieg in den Kofferraum, legte sich hin und zog den Kopf und die Beine ein. Kaum lag er, schlug der Deckel über ihm zu. Dunkelheit umfing ihn. Er spürte das Zittern der Wölfin. Und er hatte ihren warmen, stinkenden Atem im Gesicht. Durch das Blech hindurch hörte er den herannahenden Hubschrauber. Das Autoradio ging an, aber schon nach wenigen Sekunden übertönte der Lärm des Hubschraubers die Musik. Der Hubschrauber schien genau über dem Auto zu schweben.

»Deputy Sheriff Bates hier!« Bates Lautsprecherstimme klang blechern. »Bitte steigen Sie alle aus dem Auto und heben Sie die Hände!«

Zane hörte die Wölfin leise knurren. Der Pontiac richtete sich in den Federn auf, als Randy und Julie ausstiegen.

»Wer ist sonst noch im Auto?« fragte der Deputy.

»Niemand!« Randys Stimme ging im Lärm des Hubschraubers unter. »Was wollt ihr von uns?«

»Habt ihr jemanden gesehen? Bitte nur mit Kopfbewegungen antworten, weil wir euch nicht hören können. Habt ihr jemanden gesehen?«

»Nein«, brüllte Randy Two Guns. »Wir haben niemanden gesehen. Außer uns ist kein Schwein hier.«

»Ein Junge mit einem Wolf?«

»Nein!«

»Okay. Macht euch auf die Socken! Hier draußen treibt sich einer herum, der bewaffnet ist und gefährlich. Falls euch einer aufhalten will, fahrt weiter! Notfalls fahrt ihn über den Haufen! Verstanden?«

»Alles klar!« rief Randy zurück. »Alles klar, Sheriff!«

Der Hubschrauber flog davon. Wenig später fielen die Autotüren zu. Der Anlassermotor krächzte, aber es dauerte eine Weile, bis der Motor endlich ansprang.

Menschenwelt

Irgendwo hielten sie an, und Randy Two Guns öffnete den Kofferraum und ließ sie raus. Sie befanden sich auf einer bewaldeten Anhöhe auf einer ungeteerten Straße, die ziemlich breit war und in einem guten Zustand.

»Was ist mit dem Wolf?« Randy sah den Wolf mißtrauisch an. »Er sieht ziemlich benommen aus.«

»Die Fahrt hat sie benommen gemacht«, sagte Julie. Sie ging auf die Wölfin zu, aber die Wölfin bleckte die Zähne. Julie blieb stehen. Randy öffnete seine Windjacke, und Zane sah, daß in seinem Leibgurt ein Revolver steckte.

»He, sag ihm, daß er uns nicht anknurren soll«, sagte Randy.

»Ich kann ihr nichts sagen«, sagte Zane. »Sie hört nicht auf mich.«

»Mann, ich weiß nicht, ob ich ihr an deiner Stelle vertrauen würde.«

»Wahrscheinlich nicht.«

»Was soll das heißen, Mann?«

»Nichts.« Zane spürte die Gefahr, die plötzlich von Randy Two Guns ausging. Er sah es in seinen Augen.

»Paß auf ihn auf, verdammt!« sagte Randy Two Guns. »Ich will nicht, daß er mein Mädchen anknurrt.«

»Sie knurrt, weil sie Angst hat«, erklärte Zane. »Sie ist wild.«

»Was meinst du damit, daß sie wild ist?«

»In der Wildnis kennt sie sich aus. Sie hat gelernt, ihrem Instinkt zu vertrauen und sich auf ihn zu verlassen. Sie versteckt sich, wenn sie eine Gefahr wahrnimmt. Oder sie stellt sich einem Angriff, wenn sie bedroht wird und es keinen Ausweg gibt.«

Julie und Randy sahen ihn an, als zweifelten sie an seinem Verstand.

»Ich wollte ihr nichts tun«, sagte Julie.

»Das versteht sie nicht«, erwiderte ihr Zane. »Sie weiß nur, daß Menschen ihre tödlichsten Feinde sind. Das erfuhr sie schon, als sie noch ein Welpe war. Ihre Mutter brachte es ihr bei. Später hat sie gesehen, wie ihre Mutter getötet wurde. Und ihr Vater und alle die anderen Wölfe, zu denen sie gehörte.«

»Wieso weißt du das alles?« fragte Randy Two Guns verblüfft. »Ich dachte, du bist ihr erst vor einigen Tagen zum ersten Mal begegnet.«

Zane hob die Schultern.

»Eines Tages kam sie ins Tal des Birch Creek, wo schon seit zwanzig Jahren keine Wölfe mehr gesehen wurden. Nicht einmal Spuren. Was glaubst du, warum sie allein in einem Land unterwegs ist, wo es keine Wölfe gibt?«

»Hm, das ist schwer zu sagen.«

»Weil sie dort, wo sie herkommt, nicht auch sterben wollte wie alle die anderen«, sagte Julie.

Randy sah sie an.

»Wie willst du das wissen, Mann?«

»Mein Gott, Randy, manchmal hast du eine furchtbar lange Leitung und begreifst überhaupt nichts. Zane hier, der denkt, daß wir in einer ganz beschissenen Welt leben, in der wir Menschen die schlimmsten Viecher sind, die es gibt. Stimmt das, Zane?«

»Mann, genau das denk ich doch auch. Ich bin nicht umsonst der einzige Rastamann unter meinen rothäutigen Verwandten. Ich denke, daß die Menschen sich wirklich einmal überlegen sollten, was das für ein Scheißleben ist, wenn man sechzig oder achtzig Jahre lang lebt und auf nichts anderes zurückblicken kann, wenn man einmal das Zeitliche segnet, als auf irgendwelche noch gefährlichere Nachkommen.«

»Und auf eine Villa auf dem höchsten Hügel«, sagte Julie. »Und auf Parkplätze und Gräber mit Plastikblumen.«

150

»Es lebe die Wölfin«, sagte Randy. Er trank aus seiner Bierdose. »Ein Wolf ist immer ein Wolf. Ein Wolf war schon vor tausend Jahren ein Wolf und danach immer noch und immer noch. Das heißt, daß ein Wolf heute noch genauso leben würde wie vor tausend Jahren, während der Mensch in seiner beschissenen Arroganz die Zerstörung, die er anrichtet, Fortschritt nennt. Wir sind Brüder im Geiste, mein Freund, und darauf sollten wir trinken.« Er streckte Zane die Bierdose hin, aber Zane schüttelte den Kopf.

»Okay, dann laßt uns einsteigen und zum Jackass-Café fahren, wo es weit und breit die besten Pfannkuchen zum Frühstück gibt.«

»Wir müssen aufpassen, daß uns die Bullen nicht erwischen, Randy«, sagte Julie.

»Ach was, die Scheißbullen haben uns doch längst vergessen.« Randy zog den Reißverschluß seiner Jacke zu und setzte sich hinter das Steuerrad. Julie nahm neben ihm Platz, und Zane packte die Wölfin, bevor sie ihm entwischen konnte. Er stieg hinten ein. Julie machte das Radio an. Die Heizung lief auf Hochtouren. Die Scheibenwischer schmierten. Im Radio kamen die Nachrichten. Julie legte eine Kassette ein. Bob Marley. Sie begannen mitzusingen, während sie durch den Regen fuhren, dicht unter den Wolken, die den kahlen Hängen entlangstrichen wie schmutziger Nebel.

Das Jackass-Café und die dazugehörige Tankstelle befanden sich an der Stelle, wo die Straße, auf der sie fast eine Stunde lang durch das Hügelland gefahren waren, in die Überlandstraße Nummer 2 einmündete, einige Meilen von Blackfoot entfernt.

Es regnete immer noch, als Randy den alten Pontiac unter das Flachdach der Tankstelle fuhr und den Motor ausschaltete. Er sagte, daß er lieber jetzt gleich auftanken würde, da es ja möglich wäre, daß sie von hier schnell wieder abhauen müßten.

»Kann ja sein, daß die Bullen auftauchen, bevor die Pfannkuchen fertig sind«, lachte er.

»Sollen wir aussteigen, Randy?« fragte ihn Julie.

»Warte mal«, sagte Randy. Er stieg aus und drückte auf
einen Knopf an einer der beiden Zapfsäulen. Zane sah ihm
durch die Seitenscheibe hindurch zu. Randy schien sich hier
auszukennen. Unter dem Schild stehend, auf dem in roter
Farbe RAUCHEN VERBOTEN! stand, zündete er sich eine
Zigarette an. Dann machte er den Benzintank des Pontiacs
auf, nahm den Zapfhahn von der Säule und steckte ihn in
den Einfüllstutzen.

Niemand kam.

Randy drückte noch einmal auf den Klingelknopf.

Nichts geschah.

»He, geh du mal rein und guck nach, wo der alte Jake
steckt«, sagte Randy zu Julie. Sie stieg aus. Zane machte die
hintere Tür auf. Die Wölfin wollte hinausspringen, aber er
hielt sie zurück. Zane sah, wie Julie durch die Glastür in den
Laden ging. An der Glastür hing ein Plakat, auf dem ein Tiger
durch den Schnee rannte. Und auf dem Schild, das schief
vom Türknauf hing, hieß es: YES, WE ARE OPEN!

Randy beugte sich herein und suchte in der Kühltruhe
nach einem Bier, aber da waren nur noch Coca-Cola-Dosen
drin.

»Weißt du, was ich denke, Zane«, sagte er. »Ich denke,
daß es zu viele arme Leute auf dieser beschissenen Welt
gibt.«

»Was bist du? Arm?«

»Alles, was ich besitze, ist dieser Pontiac und meine Knarre.« Randy legte eine Hand gegen die Ausbeulung an seiner
Jacke, unter der sich der Revolver befand. »Entscheide sel-
ber, ob ich reich oder arm bin.«

»Mein Vater ist dabei, von unserem Land zu verkaufen,
weil er es satt hat, arm zu sein«, sagte Zane.

»Ich habe nichts zu verkaufen, Mann, außer meiner Seele.

152

Die ganze Zeit denke ich, daß mir irgendwann mal Mr. Satan begegnet und mich fragt, wieviel ich für meine Seele haben will.«

»Tausend Dollar?«

»Zehntausend«, sagte Randy. »Warum fragst du? Was hast du denn, außer deinem Wolf?«

»Ich hatte eine Familie und zwei Pferde. Eigentlich wollte ich nach dem Roundup weggehen. Nach Texas. Da wollte mein Vater immer hin, als er jung war.«

»Dein Vater ist tot, Zane. In Nam gefallen.«

»Nicht der. Mein Vater, der mich aufgezogen hat. Mr. Dwight Clark.«

»Das klingt beinahe hochachtungsvoll, Mann!«

Zane nickte. Der Gedanke an zu Hause stimmte ihn traurig. Nie hätte er gedacht, daß er nach so kurzer Zeit sogar Millie vermissen könnte. »Ich glaube nicht, daß ich einen besseren Vater ...« Zane brach jäh ab, als er Julie im Innern des Ladens auf die Glastür zustürzen sah. Im nächsten Moment flog sie auf, und das Glas zersplitterte und Julie taumelte in den Regen hinaus. Obwohl sie nicht schrie, hatte sie den Mund weit aufgerissen. Randy sprang ihr entgegen, und sie fiel ihm in die Arme und brach zusammen. Er schüttelte sie, und sie hing wie ein nasser Sack an ihm und stammelte ein paar Worte, stammelte Jakes Namen, und Randy hielt sie aufrecht und packte sie am Haar und brüllte sie an.

»Julie, verdammt! Reiß dich zusammen, Julie!«

Sie taumelte von ihm weg und zeigte mit ausgestrecktem Arm zum Laden hinüber, dann stieß sie gegen eine Zapfsäule, gelblichgrün im Gesicht. Randy beachtete sie nicht mehr. Er machte den Reißverschluß seiner Jacke auf, zog den Revolver aus dem Gürtel und ging entschlossen in den Laden. Es verging keine halbe Minute, bevor er wieder herauskam, einen wilden Ausdruck in seinen dunklen Augen.

»Was ist?« fragte ihn Zane.

»Mann, jemand hat den alten Jake und seine Frau umgelegt«, sagte Randy so, als könnte er noch nicht glauben, was er dort drin im Laden mit eigenen Augen gesehen hatte.

Zane stieg aus. Die Wölfin machte sich auf dem hinteren Sitz klein, und er sah ihr an, daß sie nicht herauskommen wollte. Zane machte die Türen zu, und mit der Winchester in der Hand lief er an Julie vorbei, und er hörte sie in ihre Hände schluchzen.

Randy ging vor Zane her in den Laden. Im Laden schien alles in Ordnung. Nur die Geldschublade der Kasse war offen und bis auf einige Münzen leer. Eine Wrangler-Jeans-Leuchtreklame surrte und flackerte. Sie gingen durch eine Verbindungstür in das Restaurant, wo ein Fernseher lief. Und dort, bei der Theke, lag eine Frau mit dem Gesicht nach unten in einer riesigen Blutlache. Randy zeigte hinter die Theke zu einer Tür, die in die Küche führte.

»Dort drin liegt der alte Jake«, sagte er.

Zane ging um die Theke herum und stieß die Küchentür mit der Schulter auf. Ein alter Mann hockte dort am Boden, mit dem Rücken gegen einen türkisfarbenen Schrank gelehnt, dessen Türen und Schubladen über und über mit Blut verschmiert waren. Der Mann trug eine weiße Schürze. Eine weiße Kappe lag einige Schritte entfernt am Boden. Von einer rotglühenden Bratpfanne auf dem Herd stieg ein merkwürdig ätzender Rauch, der sich in der ganzen Küche ausgebreitet hatte. Auf der Anrichte lagen Eier in einem Karton. Die Kühlschranktür stand einen Spaltbreit offen.

Zane beugte sich über den Mann und fühlte am Hals nach seinem Puls.

»Er ist tot, Mann«, stieß Randy hervor. »Laß uns von hier abhauen, bevor die Bullen auftauchen.«

Zane spürte die Körperwärme des alten Mannes an seinen Fingerspitzen.

»Er ist noch keine zehn Minuten tot«, sagte er und stand auf. »Wir müssen die Polizei anrufen, Randy.«

»Blödsinn, Mann. Wir müssen überhaupt nichts, außer

von hier abhauen. Wir haben nichts angefaßt. Komm, die Bullen können jeden Moment hier eintreffen.«

Zane gab Randy keine Antwort. Er ging ins Restaurant zurück. Im Fernseher war eine Straßenschlacht zwischen Polizisten und irgendwelchen Verbrechern im Gang. Ohne Unterlaß krachten Schüsse aus Pistolen und Schnellfeuergewehren, und in Panik geratene Passanten rannten schreiend über eine Straße, auf der Autos brannten. Zane sah nirgendwo ein Telefon. Er ging in den Laden. Das Telefon stand auf einem Regal zwischen Motorenöldosen. Zane griff nach dem Hörer. Draußen fuhr ein alter Pickup an die Tanksäule heran. Auf der Ladebrücke standen zwei klitschnasse Hunde. Ein Mann, der einen Cowboyhut trug und eine lammfellgefütterte Jeansjacke, stieg aus und sagte etwas zu Julie. Julie zeigte zum Laden.

Randy kam aus dem Restaurant, eine Wodkaflasche in der Hand. Als er Zane mit dem Telefonhörer in der Hand sah, kam er schnell herüber und drückte auf die Gabel.

»Mach keinen Scheiß, Zane«, schnappte er. »Was meinst du, was die Bullen mit uns machen, wenn sie uns hier erwischen?«

»Wir sind nicht die Mörder«, sagte Zane und langte nach dem Telefon, um noch einmal 911 zu wählen. Randy fiel ihm in den Arm.

»Denk an deinen Wolf, Mann! Die Bullen schießen ihn ab, als wäre er ein tollwütiger Hund, bevor du ihnen etwas erklären kannst. Außerdem, was macht es für einen Unterschied, ob du die Bullen jetzt alarmierst oder ob ...« Randy brach ab. Er sah den Mann durch das Schaufenster auf die Ladentür zukommen. Randy griff mit der freien Hand in seine Jacke und zog den Revolver heraus.

Der Mann machte die Ladentür auf. Die kleine Glocke bimmelte. Als er Zane sah und dann Randy mit dem Revolver in der Hand, hob er abwehrend die Hände.

»Ich werde ihnen nichts verraten!« sagte er schnell. »Kein

Wort kriegen die Bullen aus mir heraus! Ich bin nicht einmal hier gewesen! Ich habe nichts gesehen und nichts ...«

»Jemand hat Jake und seine Frau umgelegt«, unterbrach Randy den Mann. »Wir waren das nicht, Mann. Wir wollten hier frühstücken, aber daraus wird wohl nichts.«

»Bist du nicht Randy Two Guns, Junge?« fragte der Mann, der im gleichen Moment merkte, wie er sich durch diese Frage in Gefahr brachte. Er schüttelte den Kopf und blickte zu Zane hinüber, der den Telefonhörer in der Hand hielt.

»Ich wollte eben die Polizei anrufen«, sagte Zane. »Wir waren es wirklich nicht.«

Der Mann nickte eifrig. »Das ... das glaube ich euch.«

»Aber wir können hier nicht auf die Bullen warten, Mann, verstehst du«, sagte Randy. »Das heißt, daß du die Bullen anrufst, und zwar erst, wenn wir hier weg sind. Klar?«

»Okay«, sagte der Mann. »Aber ich könnte auch nur Benzin fassen und dann nach Hause fahren. Heute ist wenig Betrieb auf der Straße, aber irgendwann wird schon jemand vorbeikommen.«

»Du rufst die Polizei an, wenn wir hier weg sind!« sagte Zane, und er legte den Hörer auf. Vom Fernseher im Restaurant kam eine weinende Frauenstimme. Die Wrangler-Jeans-Leuchtreklame flackerte nicht mehr.

Sie ließen den Mann im Laden stehen. Julie stand draußen im Regen.

»Sie ist tot, nicht wahr?« sagte sie. Angst und Schrecken hatten ihre Gesichtszüge verzerrt.

»Sie sind beide tot«, sagte Randy zu ihr und legte einen Arm um sie.

»Jake auch?«

»Ja.«

Randy mußte sie stützen. Schluchzend hing sie an ihm. Sie gingen zum Pontiac, und Zane stieg hinten ein, und die Wölfin knurrte ihn an.

Als sie wegfuhren, sah Zane den Mann aus dem Laden kommen. Er blieb im Regen stehen und blickte ihnen nach.

Sie fuhren auf einer Dreckstraße in Richtung Norden. Im Radio hörten sie, daß das Jackass-Café und die Tankstelle von Jake Horn überfallen worden war. Es war Mittag. Randy hatte die halbe Flasche Wodka getrunken. Es regnete nun in Strömen, und die Dreckstraße war aufgeweicht und glitschig. Der Pontiac schlingerte von einem Straßengraben zum andern.

»Wir sollten vielleicht irgendwo anhalten«, schlug Julie vor.

»Mann«, sagte Randy, »ich werd diese Bilder nicht los.«

»Welche Bilder?«

»Jake und seine Frau.« Randy trank einen Schluck aus der Flasche. »So was habe ich im ganzen Leben noch nie gesehen«, fuhr er fort und rülpste. »Soviel Blut. Als ob man Schweine abgestochen hätte. Und der alte Jake lehnte am Küchenschrank, als wenn er ausgerutscht wäre. Aber es war alles voll mit Blut. Überall war Blut. Sogar an der Decke.«

»Bestimmt waren keine zwanzig Bucks in der Kasse«, sagte Julie. »So früh am Morgen und an einem solchen Tag, da war bestimmt noch nichts los.«

»Für zwanzig Bucks bringt einer zwei Menschen ums Leben. Ich könnte kotzen, Mann.«

»Warum hältst du nicht an und kotzt«, sagte Julie.

»Ich kann nicht kotzen. Ich kann nicht einmal kotzen, wenn ich mir den Finger in den Hals stecke. Das konnte ich nie. Schon als Kind nicht. Einmal habe ich zu viele Pillen gefressen, und alle wollten mich zum Kotzen bringen, aber das hat nicht geklappt. Ich bin beinahe gestorben.«

Der Pontiac schleuderte und kippte beinahe in den Straßengraben. Im letzten Moment konnte Randy ihn abfangen.

»Mein Gott, Randy, gib mir die Flasche!«

»Die Flasche? Mann, du willst mir doch nicht etwa die Flasche ...«

»Gib mir die Flasche!«

»Warum. Sie ist noch nicht ...«

»Weil du betrunken bist, Randy, und weil ich nicht hier draußen im Straßengraben sterben will!«

Randy lachte auf. »Hast du das gehört, Mann, mein Mädchen hat Angst ...«

»Sie hat recht, Randy. Gib ihr die Flasche!«

»Gib mir die Flasche, Randy!«

Julie schnappte nach der Flasche, die er zwischen seinen Beinen eingeklemmt hatte. Sie öffnete das Seitenfenster.

»He!« schrie Randy sie an. »He, das wagst du nicht, Julie!«

Julie warf die Flasche hinaus. Randy drückte mit einem Fluch auf die Bremse. Der Pontiac schleuderte, kam von der Straße ab, stürzte in den rechten Straßengraben und pflügte sich auf der anderen Seite durch die vom Regen aufgeweichte Böschung. Schließlich kam der Pontiac quer zum Graben und zur Straße zum Stehen.

»Verdammte Kröte!« stieß Randy hervor und hieb Julie den Handrücken ins Gesicht. »Gottverdammte Kröte!« Er legte den Rückwärtsgang ein und versuchte anzufahren, aber die Räder wühlten sich in die Erde, bis der Pontiac mit der Hinterachse aufsaß.

»Verdammte Kröte«, brüllte Randy. »Jetzt stecken wir fest, Mann!« Noch einmal schlug er zu. Julie schrie auf. Randy machte die Tür auf, stieg aus und knallte die Tür zu. Dabei rutschte er im Dreck aus und fiel hin. Zane hörte ihn fluchen. Im Rückspiegel sah er Julies Gesicht. Blut lief ihr aus der Nase.

»Dreckskerl!« stieß sie hervor. »Dieser Dreckskerl hat mir die Nase eingeschlagen!«

Randy hatte sich inzwischen erhoben. Er wankte dem Graben entlang davon. Zane blickte ihm durch das Rückfenster nach. Julie wühlte im Handschuhfach herum und fand einen alten Handschuh, den sie sich gegen die blutende Nase hielt. Randy rutschte in den Graben hinein und kletterte auf der anderen Seite hoch. Er ging auf der Straße weiter bis zur Stelle, wo Julie die Flasche hinausgeworfen hatte. Dort taumelte er in einer Pfütze herum und schüttelte seine Fäuste in die Richtung des Pontiac.

»Er ist stinkvoll«, sagte Julie undeutlich. »Wenn er zurückkommt, bringt er mich um.«

Randy kam nun die Straße hoch. Er hatte seinen Revolver aus der Jacke gezogen. Plötzlich blieb er stehen, nahm den Revolver in beide Hände und richtete ihn auf den Pontiac. Er schoß. Die Kugel verfehlte ihr Ziel. Er schoß noch einmal. Julie stieß die Tür auf und sprang hinaus. Sie rannte im Regen davon, und er schoß auf sie, und dann begann er hinter ihr herzulaufen, aber er stolperte und fiel der Länge nach hin.

Zane stieg aus, das Gewehr in den Händen. Er ging auf Randy zu. Randy sah ihn, und er setzte sich auf und lachte.

»Mann, hast du sie laufen gesehen. Flink wie ein Reh, mein Mädchen.«

Er ließ den Revolver in der Jacke verschwinden und streckte Zane die Hand entgegen. »Hilf mir auf die Beine, Mann. Wir müssen die Karre flottkriegen.«

Zane ging zu ihm und half ihm, aufzustehen. Randy hielt sich an ihm fest und schwankte trotzdem. Etwa hundert Yards entfernt stand Julie im Regen und blickte herüber.

»He, komm zurück, Julie!« rief ihr Randy zu.

»Damit du mich niederschießen kannst, du Dreckskerl!«

»Mann, manchmal denke ich, sie hat nicht alle Tassen im Schrank«, sagte Randy. »Aber so sind die Weiber allesamt. Oder kennst du vielleicht ein Weib, das normal ist, Mann?«

Zane gab ihm keine Antwort. Sie gingen zum Pontiac, und Randy machte den Kofferraum auf und nahm einen Handspaten heraus und den Wagenheber.

Der Pontiac wühlte sich, trotz ihrer Bemühungen, die hinteren Räder mit Steinen zu stabilisieren, immer tiefer in den Dreck. Nach einer Stunde gaben Randy und Zane entmutigt auf. Völlig erschöpft vom Graben und vom Heranschleppen der Steine, standen sie im strömenden Regen und betrachteten ihr Werk. Der Pontiac schien sich in einem Bombentrichter festgefahren zu haben und ließ sich weder vorwärts noch rückwärts bewegen.

»Jetzt soll mir mal einer sagen, wie wir von hier wegkommen«, sagte Randy, und er blickte Julie, die in der Nähe stand, vorwurfsvoll an. »Diese Straße führt nirgendwohin! Die endet irgendwo in den roten Hügeln.«

»Und warum hast du diese Straße genommen, wenn sie nirgendwohin führt?« fragte Julie ihn grimmig, ihre Nase dick angeschwollen und blutverkrustet.

»He, auf mich brauchst du nicht sauer zu sein. Du hast die Flasche rausgeworfen, nicht ich.«

»Du warst betrunken, Randy. Du hättest jederzeit die Herrschaft über den Pontiac verlieren können.«

»Und was hätte Schlimmeres geschehen können als das, was jetzt geschehen ist?« Randy schüttelte den Kopf. »Die Straße führt zu einer Furt über den Cut Bank River. Am anderen Ufer zweigt ein Weg nach Westen ab. Auf diesem Weg kommt man nördlich von Browning zu einer Straße, die zum Milk River führt und weiter nach Norden zur Emigrant Gap und zur kanadischen Grenze. Ich dachte, daß dieser Weg der sicherste ist.«

»Und ich dachte, wir wollen zu seinem Onkel«, wandte Julie ein.

»Die Milk River Ridge liegt fast am Weg«, sagte Randy. »Ich weiß, wo seine Hütte ist, und ich kenne einen Weg, der dorthin führt.«

»Wie weit ist es dorthin?« fragte Zane.

»Noch ungefähr zwanzig Meilen. Alles ziemlich üble Straßen, kreuz und quer durch die Hügel.«

160

»Und wie weit bis zur Grenze?«

»Mindestens vierzig. Vielleicht fünfzig.«

Zane öffnete die linke hintere Tür des Pontiac. Er nahm sein Winchestergewehr zur Hand und zog die Wölfin vom Sitz. Widerwillig sprang sie heraus. Zane sah sich nach Randy und nach Julie um. Sie standen dicht beisammen und starrten ihn argwöhnisch an.

»He, was hast du vor, Mann? Du willst uns doch nicht etwa allein hier zurücklassen?«

»Ich kann nicht hierbleiben«, sagte Zane, den Kopf etwas eingezogen und gesenkt, um sein Gesicht vor dem niederprasselnden Regen zu schützen.

»Es kann Tage dauern, bis jemand hier vorbeikommt«, sagte Julie näselnd.

Zane gab ihr darauf keine Antwort.

»Wir könnten mit dir gehen«, schlug Randy vor.

»Zu Fuß?« Julie war entsetzt. »Lieber verhungere ich hier.«

»Danke«, sagte Zane.

»Danke. Wofür?«

»Dafür, daß ihr mich mitgenommen habt.«

Sie sagten nichts darauf. Randy hob nur die Schultern. Zane drehte sich um und ging davon. Er durchquerte den Graben und folgte der schmierigen Straße nordwärts. Es war so kalt geworden, daß im Regen die ersten schweren Schneeflocken fielen.

»He! Zane!«

Randys Stimme holte ihn ein. Er blieb stehen, die Wölfin an seiner Seite, und blickte über die Schulter zurück.

»Die Welt ist noch nicht am Ende!« rief Randy, und Zane wußte nicht, ob es eine Aufmunterung sein sollte oder ein zynischer Scherz. Er ging er weiter.

»Viel Glück mit deinem Wolf!« rief ihm Julie undeutlich nach.

Zane hielt nicht mehr an. Später hörte er eine Tür des

Pontiac zuschlagen. Auf dem nächsten Hügelrücken blickte Zane noch einmal zurück. Der Pontiac stand im Regen, eingehüllt vom Rauch, der aus seinem Auspuff quoll. Die Fensterscheiben waren angelaufen.

Winterfährte

Er beobachtete das Haus von einer Anhöhe aus. Das Haus stand am Südhang eines bewaldeten Hügels, der es vor den Winterstürmen schützte. Ein Weg führte vom Haus zu einer Straße, die nach Süden führte, wahrscheinlich durch die Hügel zum Cut Bank River und weiter nach Browning. Vor dem Haus standen ein Personenwagen und ein Pickup. Auf dem Pickup blieb der Schnee liegen, während er auf dem Personenwagen schmolz.

Es war spät am Nachmittag, und es begann dunkel zu werden. Sechs Stunden war er mit der Wölfin unterwegs gewesen, seit er Randy und Julie bei ihrem festgefahrenen Pontiac zurückgelassen hatte. Jetzt war er zu müde, um weiterzugehen. Er fror erbärmlich, die Kleider hingen triefend naß von ihm wie von einer Vogelscheuche, die hundert Stürmen getrotzt hatte. Seine Stiefel hatten ihre ursprüngliche Form längst verloren und lasteten schwer vom Lehmdreck an seinen zerschundenen Füßen, in denen er kein Gefühl mehr verspürte.

Lange beobachtete er das einsame Haus. Er konnte keine Hunde sehen, und er wußte nicht, wer hier wohnte. Zitternd vor Kälte kauerte er auf der Anhöhe unter den Ästen einer Kiefer. Es schneite nun mehr, als daß es regnete. Das Land um das Haus herum war weiß. Nur in den Radfurchen der Straße blieb der Schnee noch nicht liegen.

Im Haus ging ein Licht an. Aus dem Kamin quoll Rauch. Ein Mann kam auf die Veranda heraus und blickte in die Dämmerung und in das Schneetreiben hinaus, als erwartete er jemanden. Zane machte sich klein. Der Mann blickte nicht zur Anhöhe hoch. Hinter ihm erschien ein anderer Mann in der Türöffnung. Der erste Mann sagte etwas zu dem anderen. Der andere ging ins Haus, und der erste Mann folgte ihm und machte die Tür hinter sich zu.

Wenig später ging die Tür erneut auf. Ein Mann und eine schwangere Frau kamen aus dem Haus. Sie stiegen in den Pickup. Die Scheinwerfer und die Rückleuchten gingen an, und der Pickup drehte im Schneematsch und fuhr langsam und schlingernd die Straße entlang.

Zane wartete, bis er den Pickup nicht mehr sehen und hören konnte. Es war nun beinahe dunkel. Die Wölfin lag einige Schritte entfernt. Schneeflocken klebten auf ihrem Fell. Sie schlief. Zane weckte sie, indem er am Strick zog. Sie schrak hoch und stand auf, den Schwanz zwischen den Beinen.

Er ging den Abhang hinunter und näherte sich dem Haus von der Seite. Aus einem der Fenster fiel Licht. Unbemerkt gelangte Zane an das Haus heran. Er schlich die Bretterwand entlang und duckte sich unter dem Fenster. Er hörte den Fernseher, und er hörte die Stimme einer Frau, die sagte, daß das Nachtessen auf dem Tisch sei.

Ein Schatten glitt durch den Lichtschein.

Zane richtete sich auf und spähte vorsichtig über das Fensterbrett und durch die Scheibe in den Raum. In einer Ecke, zwischen schwarzen Lautsprecherboxen, stand ein Fernseher auf einem Regal. Davor, mitten im Raum, ein altes, zerfleddertes Sofa und ein Tischchen, auf dem Bierdosen standen und ein Aschenbecher, der randvoll war. Kippen und allerlei Abfall lagen auf dem Tisch und um das Sofa herum verstreut auf einem alten, orangefarbenen Teppich, der voller Flecken war.

Es befand sich niemand im Raum, aber im Fernseher lief ein Basketballspiel. Michael Jordan und die Bulls spielten gegen die Suns aus Phoenix.

Zane ging zur Rückseite des Hauses. Über der Hintertür des Hauses brannte eine Lampe und beleuchtete einen Haufen Gerümpel und eine Hundehütte, an der eine Kette festgemacht war. An einer Wäscheleine, die zwischen dem Haus und einem Schuppen aufgespannt war, hing Wäsche, die in

164

der Kälte hart geworden war. Unter einem schneebedeckten Wellblechdach, in einer kleinen Koppel, standen mehrere Pferde. Sie sahen Zane und den Wolf, aber sie blieben regungslos im Wind stehen, dicht beisammen.

Eine Holztreppe führte zu einer Tür hinauf. Auf dem oberen Treppenabsatz standen Stiefel und ein Besen. Es schneite in die Stiefel. In einem Freßnapf befand sich Wasser, das gefroren war.

Zane ging vorsichtig die Treppe hoch. Die Bretter knarrten. Die Wölfin sträubte sich, ihm zu folgen. Sie war Treppen nicht gewohnt. Er ging die Treppe hinunter und machte sie am Geländer fest.

»Warte hier«, sagte er leise zu ihr.

Sie blickte ihn an, Furcht in ihren Augen. Er ließ sie stehen und ging noch einmal die vier Stufen hoch. Das Winchestergewehr in der rechten Hand, griff er mit der linken nach dem Türknauf. Die Tür war nicht abgeschlossen. Er öffnete sie und trat schnell ein. Er befand sich in einem kleinen Raum, in dem ein Wäschetrockner lief. Der Raum war voll mit Gerümpel und schmutziger Wäsche. Es roch nach gebratenem Fleisch, und Zane hörte die Stimme der Frau im Raum nebenan und Geräusche von Besteck und Geschirr.

»Ich hätte mit ihnen fahren sollen, Ned«, sagte die Frau. »Kann gut sein, daß das Baby in dieser Nacht kommt.«

»Du kannst später mal im Spital anrufen«, antwortete der Mann. »Warum ist Billy nicht gekommen? Er ist doch der Vater des Kindes.«

»Er hätte schon zu Mittag hier sein sollen«, sagte die Frau.

»Er taugt nichts. Mavia hätte sich das besser überlegen sollen. Der Junge taugt nichts.«

»Sie lieben sich, Ned.«

»Und warum muß ihr Bruder sie dann ins Spital fahren?«

»Bestimmt ist Billy aufgehalten worden. Der Schnee ist ...«

»Bestimmt«, sagte der Mann spöttisch. »Was ist das für ein Fleisch?«

»Ziegenfleisch.«

»Damit könnte man Stiefel sohlen.«

»Deine Zähne sind eben nicht mehr die besten, Ned.«

»Bockmist. Mit meinen Zähnen knacke ich die härtesten Nüsse.«

Zane näherte sich der Tür, die vom kleinen Raum in die Küche führte. Sie stand halb offen. Er hob das Gewehr und trat in die Küche. Die Frau sah ihn zuerst. Ein alter Hund lag unter dem Tisch und schlief. Der Mann hatte Zane den Rücken zugekehrt. Er mußte den Kopf drehen, um ihn zu sehen. Er zögerte, als wollte er gar nicht sehen, was seine Frau sah. Schließlich drehte er ihn doch herum. Er runzelte die Stirn.

»Wer zum Teufel bist du, Junge?« fragte er, Zane von Kopf bis Fuß geringschätzig musternd.

»Ich bin auf der Flucht«, sagte Zane. Er hatte das Gewehr auf den Mann gerichtet, aber er zitterte am ganzen Leib, und es gelang ihm nicht, das Gewehr ruhig zu halten.

»Allmächtiger Gott, so siehst du auch aus, Junge. Als ob du die Hölle hinter dir hättest.« Der Mann wollte aufstehen, aber Zane befahl ihm, sitzen zu bleiben.

Die Frau sagte, daß sie ihm etwas zu essen machen könne. Eine warme Suppe. Und Ziegenfleisch und Kartoffeln. Sie hätte auch ein Hähnchen im Kühlschrank.

»Ich brauche ein Pferd«, sagte Zane.

»Ein Pferd?«

»Ja. Draußen stehen einige Pferde. Ich brauche ein gutes kräftiges Pferd.«

»Was willst du mit einem Pferd, Junge? Bei diesem Hundewetter ...«

»Tut mir leid«, fiel Zane dem Mann ins Wort. »Ich brauche ein Pferd, und ich brauche Proviant und trockenes Zeug und eine Decke!«

»Wo willst du denn hin, Junge? Es ist dunkel draußen, und es gibt weit und breit kein ...«

166

»Ned, wenn der Junge ein Pferd braucht, warum gibst du ihm dann nicht den Grauen?« unterbrach die Frau den Mann. »Und ich werde dir eine warme Mahlzeit bereiten und ein paar Sachen mitgeben. Hinten, in der Kammer, da liegt ein Schlafsack von meinem Sohn Jeffrey, den du mitnehmen kannst. Und eine Zeltplane, die den Regen von dir abhält.« Sie lächelte. »Du bist doch der Junge, der mit dem Wolf unterwegs ist, nicht wahr?«

Zane nickte.

»Sie haben es im Fernsehen gebracht, Junge. Deine Eltern sind verzweifelt. Ich kenne deine Mutter. Ich sah sie einige Male in Browning, zusammen mit dem alten Bob Hand. Sie muß eine starke Frau sein. Sie hat im Fernsehen gesagt, daß du schon weißt, was du tust, und daß diese Sache nicht eine Sache des Todes ist, sondern eine des Lebens. Sie hat gesagt, daß die Freiheit eines Wolfs genauso wertvoll ist wie die eines Menschen. Aber dieser Deputy Sheriff, Quinn Bates, hat gesagt, daß er nicht eher ruhen wird, bis er dich zur Strecke gebracht hat.«

»Sie haben mein Pferd getötet«, sagte Zane.

»Was erwartest du, Junge?« sagte der Mann grimmig. »Schonung? Erbarmen? Was erwartest du? Du hast ein Menschenleben auf dem Gewissen!«

»Dann ist Wade Hicks gestorben?«

Die Frau schüttelte den Kopf. »Das wissen wir nicht. Inzwischen wurde jedoch das FBI eingeschaltet, Junge, weil du in das Reservat geflüchtet bist. Du hast Glück, daß das Wetter so schlecht ist. Sie können nicht mit Hubschraubern und Flugzeugen auf dich Jagd machen, und sie wissen nicht, wo du bist. Außerdem fand heute morgen im Jackass-Café ein Überfall statt, um den sie sich kümmern müssen. Zwei Menschen wurden ermordet. Zuerst hat man dir die Tat zugeschrieben, Junge. Ein Zeuge berichtete, daß er dich in Begleitung eines Jungen und eines Mädchens gesehen hätte. Aber inzwischen ist in Cut Bank ein Verdächtiger verhaftet

worden. Ein fünfzehnjähriger Junge. Aus einer Erziehungs-
anstalt entwichen. Hat in Helena ein Auto geklaut und wollte
über die kanadische Grenze abhauen. Fünfundreißig Dollar
hat er bei dem Überfall erbeutet. Lausige fünfundreißig
Dollar, und dafür hat er den alten Jake und seine Frau
umgelegt.«

»Ich habe auf Wade Hicks geschossen, nachdem er auf
mich geschossen hat«, sagte Zane.

»Schon gut, Junge, du bist uns keine Rechenschaft schul-
dig.« Der Mann legte die Gabel weg. »Wo ist der Wolf?«

»Wo ist das Telefon?«

»Im Flur. Warum? Willst du vielleicht deinen Eltern Bescheid geben, daß du noch am Leben bist?«

Zane nickte. »Steh auf und geh vor mir her zum Telefon!«
befahl er dem Mann. Der Mann wechselte einen Blick mit
der Frau. Dann erhob er sich und ging vor Zane her zum
Telefon. Zane bückte sich und riß das Kabel aus der Wand.

Der Mann schüttelte den Kopf. »Das hättest du nicht tun
brauchen. Wir verraten dich bestimmt nicht. Aber wir wollten heute nacht noch das Spital in Browning anrufen«, sagte
er. »Unsere Tochter kriegt ein Baby.«

Sie kehrten in die Küche zurück. Zane spürte, wie seine
Finger furchtbar zu schmerzen anfingen.

»Was nun?« fragte der Mann. Die Frau saß noch immer
am Tisch. Der alte Hund schnarchte.

»Du gehst raus und sattelst den Grauen!« stieß Zane
zwischen zusammengebissenen Zähnen hervor. »Ich bleibe
hier drin bei deiner Frau.«

»Und wenn ich mich weigere?« fragte der Mann.

»Tu, was er sagt, Ned«, sagte die Frau. »Siehst du nicht,
daß er Hilfe braucht?«

Der Mann holte tief Luft und schnaufte durch die Nase
aus, während er Zane erneut von Kopf bis Fuß musterte.
»Bates hat im Fernsehen gesagt, daß er nicht weiß, wer von
euch beiden gefährlicher ist, du oder der Wolf.«

»Wir werden beide gejagt!« antwortete ihm Zane.

»Geh und sattle den Grauen, Ned«, forderte die Frau den Mann noch einmal auf. »Inzwischen mach ich dem Jungen etwas zu essen.«

Der Mann verließ die Küche. Er drehte im Wohnzimmer beim Vorbeigehen den Fernseher lauter. Irgendwo in Europa war Krieg. Ein Waffenstillstand wurde gebrochen. Granaten explodierten in einer Schule. Kinder starben, von Splittern zerfetzt. Frauen jammerten und beteten. Dann erklärte ein Politiker, warum Krieg war. Die einen hatten diese Religion und die anderen eine andere. Der Politiker sagte, daß es eine furchtbare Sache sei, wenn unschuldige Kinder sterben müßten. Ob das nicht schon immer so gewesen sei? fragte ein Reporter. Daß im Krieg Unschuldige starben, während die Schuldigen Politik machten? Der Politiker sagte, daß das nicht seine politische Absicht sei. Seine Absicht sei es, Frieden zu schaffen.

Der Mann schlug die Tür zu.

Zane ging zum Fenster und blickte hinaus. Die Wölfin lag unter der Treppe. Er wunderte sich, warum sie nicht versuchte, das Seil durchzubeißen. Zane sah den Mann über den Platz zum Schuppen gehen. Er verschwand darin. Als er zurückkehrte, schleppte er einen Sattel mit sich, und über seiner Schulter lag ein Zaumzeug.

»Das ist für deinen Wolf, Junge«, sagte die Frau. Sie zeigte zur Anrichte hinüber, wo auf einer Zeitung rohe Fleischstücke lagen. »Ziegenfleisch.«

Zane ging zur Anrichte. Er wollte das Fleisch in der Zeitung aufheben, aber die Zeitung war naß und blutig und riß.

»Warte«, sagte die Frau, »ich tu es in eine Schale.«

Ohne Furcht erhob sie sich von ihrem Stuhl, ging zum Küchenschrank und holte eine große Schale heraus. Zane warf einen Blick aus dem Fenster. Der Mann war dabei, eines der Pferde zu satteln. Die Wölfin beobachtete ihn. Das Pferd tänzelte im Schnee.

Bevor er aufbrach, versprach ihm die Frau, niemandem zu sagen, daß er hier gewesen war. »Ned wird versuchen, das Telefon zu flicken und das Spital anzurufen. Aber von uns erfährt niemand etwas über dich, das verspreche ich dir.«

Zane fragte sie nach Kelso Rivers.

Der Mann kniff die Augen etwas zusammen.

»Kelso Rivers? Was willst du von Kelso Rivers, Junge?«

»Er soll hier in der Nähe wohnen«, sagte Zane. »In der Milk River-Ridge-Gegend.«

Der Mann nickte und warf seiner Frau einen Blick zu.

»Er soll krank sein«, sagte die Frau. »Das ist das letzte, was wir über ihn gehört haben. Daß er krank ist und sterben wird und daß man vergeblich versucht hat, ihn woanders hinzubringen, wo man sich um ihn kümmern könnte.«

Sie blickten ihn beide an. Zane knöpfte die alte Wolljacke zu, die sie ihm gegeben hatten. »Er ist mein Onkel«, sagte er, während er sich zur Tür umdrehte.

»Du willst zu ihm?« Die Frau hielt ihn am Arm zurück.

»Ich weiß nicht. Jemand sagte mir, daß er die Wege durch die Rockys besser kennt als jeder andere hier.«

Die Frau nickte. »Das stimmt. Aber ich glaube nicht, daß er dir weiterhelfen kann. Nicht in seinem Zustand.«

»Wenn du zu ihm willst, nimm die Straße nach Norden«, sagte der Mann. »Sie führt zum Südarm des Milk River. Reite den Fluß entlang talaufwärts bis zum Seven Mile Canyon.«

»Dort steht sein Haus.« Die Frau ließ seinen Arm los. »Dort, wo der Seven Mile Canyon in das Tal des Südarmes des Milk River mündet.«

Zane griff nach dem Türknauf.

»Danke«, sagte er.

»Keine Ursache«, sagte der Mann. »Ich wünschte, ich könnte dich hinfahren, aber die Straße ist bei diesem Wetter unbefahrbar.« Der Mann bat ihn nur, den Grauen entweder zurückzubringen, wenn er ihn nicht mehr brauchte, oder irgendwo abzugeben, wo er später abgeholt werden konnte.

»Gotte beschütze dich«, sagte die Frau.

Zane ging hinaus und schlug die Zeltplane um sich.

Der Graue machte Zane am Anfang Schwierigkeiten. Beim Aufsteigen drehte er sich jäh um seine eigene Achse, stieg wiehernd und keilte nach der Wölfin aus, die den eisenbeschlagenen Hufen blitzschnell auswich, zurücksprang und sich loszureißen versuchte.

Der Mann und die Frau schauten Zane zu, der alle Hände voll zu tun hatte, den Strick festzuhalten und gleichzeitig den Grauen daran zu hindern, auszubrechen und davonzulaufen. Schließlich kam ihm der Mann zu Hilfe. Er hielt den Grauen am Zaumzeug fest, bis Zane im Sattel war und das Seil einmal um das Sattelhorn gewunden hatte. Die Wölfin zog mit aller Kraft am Seil und stemmte alle viere gegen den Boden, als das Pferd ansprang. Zane nahm ihn kurz an den Zügeln und drückte ihm die Schenkel fest gegen den Leib. Der Graue machte kleine, tanzende Schritte, und Zane spürte, daß er sich ihm nur widerwillig fügte.

»Du könntest auch bis zum Morgengrauen hierbleiben, Junge«, rief ihm der Mann nach. »Bei diesem Hundewetter kommst du ohnehin nicht weit, bevor du dir das Genick brichst.«

»Laß ihn, Ned«, hörte Zane die Stimme der Frau. »Er kann nicht hierbleiben.«

Zane ritt im schwächer werdenden Lichtschein der Lampe, die über der Hintertür des Hauses brannte, in das Schneegestöber hinaus. Der Graue wollte nicht. Er warf den Kopf hoch, als die Pferde in der Koppel wieherten. Zane parierte ihn. Der Graue drehte sich im Kreis. Seine Hufe stampften den schneebedeckten Boden. Die Wölfin zerrte am Seil.

Fast zehn Minuten lang dauerte es, bis sich der Graue seinem Willen fügte.

Zane ritt einen Hang hoch. Der Wind wehte ihm den Schnee ins Gesicht. Dunkelheit umfing ihn. Der Graue tastete sich zögernd voran. Zane knipste die Taschenlampe an, die ihm die Frau mitgegeben hatte. Schneeflocken wirbelten durch das blendende Licht, formten einen Trichter, in den Zane blind hineinritt.

Als der Tag graute, lag der Schnee dort, wo er vom Wind nicht weggefegt worden war, fußhoch. Es schneite nicht mehr stark, aber die grauen Wolken umhüllten die schroffen Hügelrücken, die von der Milk River Ridge lang und bukkelig in das Tal des Rainbow Creek abfielen.

Unten im Tal, wo zwei Straßen aufeinandertrafen, befand sich eine alte, halb zerfallene Missionskirche mit einem Giebeldach und einem kleinen Glockenturm, in dem keine Glocke mehr hing. Steif vor Kälte, ritt Zane aus dem Wald heraus, der ihn vor dem Wind geschützt hatte. Er folgte einer tiefen Rinne talwärts, den Nordwestwind und den Schnee eisig im Gesicht, ohne die Kälte wirklich zu spüren.

Er ritt zur Kirche hinunter und zügelte den Grauen in ihrem Windschatten. Die Kirche war aus Brettern gebaut und früher einmal weiß gestrichen gewesen. Die Farbe klebte nur noch an wenigen Stellen in Splittern vom verwitterten Holz. Die beiden Flügel des Portals hingen schief in den Angeln, und die meisten Fensterscheiben waren zerschlagen.

Zane blickte sich um. Er konnte im Schnee weder Spuren von Menschen noch von Tieren entdecken. Die Hänge, die zu den bewaldeten Hügeln aufstiegen, sahen aus, als wären sie von riesigen Krallenhänden aufgerissen worden. Die beiden Straßen, nicht mehr als Karrenwege mit tief ausgefahrenen Radfurchen, führten aus verschiedenen Richtungen zur Kirche. Eine kam von Osten her das Tal hoch, die andere zog sich von Norden her über die Hügelrücken hinweg und in das Tal hinein.

Zane hatte keine Ahnung, wo er sich befand. Er vermutete, daß der schmale Fluß im Tal ein Quellarm des Cut Bank River war und die schroffen Hügelrücken zur Milk River

Ridge gehörten. Er stieg ab, taumelte auf unsicheren Beinen und fiel beinahe hin. Der Graue scheute und stieg, und die Wölfin machte sich klein im Schnee, der ihr bis zum Bauch reichte.

Zane führte den Grauen durch eine Lücke in der Seitenwand in die Kirche. Die Wölfin folgte ihnen widerwillig. Im Halbdunkel, das im Innern der Kirche herrschte, konnte Zane ein zerrissenes Sofa sehen, das auf drei Beinen schief an der Bretterwand lehnte. Der Boden war mit Glassplittern bedeckt, und überall lagen leere Bierdosen und Pastiktüten herum und Zeitungspapier und zerfetzte Wolldecken und Tücher. Jemand hatte in der Mitte der Kirche eine Feuermulde ausgehoben, die von einem Ring rußgeschwärzter Flußsteine umgeben war. Da es um die Kirche herum weit und breit kein Holz gab, waren zum Feuermachen Wand- und Fußbodenbretter verwendet worden.

Zane machte den Grauen an einem Stützpfosten fest und nahm ihm den Sattel ab. Die Wölfin verkroch sich am Ende des Seiles im hintersten Winkel der Hütte und beobachtete ihn. Er trug Zeitungspapier zusammen und machte mit den Brettern, die am Boden herumlagen, ein Feuer. Der Rauch stieg zum Giebel auf und zog durch die Löcher im Schindeldach ab. Bevor ihn die Wärme des Feuers benommen machen konnte, rieb er das nasse Fell des Grauen mit einem Stück einer Wolldecke trocken. Er redete dabei auf ihn ein, bis er seine Scheu verlor und ruhig stand. Zanes Glieder begannen zu schmerzen. Die Haut in seinem Gesicht brannte. Die Schmerzen an den Zehen und den Fingern wurden so stark, daß er sie kaum mehr aushalten konnte. Er zog die fellgefütterten Gummistiefel aus, die ihm der Mann und die Frau mitgegeben hatten. Seine Zehen waren weiß. Er rieb und knetete sie, bis die Schmerzen nachließen. Dann erst zog er die Stiefel wieder an. Die Wölfin ließ Zane die ganze Zeit nicht aus ihren mißtrauischen Augen. Er redete nicht mit ihr. Er war zu müde. Die Wärme des Feuers machte ihn schläfrig.

Er öffnete den alten Schlafsack und breitete ihn auf dem Sofa aus.

Er kroch in den Schlafsack. Der Graue blickte herüber.

»Schlaf«, sagte er zu ihm.

Der Graue schnaubte leise.

Zane betrachtete ihn. Der Graue hatte gute Augen.

Zane drehte den Kopf. Die Wölfin lag in der Ecke am Boden. Das nasse Fell glänzte.

»He«, sagte er zu ihr.

Sie rührte sich nicht. Sie sah ihn nur an, aber ihr Blick gefiel ihm nicht. Er stand auf und riß das Wolldeckenstück, mit dem er den Grauen abgerieben hatte, in dünne Streifen. Er knotete die Streifen zu einem Maulkorb und ging zu ihr. Er ließ sich bei ihr nieder, und sie machte sich klein. Er streichelte sie, und er redete leise mit ihr, während er ihr den Maulkorb umlegte.

»Ich traue dir nicht«, sagte er, als er sich erhob.

Er ging zum Sofa zurück, kroch in den Schlafsack und zog den Kopf ein. Das Feuer knisterte und knallte. Er hörte ihm zu und merkte nicht, wie er einschlief und auch nicht, wie sie zu ihm kam und sich bei ihm hinlegte.

Als er erwachte, brannte die Kirche. Flammen leckten am Giebel die Dachschindeln entlang. Der Graue und die Wölfin versuchten sich loszureißen. Das Wiehern des Grauen hatte Zane aufgeweckt. Ungläubig starrte er durch den Rauch zu den Flammen hoch. Brennende Schindelstücke flogen herunter. Eine der Zeitungen, die am Boden herumlagen, fing Feuer. Der Graue stieg, die verdrehten Augen weit aufgerissen. Sein Wiehern klang wie ein Schrei.

Zane sprang auf. Er packte den Sattel und die Satteldecke und warf sie in den Schnee hinaus. Das Zaumzeug hinterher. Dann machte er den Grauen los und führte ihn durch die Lücke hinaus. Der Graue tänzelte und brach zur Seite aus. Mit Mühe gelang es Zane, das Pferd festzuhalten. Er ging mit ihm durch den Schnee zu einem Zaunpfahl, an dem er ihn festmachte. Dann lief er zurück in die Kirche und holte die Wölfin, den Schlafsack und sein Winchestergewehr heraus.

Es schneite noch immer. Dunkler Rauch hob sich vom Giebeldach der Kirche. Noch waren von außen keine Flammen zu sehen.

Zane sattelte den Grauen, machte sein Zeug am Sattel fest, legte ihm das Zaumzeug um und stieg auf. Die Wölfin am Seil, ritt er auf der Straße, die in die Hügel führte, davon. In sicherer Entfernung hielt er an, und eine Weile sah er zu, wie die Flammen durch das Dach der Missionskirche schlugen. Er stieg ab und nahm der Wölfin den Maulkorb ab und steckte ihn ein.

Er ritt weiter auf der Straße nach Norden. Als er sich das nächste Mal umsah, brannte die Kirche lichterloh.

Er überquerte die 464 von Browning nach Port of Piegan dort, wo sie über den Südarm des Milk River führte. Die Straße war frisch geräumt. Von einem nahen Hügel aus hatte Zane die beiden Lastwagen mit den riesigen Vorbaupflügen beobachtet, wie sie sich dicht hintereinander die tief verschneite Straße entlangquälten und den Schnee am rechten Straßenrand zu einem hohen Wall aufschoben. Zane hatte gewartet, bis die Lastwagen im Schneegestöber verschwunden waren. Dann erst war er den Hang hinuntergeritten, hatte den Grauen durch den Schneewall getrieben und auf die Straße hinaus zur anderen Seite. Die Stelle, wo der Weg zum Seven Mile Creek in die Überlandstraße einmündete, war im Schnee, der dem Pferd bis an die Knie reichte, kaum zu erkennen. Er folgte mehr dem Ufer des Flusses als dem Weg, dicht am steilen Südhang des Tales, der ihn vor dem eisigen Wind schützte. Das Tal wurde enger, und das Gelände stieg stetig an. Einmal hielt er an und blickte seiner Spur entlang zurück. Es hatte beinahe aufgehört zu schneien. Die Wölfin folgte ihm in der tiefen Spur des Pferdes. Schnee- und

Eisklumpen hingen ihr vom Fell. Zane konnte ihr ansehen, daß sie am Ende ihrer Kräfte war. Im Windschatten einer hohen, senkrecht aufsteigenden Uferböschung, die von Sturmwassern unterhöhlt worden war, hielt er den Grauen an und stieg ab. Er machte die Zügel am Wurzelarm einer Kiefer fest, der eisbehangen aus der Böschung ragte. Es hatte jetzt aufgehört zu schneien, und es schien, als ob das Grau der Wolken heller geworden wäre und die Wolken selbst lichter. Er ging zur Wölfin, die mit zitternden Flanken im Schnee stand. Er kauerte bei ihr nieder, und sie legte sich hin, und er streichelte sie und nahm dabei einige von den Stoffstreifen aus der Jackentasche. Sie schloß beinahe die Augen, und er drückte sie mit sanfter Gewalt zur Seite, so daß sie sich hinlegte. Der Graue schaute zurück und schnaubte leise. Zane wand einen der Stoffstreifen behutsam um die vorderen Beine der Wölfin und fesselte sie damit. Als er ihre Hinterbeine berührte, fuhr sie hoch und schnappte nach seinem Arm. Er packte sie am Genick und drückte sie in den Schnee. Sie bäumte sich unter ihm auf, und ihre Zähne gruben sich tief in den Ärmel seiner Wolljacke, aber er achtete nicht darauf. Sie mit beiden Händen festhaltend, hob er sie vom Boden auf. Sie wehrte sich und versuchte sich ihm zu entwinden, versuchte ihn zu beißen und erwischte ihn mit einer Hinterpfote im Gesicht. Er merkte nicht, wie ihr eine der Klauen unter dem rechten Auge eine blutige Schramme über die Wange zog. Er taumelte mit ihr auf den Grauen zu, verlor aber auf verschneiten Flußgeröll den Halt und stürzte. Er fiel schwer in den Schnee, und beim Aufprall gelang es ihr, sich zu befreien. Sie sprang von ihm weg und jagte davon. Das Seil, an dem sie festgebunden war, machte ihrem Fluchtversuch ein jähes Ende. Sie wurde so hart herumgerissen, daß sie sich überschlug und auf dem Rücken landete. Benommen blieb sie einige Schritte von Zane entfernt im Schnee liegen. Zane rappelte sich auf und klopfte den Schnee von seiner Hose und seiner Jacke.

»Ich werd schon mit dir fertig«, drohte er ihr, während er auf sie zuging. Sie stand auf und belauerte ihn. Sie duckte sich, und als er über ihr stand, lehnte sie sich krumm gegen seine Beine, den Schwanz zwischen ihren Hinterbeinen. Er beugte sich über sie, und sie warf sich auf den Rücken. Er kauerte bei ihr nieder und fesselte ihr die hinteren Beine. Dann hob er sie vom Boden auf. Sie lag steif in seinen Armen, die zusammengebundenen Beine gegen den Leib gezogen. Er ging mit ihr zum Grauen zurück, der vor ihnen zurück-scheute. Zane löste die Zügel vom Wurzelarm. Der Graue drehte sich im Kreis und versuchte Zane dadurch auszuwei-chen.

»Bleib stehen, du Mistbock!« schimpfte Zane. Der Graue ging rückwärts. Seine Hufeisen schlugen gegen die Flußstei-ne unter der Schneedecke. Zane zerrte an den Zügeln, bis der Graue schließlich stehenblieb. Mit den hinteren Hufen stand der Graue im eiskalten Wasser des Flusses. Zane griff mit der linken Hand nach einem Büschel Mähnenhaar, stellte den linken Fuß in den Steigbügel und schwang sich mit der Wölfin im Arm in den Sattel. Bevor er richtig saß, drehte der Graue ab und tänzelte merkwürdig steif und schnaubend das Flußufer entlang talaufwärts.

Das Gelände wurde schwieriger. Die steilen Hänge waren von tiefen, schluchtartigen Seitentälern durchbrochen, die Zane zu durchqueren hatte. Er mochte etwa zwei Meilen zurückgelegt haben, als ihn ein vertrautes Geräusch auf-schreckte. Irgendwo im Grau des Himmels entstand ein leises und schnell lauter werdendes Heulen, das die betäu-bende Stille um ihn herum wie eine Decke abfallen ließ, die ihn lange Zeit schützend umhüllt hatte. Sofort trieb er den Grauen durch den Fluß auf eine Geröll- und Sandbank hinaus und in ein Unterholz hinein. Im kahlen Geäst junger Cottonwoods hielt er das Pferd an und blickte sich nach dem Hubschrauber um. Er tauchte jenseits des Flusses über einer bewaldeten Anhöhe auf und flog quer zum Tal in einiger

Entfernung an Zane vorbei. Sekunden später war er in den Wolkenfetzen verschwunden, die von den Hügelrändern in das Tal herunterhingen wie alte, schmutzige Vorhänge. Zane hörte dem leiser werdenden Heulen nach, bis er es fast nicht mehr hören konnte. Als er jedoch den Grauen aus dem Unterholz treiben und zum Nordufer zurückreiten wollte, wurde das Geräusch wieder lauter. Er zügelte das Pferd und blickte durch das Astgewirr über ihm in die Richtung, aus der das Geräusch kam. Lange brauchte er nicht zu warten. Im Einschnitt eines schmalen Seitentales flog der Hubschrauber dicht am verschneiten Hang direkt auf ihn zu und heulte im nächsten Moment über ihn hinweg. Zane schätzte die Distanz zum Hubschrauber auf etwa zweihundert Fuß. Der Hubschrauber drehte über dem Fluß ab, flog eine weite Schleife und verschwand schließlich in den Wolken. Nach einiger Zeit kehrte die Stille zurück, in der sich Zane noch vor wenigen Minuten sicher geglaubt hatte. Sich im Sattel duckend, um den harten Ästen auszuweichen, trieb er den Grauen an und ritt zum Ufer zurück. Dort zügelte er ihn und blickte den Weg zurück, den er gekommen war. Seine Spur war von hier aus gut zu sehen.

Zane wußte nicht, ob die Fährte aus einer Höhe von zweihundert Fuß überhaupt noch auszumachen war, aber er glaubte, daß der Hubschrauber nicht davongeflogen wäre, wenn man ihn entdeckt hätte.

Es sei denn, sie waren sich seiner sicher. Er blickte noch einmal in die Richtung, wo der Hubschrauber verschwunden war. Totenstille herrschte. Selbst der Fluß war nicht zu hören.

Zane hob die Zügel. Es war Spätnachmittag und grimmig kalt.

Kelso

Die Wolken krochen von der Milk River Ridge herunter durch das Tal. Schroff und steil hoben sich unter einer verwehten Schneedecke die Hänge zu den Hügeln hoch, über denen sich dichte Wälder ausbreiteten. Zane zügelte den Grauen. Er sah die Spur eines Fuchses im tiefen Schnee, sah die gelblichen Flecken, wo er uriniert hatte, und die Stelle, wo er am eisverkrusteten Ufer aus dem Bach getrunken hatte.

Auf der anderen Seite des Baches stand das Haus. Nichts deutete darauf hin, daß es bewohnt war. Es kam kein Rauch aus dem Kamin, kein Licht aus einem der kleinen Fenster. Das Haus war ein Blockhaus, der Kamin aus Flußsteinen gebaut. Die Eingangstür führte auf eine schmale, mit einem Schrägdach geschützte Veranda hinaus, die von einem Geländer umgeben war. Hinter dem Haus, etwa zwanzig Schritte entfernt und von Gestrüpp umgeben, stand ein Klohäuschen schief in einer glattgefegten Schneewehe.

Zane trieb den Grauen durch das Bachbett. Benommen von der eisigen Kälte, die ihm schmerzend ins Mark seiner Knochen gedrungen war, ritt er durch den Tiefschnee einen zerfallenen Korralzaun entlang. Vor dem Haus hielt der Graue an, ohne daß Zane ihn zügeln mußte. Obwohl Zane noch nie hier gewesen war, schien es ihm in diesem Moment, als wäre er am Ende seines Weges angelangt. Steifgefroren und völlig erschöpft blieb auf dem Pferd sitzen, die Wölfin quer vor sich über dem Sattel. Von der Kraft, die ihn bis jetzt angetrieben hatte, hatte er den letzten Rest aufgebraucht. Mutlos war er, ohne Willen und ohne Hoffnung.

Der Graue stand still im Windschatten des Hauses. Nichts geschah. Nichts rührte sich. Die beiden Scheiben der Fenster links und rechts neben der Tür waren mit schillernden Eisblumen bedeckt. Zane stieg ab, taumelte und fiel beinahe hin.

Mit klammen Fingern nahm er der Wölfin die Fesseln ab. Sie wich vor ihm und vor dem Pferd zurück, bis sich das Seil streckte. Zane nahm die Zügel auf, machte sie am Verandageländer fest, nahm sein Gewehr zur Hand und betrat die Veranda. Die starren Bodenbretter ächzten unter der dünnen Schneedecke, die der Wind unter das Verandadach geweht hatte. Zane klopfte gegen die Tür. Niemand antwortete ihm. Er klopfte noch einmal.

Der Graue und die Wölfin beobachteten ihn.

»Scheint niemand da zu sein«, hörte sich Zane beinahe tonlos sagen. Es gelang ihm kaum, den Türknauf zu drehen, und er erwartete eigentlich, daß die Tür verriegelt war. Die Tür gab jedoch seinem Druck plötzlich nach. Im ersten Moment wollte er sie wieder zumachen, aber der Knauf entglitt seinen steifen Fingern, und die Tür öffnete sich wie von magischer Hand einen Spaltbreit. Das erste, was Zane wahrnehmen konnte, war ein entsetzlicher Geruch, der aus dem Haus kam. Das zweite war das Ticken einer Uhr.

Zane war sofort hellwach. Er öffnete die Tür ein Stück weiter und hob das Gewehr. Das Haus schien unbewohnt. Und trotzdem spürte er instinktiv, daß er nicht mehr allein war. Die stinkende Luft, die sein Gesicht berührte, war genauso kalt wie die Luft draußen. Außerdem war es beinahe dunkel im Haus, während draußen das Tageslicht noch kaum nachgelassen hatte. Zane lauschte nach einem Geräusch, das ihm hätte verraten können, ob sich jemand im Haus befand, aber nur das Ticken des Uhrwerkes war zu hören, gleichmäßig und hart in der Stille. Er beugte sich etwas vor.

»Onkel Kelso?« rief er halblaut in das Haus hinein.

Er bekam keine Antwort.

»Onkel Kelso, bist du da?«

Nichts. Kein Laut. Kein Geräusch. Absolut nichts.

Das Gewehr schußbereit in der Hand, betrat Zane das Haus. Er ließ die Tür hinter sich weit offen, so daß der Gestank nach draußen entweichen konnte und ihm ein

Fluchtweg offen blieb. Das Licht, das durch die Öffnung hereinfiel, erhellte einen Raum mit einem Kamin, einem Tisch und drei Stühlen, einem Schrank mit Vitrine, einem mächtigen Polsterstuhl, über dem eine alte, löchrige Handelsdecke ausgebreitet war. An einer fensterlosen Wand hing das verstaubte Fell eines Grizzlybären, der mächtige Kopf ausgestopft, mit bernsteingelben Glasaugen und das Maul weit aufgerissen. Was Zane sofort auffiel, waren die fehlenden Reißzähne in seinem Maul und die fehlenden Klauen an seinen riesigen Pfoten.

Auf dem Tisch stand schmutziges Eßgeschirr und Besteck und eine Blechtasse, die halb mit schwarzem Kaffee gefüllt war. Leere Büchsen mit schartigen Deckelrändern lagen auf dem Tisch und auf dem Boden herum, achtlos hingeworfen, Büchsen, die einmal verschiedene Suppen enthalten hatten, Spaghetti in Tomatensauce, Linsen und Bohnen mit Speck, Tuna und Sardinen. Nichts war sauber oder aufgeräumt. Bei der Tür lagen ein paar fellgefütterte Gummistiefel. An einem Haken neben einer alten Wanduhr, deren Pendel gleichmäßig hin- und herschwang, hing ein Jagdgewehr, und auf einem Regal waren mehrere Dutzend Konservenbüchsen aufgestapelt, bei denen es sich wahrscheinlich um den Wintervorrat für den Mann handelte, der hier lebte.

Zane ging um den Tisch herum auf die Türöffnung zu, blieb jedoch einige Schritte von ihr entfernt stehen.

»Onkel Kelso!« rief er. »Ich bin's! Zane Clark.«

Die Dunkelheit des anderen Raumes sog seine Stimme auf, aber es kam keine Antwort. Zane starrte auf die Türöffnung. Sicher, daß er nicht allein in diesem Haus war, spannte er den Hammer seines Gewehres und nahm es fest in die Hände. Draußen schnaubte der Graue. Entschlossen ging Zane auf die Türöffnung zu.

Der Mann lag mit geschlossenen Augen auf einem Bett unter einem Berg von Fellen und Decken. Sein Gesicht war eingefallen und wächsern, die Haut beinahe durchsichtig und fleckig wie Ölpapier, durchzogen von bläulich schimmernden Adern, in denen das Blut gestockt schien.

Im schwachen Licht, der vom anderen Raum durch die Türöffnung sickerte, sah der Mann aus, als wäre er schon seit Tagen tot. Zane starrte ihn an, und obwohl er ihn noch nie gesehen hatte, wußte er, daß es sein Onkel Kelso Rivers war, der dort im Halbdunkel lag. Er ging zu ihm, zog einen Handschuh aus und legte ihm die Finger auf die Wange. Die Haut war eiskalt. Zane richtete sich auf und blickte sich um. Der kleine Raum enthielt außer dem Bett einen Lehnstuhl, über dem Kleidungsstücke hingen, eine große schwarze Truhe mit eisernen Schlössern und ein Nachttischchen, auf dem Medikamente standen und ein Porzellankrug, der leer war. Am Boden stand ein Eimer, den Kelso Rivers während der letzten Tage als Klo benutzt hatte. Zane wurde schlecht von dem ätzenden Gestank, der ihm entstieg. Sich den Jakkenärmcl an die Nase haltend und durch den feuchten Wollstoff atmend, ging er in den anderen Raum zurück und sah sich nach einem Telefon um. Dabei fiel ihm jedoch auf, daß es in diesem Haus keinen einzigen Lichtschalter gab und demnach auch keinen Strom. Neben der Tür, an einem Wandhaken, hing eine Kerosinlampe, und auf einem Regal stand ein verstaubtes und verschmutztes Transistorradio mit einer V-Antenne. Zane legte sein Gewehr auf den Tisch, ging zum Regal und drückte die EIN/AUS-Taste. Er drehte am Sendersuchknopf, aber das Radio gab nicht das geringste Geräusch von sich. In einer Schublade des Küchenschrankes fand Zane Streichhölzer. Er zündete die Kerosinlampe an und ging mit ihr in die Schlafkammer zurück. Er leuchtete dem Mann im Bett ins Gesicht. Der flackernde Lichtschein zauberte Leben in das starre Antlitz.

Zane drehte sich um und leuchtete die Wände des kleinen Raumes ab, in dem es kein Fenster gab. An einer Wand hingen mehrere alte Fotos in billigen Rahmen und hinter fleckigem Glas. Eines der Fotos zeigte drei lachende Männer, die sich mit Bierflaschen zuprosteten. Ihre Oberkörper waren nackt, glänzend vom Schweiß und dunkel von der Sonne. Alle drei trugen Ketten um den Hals, mit ihren »Hundemarken« dran, aber nur einer trug einen Soldatenhelm. Einem anderen hing eine Zigarette schief aus dem Mundwinkel. Mühelos erkannte Zane auf dem alten Foto seinen Vater Dwight Clark, der eigentlich sein Stiefvater war. Der mit dem Helm, das war Jimmy Hand, und der mit der Zigarette, das konnte nur Kelso Rivers sein. Er sah anders aus als der Mann im Bett. Nicht einfach nur jünger. Anders. Zane konnte sich nicht vorstellen, daß das knochenmagere und verwüstete Gesicht des Toten einmal solche Freude und Lebenslust ausgestrahlt hatte, wie sie der junge Mann auf dem Foto ausstrahlte.

Zane überflog die anderen Fotos an der Wand, einige aus Zeitungen ausgeschnitten, braun vom Licht und kontrastlos. Sein Blick blieb an einem Foto hängen, auf dem seine Mutter abgebildet war, jung und mit einer damals modernen Frisur. Sie trug Cowboystiefel, eine hauteng Jeans und eine Bluse, die sie in der Taille geknotet hatte, den Kragen aufgestellt. Das Bild war nicht gerahmt und mit einem Reißnagel an der Wand befestigt. Zane hob die Lampe so, daß sie das Bild besser beleuchtete. Sogleich fiel ihm auf, daß seine Mutter vor der alten Weidehütte auf dem Piegan-Paß stand. Am rechten Bildrand war der hintere Teil eines Pferdes zu erkennen und am Boden der Schatten einer Person, die vermutlich damals auf den Auslöser der Kamera gedrückt hatte.

Zane nahm das Bild vorsichtig von der Wand und drehte es um. Mit einem Bleistift hatte jemand eine Jahreszahl und ein paar Worte auf die Rückseite des Bildes geschrieben.

Die Jahreszahl war unleserlich. Aber im unruhigen Licht der Lampe konnte Zane die Worte entziffern.

Ich liebe dich, stand dort, und ich bete für dich und für Dwight und Jimmy, damit ihr alle drei heil aus diesem furchtbaren Krieg zurückkehrt.

Zane starrte auf die wenigen Zeilen nieder und dann hinüber zu dem Toten. Und dabei wurde ihm klar, daß die Worte, die seine Mutter geschrieben hatte, nicht an Dwight Clark oder an Jimmy Hand gerichtet waren, sondern an den Mann, der dort kalt in seinem Bett lag. Und in seinem Kopf hörte Zane die Stimme seiner Mutter, die ihn bat, nicht nach längst vergangenen Tagen zu fragen und die dunklen Schatten der Vergangenheit heraufzubeschwören. Aus diesen Schatten entstand sie jetzt für ihn, eine Vergangenheit, über die er nie etwas erfahren hatte, obwohl sie der Anfang seines Lebens war. Immer schon hatte er wissen wollen, was damals geschehen war, als die drei Freunde in den Krieg zogen, von denen einer nicht zurückkehrte. Und er wünschte sich in diesem Moment nichts mehr, als daß der Mann in seinem Bett noch einmal die Augen öffnen würde, so daß er ihm Fragen hätte stellen können, die ihn nicht in Ruhe ließen. Er starrte auf den Mann nieder, und er war versucht, ihn aus seinem Totenschlaf zu rütteln. Der Gedanke erschreckte ihn. Er wandte sich ab und hängte das Bild an die Wand zurück, drückte den Reißnagel mit dem Daumen tief ins Holz. Langsam drehte er sich nach dem Mann um.

»Mich wundert, daß du überhaupt wirklich gelebt hast, Kelso Rivers«, sagte er zu ihm. »All die Jahre wünschte ich mir, dich einmal zu sehen. Nur ein einziges Mal.« Zane schüttelte den Kopf. »Jetzt bin ich endlich da, und du bist tot.«

Zane schaute lange auf den Mann nieder, der ihm keine Antwort geben konnte. Schließlich wandte er sich abrupt um, packte den Eimer beim Drahthenkel und ging mit ihm hinaus. Die Wölfin lag im Schnee und beobachtete ihn mit schiefgeneigtem Kopf, und der Graue schnaubte und drehte den Kopf nach ihm um, als er sich, durch den Tiefschnee stampfend, vom Haus entfernte. Er warf den Eimer beim Klohäuschen in den Schnee, ging zum Haus zurück und löste das Seil vom Verandageländer. Er zog die Wölfin ins Haus und machte sie an einem Fuß des Küchenschrankes fest. Die Wölfin starrte zur Türöffnung hinüber, die Ohren flach zurückgelegt und mit einem merkwürdig wachsamen Ausdruck in ihren gelben Augen. Zane ging hinaus und nahm dem Grauen den Sattel ab. Er ging um das Haus herum. Auf der Rückseite, in einem angebauten Schuppen, fand er ein Stallhalfter und mehrere Säcke mit Alfalfa-Pferdefutter und einige halb vermoderte Heuballen. Er machte einen der Säcke auf, nahm eine Handvoll von den grünen Graswürstchen heraus und roch daran. Das Futter war in Ordnung. Er füllte eine große emaillierte Blechschale damit und brachte sie dem Grauen. Als er in das Haus zurückkehrte, hatte sich die Wölfin in der hintersten Ecke verkrochen. Geduckt stand sie dort, den Schwanz zwischen den Hinterbeinen, die Ohren steil aufgerichtet.

»Was ist?« fragte er sie. »Du brauchst dich nicht zu fürchten. Der Mann dort drin ist tot.«

Zane kauerte sich beim Kamin nieder und schaufelte die Asche und die verkohlten Holzreste in einen Eimer, der neben dem Kamin stand. Mit einer kleinen Handaxt spaltete er ein paar Holzscheite. Er ging in das Zimmer, in dem Kelso Rivers lag, hob eine alte Zeitung vom Boden auf und ging zum Kamin zurück. Die Wölfin gab kaum hörbare winselnde Laute von sich.

»Diese Nacht bleiben wir hier, ob dir das paßt oder nicht«, sagte er zu ihr. »Aber wenn es dir lieber ist, bring ich ihn raus. Ihm macht die Kälte bestimmt nichts mehr aus.«

Zane ging zur Tür, wo ein paar Stricke von einem Haken hingen. Er nahm sie herunter, und als er sich umdrehte, um in den anderen Raum zu gehen, vernahm er ein Geräusch, das ihn vor Schreck zusammenfahren ließ. Ganz deutlich hörte er ein Husten, das aus dem anderen Raum kam, ein dumpfes, keuchendes Husten, wie es sich nur einer menschlichen Kehle entringen konnte. Zane blickte zur Wölfin hinüber. Sie hatte die Lefzen von den Zähnen gezogen, und über ihrem Nacken waren die Langhaare ihres Winterpelzes gesträubt.

Sein Onkel lag so im Bett, wie ihn Zane zurückgelassen hatte. Von der Türöffnung her beobachtete Zane ihn mißtrauisch, aber Kelso Rivers lag still unter seinen alten Fellen und Decken. Entschlossen, den Toten ins Freie zu schaffen, ging Zane zum Bett. Er wollte Kelso Rivers mit Hilfe der Stricke nach draußen schleifen und hinter dem Haus im Schuppen unterbringen. Die Stricke in der linken Hand, griff er nach dem schweren Fell eines Bisons, mit dem sich Kelso Rivers ein letztes Mal zugedeckt hatte. Sachte zog er am Fell. Es gab nicht nach. Zane sah dem Toten ins Gesicht und zog ein bißchen stärker, nur um im nächsten Moment zurückzuspringen. Er prallte gegen den Stuhl hinter ihm und stieß ihn um. Mit dem Rücken an der Wand, starrte er Kelso Rivers an, dessen Augen sich geöffnet hatten. Und es waren nicht die Augen eines Toten, die zu ihm aufblickten.

»Wer ... wer zum Teufel bist du?« fragte eine schwache Stimme.

»Kelso ...« stieß Zane leise hervor.

Der Mann richtete sich etwas auf. Schulterlanges Haar hing ihm in verfilzten Strähnen vom Kopf. Seine dunklen Augen glitzerten im Licht der Kerosinlampe. Er sah Zane an, und sein Kopf bewegte sich dabei hin und her, so als ob der dünne Hals ihn nicht mehr viel länger hätte tragen können. Er musterte Zane, und der Ausdruck in seinen Augen wurde wacher.

»Du ... du bist es«, sagte er leise, »Zane!« Er atmete tief ein und kniff seine Augen etwas zusammen. »Ich kann dich nicht genau sehen, aber ...« Ein Hustenanfall unterbrach ihn. Sein Kopf fiel jäh in die Kissen zurück, und sein Körper bäumte sich unter den Decken auf. Zane wagte es nicht, sich vom Fleck zu rühren. Er starrte seinen Onkel an, bis der Hustenkrampf vorbei war. Schweiß glitzerte jetzt auf dem eingefallenen Gesicht mit dem weit aufgerissenen Mund, durch den er den Atem tief in seine Lungen sog.

Sein Körper streckte sich langsam, befreit von den Krämpfen, die ihn mehrere Minuten lang heimgesucht hatten. Er hatte die Augen geschlossen, und er lag still. Sein Atem wurde flacher. Er öffnete die Augen.

»Zane«, keuchte er, »komm her.«

Zane ging näher an das Bett heran. Sein Onkel hob den Kopf etwas an. Nasse Haare klebten in seiner Stirn. In seinen Augen leuchtete das Licht der Lampe, die Zane in der Hand hielt.

»Halt die ... die Lampe höher ... damit ich dich ... sehen kann«, preßte Kelso Rivers mühsam hervor.

Zane hob die Lampe, so daß sie ihm ins Gesicht schien. Kelso Rivers betrachtete ihn. Sein Blick glitt an Zane hinunter und zurück in sein Gesicht. Ein schwaches Lächeln berührte seine verwelkten Züge.

»Zane, du ... du siehst immer mehr deiner Mutter ähnlich«, sagte er. »Weiß deine Mutter, daß du ... daß du da bist?«

Zane schüttelte den Kopf. »Nein, niemand weiß, daß ich hier bin.« Er ließ die Hand mit der Lampe langsam sinken. »Es steht nicht gut um dich, nicht wahr? Als ich dich im Bett liegen sah, dachte ich, du bist ...« Zane brachte das letzte Wort nicht über die Lippen.

»Tot«, sagte Kelso Rivers. Seine Hand kam unter den Fellen und Decken hervor, eine knochenmagere Hand mit dünnen Fingern, die er Zane entgegenstreckte.

»Hilf mir, mich aufzusetzen, Zane.«

Zane stellte die Lampe auf den Nachttisch neben dem Bett, und er beugte sich zu Kelso Rivers hinunter und half ihm, den Oberkörper aufzurichten. Mit dem Rücken und dem Kopf gegen das Kopfbrett des Bettes gelehnt und die Augen geschlossen, ruhte er. Zane hörte, wie sich im anderen Raum die Wölfin bewegte. »Ich bin nicht allein«, sagte er.

Kelso Rivers öffnete die Augen.

»Wer ist bei dir?«

»Ein Wolf.« Zane lächelte.

»Ein Wolf?«

»Eine Wölfin.«

Kelso Rivers sah ihn ungläubig an.

»Wenn du mir hilfst, könnte ich aufstehen«, sagte er. »Ich liege seit Tagen hier in diesem Bett.«

»Du solltest zuerst einmal etwas essen.«

»Ich habe keinen Hunger, Zane. Ich glaube nicht, daß ich einen Bissen hinunterkriegen würde.«

»Deshalb bist du nur noch Haut und Knochen. Ich mach dir etwas zu essen, und wenn du dich besser fühlst, helf ich dir aus dem Bett.«

»Das ... das wäre vergebliche Mühe, Zane!« sagte Kelso Rivers und begann zu husten.

Sie saßen am Tisch in der Wärme des Feuers und aßen im Licht der Kerosinlampe Tomatensuppe. Es war dunkel draußen, und es schneite. Zane hatte den Grauen auf der Veranda untergebracht. Sie hörten ihn, wenn er sich bewegte. Seine Hufe schlugen gegen die alten Bohlen. Die Wölfin lag bei der Tür, den Kopf auf den Pfoten. Jedesmal, wenn sich draußen der Graue bewegte, stellte sie die Ohren auf.

Zane mußte seinem Onkel die Suppe einlöffeln. Nach wenigen Löffeln hatte er genug. »Gib ihr den Rest«, sagte er.

Zane versuchte nicht, ihn zum Essen zu überreden. Er brachte der Wölfin den Teller, und sie aß ihn leer und leckte ihn sauber. Sie schauten ihr zu, und Zane begann seinem Onkel zu erzählen, was geschehen war und daß er sich mit der Wölfin auf der Flucht befand. Er erzählte ihm, daß er sie irgendwohin bringen wollte, wo es noch Wölfe gab, und er fragte ihn, ob es hier in der Nähe noch welche gäbe.

Manchmal, sagte ihm sein Onkel, hätte sich im Canyon ein einzelner Wolf blicken lassen, aber das sei schon eine ganze

Weile her, ein Jahr oder mehr. Er fragte Zane nach seinem Vater und seiner Mutter, und Zane erzählte ihm von seiner Jugend, und er sah, wie die Augen seines Onkels wach wurden, wenn er von seiner Mutter sprach. Auf seinem Gesicht glänzte der Schweiß, und er lehnte sich in den Stuhl zurück, und sobald Zane aufhörte, stellte er ihm eine neue Frage, so als wollte er alles erfahren, jede Kleinigkeit seines Lebens. Dann sagte er Zane, wo er einen Rest Tabak aufbewahrte. Zane brachte die Tabakdose zum Tisch, und sein Onkel versuchte mit zitternden Fingern eine Zigarette zu drehen, aber der Tabak und das Papier fielen ihm in den Schoß, und er sagte, daß er auf seine alten Tage zu umständlich geworden sei.

Zane drehte zwei Zigaretten, und sie rauchten, und er begann zu husten, und die Krämpfe krümmten ihn zusammen. Zane mußte ihn halten, damit er nicht vom Stuhl fiel, und als der Hustenanfall vorbei war, war er so geschwächt, daß er in die Hose pinkelte.

»So wie jetzt solltest du mich nicht sehen«, keuchte er. »Vor einigen Wochen, da war ich noch richtig mutner, und ich dachte, du würdest es schaffen, noch rechtzeitig hierherzukommen. Alle anderen habe ich weggeschickt. Sie wollten mich pflegen, und dann wollten sie mich nach Great Falls bringen, wo ich unter Aufsicht sterben sollte. Ich habe ihnen gesagt, daß ich ein ganzes Leben Zeit hatte, mich auf mein Sterben vorzubereiten und daß es mir nichts ausmachen würde, diese Welt endlich zu verlassen. Du hättest sie sehen sollen, Zane, wie sie mich angesehen haben. Sie haben mich angesehen, als hätte ich den Verstand verloren, und als sie das nächste Mal herkamen, brachten sie einige Priester mit, einen katholischen und einen evangelischen und einen von den Mormonen, und wir haben alle zusammen über den Sinn des Lebens geredet und über das Leben nach dem Tod, und keiner wollte glauben, daß es mir nichts ausmacht, wenn nachher nichts ist, weil es mir mein ganzes Leben nichts ausgemacht hat, daß vor meiner Geburt nichts war.« Er hielt inne, und ein Lächeln berührte seine Mundwinkel. »Sie hofften wohl, ich würde ihnen was von den ewigen Jagdgründen erzählen.«

»Du glaubst an nichts, nicht?«

Das Lächeln verschwand. Er antwortete nicht.

»Vor der Geburt war etwas«, sagte Zane.

»Was war? Kannst du dich vielleicht an irgend etwas erinnern, was vor deiner Geburt war?«

»Es war Leben«, sagte Zane. »Mein Leben begann nicht mit meiner Geburt.«

Zane blickte seinem Onkel in die Augen.

»Was hat dir deine Mutter erzählt, Junge?«

»Daß du den letzten Wolf geschossen hast.«

»Und sonst?«

»Daß ihr zu dritt in den Krieg gezogen seid. Du und Jimmy Hand und Dwight Clark.« Zane warf den Zigarettenstummel ins Feuer. Er blickte zur Wölfin hinüber. Sie schlief, ein Auge halb offen. Die Uhr tickte laut in der Stille.

»Diese Wölfin, sie bedeutet dir viel, nicht wahr?«

»Ja.«

»Du würdest eher sterben, als sie deinen Verfolgern auszuliefern?«

»Ja.«

Kelso Rivers blickte zur Wölfin hinüber.

»Sie hat dich hierher gebracht, Zane.«

Zane erhob sich vom Stuhl. Er kauerte sich beim Feuer nieder und stocherte mit einem Haken in der Glut herum.

»Ich dachte, du glaubst an nichts«, sagte Zane, ohne sich nach seinem Onkel umzusehen.

»Das habe ich nicht gesagt.«

Zane schwieg.

»Dreh mir eine Zigarette, bitte.«

»Du solltest nicht rauchen.«

»Siehst du, deswegen bin ich nicht mit ihnen nach Great

Falls gegangen. Sie hätte so lange auf mich eingeredet, bis ich mir meiner nicht mehr sicher gewesen wäre. Sie hätten gepredigt und gepredigt und mir weismachen wollen, was richtig und was falsch ist, und am Ende, Zane, am Ende wäre ich ganz allein an ihrer Todesangst krepiert, mit der sie mich angesteckt hätten. In meiner Verfassung ist ein Mensch ziemlich schwach, Zane.«

Zane drehte ihm eine Zigarette. Kelso rauchte einige Züge. Der Husten krümmte ihn und warf ihn vom Stuhl. Er erstickte beinahe. Zane hob ihn vom Boden auf und trug ihn zum Bett. Er war ohnmächtig, als er die Decken und Felle über ihn breitete. Zane holte einen Stuhl herüber und stellte ihn neben das Bett. Er ging hinaus, um nach dem Grauen zu sehen. Der Graue stand auf der Veranda, mit einer alten löchrigen Wolldecke über dem Rücken. Zane streichelte ihn, und der Graue drückte ihm den Kopf gegen die Schulter.

Schnee glitzerte im Wind.

Zane begann zu frieren. Er ging hinein und legte Holz ins Feuer. Dann setzte er sich auf den Stuhl neben dem Bett und blickte in das starre Gesicht seines Onkels. Wie aus Holz geschnitzt sah es aus, mit tiefen Kerben und Falten.

Die Wölfin erschien in der Türöffnung. Sie blieb stehen und blickte schläfrig zu ihm herüber.

»Was ist?« fragte er sie.

Sie gähnte.

Er sagte ihr, sie solle schlafen, und sie legte sich in der Türöffnung hin und schlief.

Winternacht

Zane wußte nicht, was ihn aufgeweckt hatte. Plötzlich schrak er hoch, und es dauerte Sekunden bis ihm klar wurde, wo er sich befand. Es war dunkel im Haus, und die Kälte nagte an ihm. Die Kerosinlaterne brannte nicht mehr, und das Feuer war ausgegangen.

Zane blickte zur Türöffnung hinüber, wo die Wölfin lag, ihre Augen schimmerten grünlich im schwachen Mondlicht, das durch die eisverhangenen Fenster in das Haus drang.

»He, bist du wach?« Die leise Stimme seines Onkels ließ ihn hellwach werden.

»Ja.«

»Wie spät ist es?«

»Keine Ahnung.« Zane hörte das Ticken der Wanduhr im anderen Raum.

»Hast du keine Uhr?«

»Doch.«

Zane versuchte die Uhrzeit vom Zifferblatt seiner Armbanduhr zu lesen.

»Vier«, sagte er. »Oder fünf.«

Kelso Rivers stöhnte. »Die Nächte sind so verdammt lang.«

»Winternächte«, sagte Zane.

»Das ist es nicht. Es sind die Gedanken, die einem keine Ruhe geben, Junge.« Kelso Rivers griff nach seinen Pillen auf dem Nachttisch.

»Du warst ohnmächtig.« Zane erhob sich vom Stuhl und ging in den anderen Raum. Er mußte dabei über die Wölfin hinwegsteigen. Sie lag auf der Seite am Boden, den Kopf erhoben. Zane sagte nichts zu ihr. Sie drehte den Kopf und schaute ihm nach, und er ging zum Kamin und brachte das Feuer in Gang. Er füllte das Reservoir der Lampe mit Kerosin und zündete sie an. Draußen erhob sich polternd der Graue.

Zane ging in die klirrende Kälte hinaus. Der Mond schien, und die Luft glitzerte. Vereinzelte Schneeflocken flogen im Wind. Zane hob die Decke auf, schüttelte den Schnee von ihr und legte sie dem Grauen auf den Rücken. Das Wasser im Eimer war gefroren. Er brachte ihn ins Haus, damit das Eis auftauen konnte. Aus dem anderen Raum drangen Geräusche. Das Bett knarrte.

Die Wölfin richtete sich plötzlich, wachsam geworden, auf. Kelso Rivers hustete. Dann hörte Zane ihn unerdrückt fluchen.

»Ich mach uns ein Frühstück«, rief Zane zur Türöffnung hinüber. »Was hältst du von einer Rindfleischsuppe und ...«

»Ich mag nicht essen!« unterbrach ihn die keuchende Stimme seines Onkels. »Eine Zigarette ...«

»Du mußt etwas essen, damit du ...«

»Hör auf zu predigen, Junge! Wenn du etwas für mich tun willst, dreh mir eine Zigarette, wenn du hier ...«

Kelso Rivers brach seinen Satz mit einer Verwünschung ab. Im selben Moment sprang die Wölfin auf, und Zane hörte, wie im anderen Raum der Stuhl umfiel. Dem Krachen folgte ein dumpfer Schlag.

Stille.

Zane nahm schnell die Lampe in die Hand und ging auf die Türöffnung zu. Die Wölfin stand geduckt da, auf zitternden Beinen, das Nackenfell gesträubt. Sie wich zurück, als Zane an ihr vorbeiging und die Lampe hob. Sein Onkel lag neben dem Bett am Boden und versuchte aufzustehen, indem er sich mit einer Hand am Boden aufstützte und mit der anderen am Stuhl festhielt, den er umgeworfen hatte.

Das Licht der Lampe fiel über ihn. Er hob den Kopf. Blut lief ihm von einer Schramme an der Stirn.

»Verflucht noch mal, wo ist denn der Eimer?« schnaufte er.

»Draußen«, sagte Zane. »Ich habe ihn geleert und draußen im Schnee ...«

»Und wo soll ich deiner Meinung nach hinkacken, Junge?«

fiel ihm Kelso Rivers heftig ins Wort. »Wenn ich esse, muß ich kacken, und wenn ich kacken muß, brauch ich, verflucht noch mal, den Eimer! Hol ihn her, verdammt, und beeil dich gefälligst!«

»Entschuldige, daß ich daran nicht gedacht habe«, antwortete ihm Zane mit Trotz in der Stimme. Er drehte sich um, zog seine Stiefel und die Jacke an und verließ das Haus. Draußen fand er den Eimer im Schnee liegen. Er brachte ihn ins Haus zurück. Kelso Rivers lag noch immer am Boden, das Gesicht schweißbedeckt, Blut auf der Stirn. Zane half ihm auf die Beine und stützte ihn.

»Verschwinde!« fuhr ihn Kelso Rivers an und versuchte Zane mit Gewalt von sich zu stoßen.

Zane hielt ihn mühelos fest.

»Ich helfe dir«, sagte er bestimmt.

»Den Teufel wirst du, Junge! Ich bin bis jetzt immer ...«

»Du kannst nicht einmal mehr allein stehen«, unterbrach ihn Zane. »Ich stütze dich, und du machst deine Hose auf.«

»Nie im Leben!«

»Dann kackst du eben in die Hose!«

»Laß mich los!« Kelso Rivers versuchte ihm den Arm zu entziehen. Zane ließ ihn los. Kelso taumelte, und er wäre gestürzt, hätte ihn Zane nicht im letzten Moment aufgefangen. Zane wunderte sich, wie leicht er war. Leicht wie ein Kind und völlig erschöpft hing er in seinen Armen. Die Wölfin schaute ihnen zu.

»Was habe ich dir gesagt«, sagte Zane. »Daß du nicht einmal allein stehen kannst.«

»Ich kann überhaupt nichts mehr.«

Mit zitternden Fingern begann Kelso Rivers die Hose aufzumachen. Zane stützte ihn dabei, und er half ihm mit einer Hand, die Hose herunterzulassen, und er half ihm, sich auf den Eimer zu setzen. Kelso Rivers hütete sich davor, ihn während dieser Prozedur anzusehen. Er hielt den Kopf gesenkt, und Zane, der spürte, wie peinlich seinem Onkel diese

Situation war, ließ ihn auf dem Eimer sitzen und ging in den anderen Raum, wo er einen verbeulten Blechnapf mit Wasser aus dem Plastikfaß füllte, in dem Kelso Rivers Frischwasser aufbewahrte. Er stellte den Blechnapf in die Feuersglut und wartete.

»Zane!«

Zane blickte zur Türöffnung hinüber.

»Ja?«

»Es schneit nicht mehr, nicht?«

»Nein.«

»Dann werden sie irgendwann hier auftauchen.«

»Sie wissen nicht, daß ich hier bin.«

»Und was ist mit dem Hubschrauber, den du gestern weiter unten im Tal gesehen hast?«

»Ich glaube nicht, daß man mich gesehen hat.«

»Darauf würde ich mich an deiner Stelle nicht verlassen, Junge.«

»Mit dem Helikopter können sie hier wohl kaum landen. Und dem Fluß entlang kommen sie bei diesem Schnee bestimmt nicht durch.«

»Und wenn sie doch kommen?«

»Dann bin ich schnell weg. Den Canyon hoch und in die Wälder.«

»Du könntest die Wölfin aber auch freilassen und dich ergeben!«

Zane gab ihm darauf keine Antwort. Er nahm den Blechnapf vom Feuer. Das Wasser darin war lauwarm. Er ging mit dem Napf und einem Topflappen in den anderen Raum. Sein Onkel saß noch immer auf dem Eimer. Er hob den Kopf und blickte Zane argwöhnisch an.

Zane stellte den Napf aufs Bett und tauchte den Lappen ins Wasser.

»Fertig?«

»He!« stieß Kelso Rivers kopfschüttelnd hervor. »He, das geht nicht, Junge!«

»Warum nicht? Was ist schon dabei? Es macht mir nichts ...«

»Lächerlich! Mir den Arsch abwischen, das kann ich noch selbst!«

»Du genierst dich. Dabei ist es doch ganz normal, daß ...«

»Halt die Klappe und gib den Lappen her!«

Zane gab ihm den Lappen und half ihm, sich aufzurichten. Der Lappen entfiel Kelsos kraftlosen Fingern. Er bückte sich fluchend, um ihn aufzuheben, geriet aus dem Gleichgewicht und stürzte vornüber. Hilflos am Boden liegend, krümmte er sich zusammen. Zane beugte sich über ihn.

»Komm«, sagte er leise zu ihm. »Komm, ich helfe dir auf die Beine.«

Er nahm ihn beim Arm und zog ihn hoch. Kelso Rivers wehrte sich nicht, als er ihn aufhob und zum Bett trug. Zane ließ den ausgemergelten Körper langsam und vorsichtig auf das Bett niedergleiten, bückte sich und hob den Lappen vom Boden auf.

Die Wölfin versuchte ihn trotz des Maulkorbes zu beißen, als er ihr den schmutzigen Verband abnahm. Er redete beruhigend auf sie ein, und schließlich widersetzte sie sich ihm nicht mehr, und er legte die Wunden frei. Sie waren mit einem bräunlichen Schleim bedeckt, der sich aus Blut, Salbe und Eiter gebildet hatte. Er entfernte ihn sorgfältig mit einem feuchten Lappen. Unter dem Schleim war das Wundfleisch hell und weich und nur noch an wenigen Stellen entzündet. Zane wusch die Wunden mit einem Desinfektionsmittel aus, bestrich sie frisch mit Salbe und legte der Wölfin einen neuen Verband aus Stoffstreifen an, die er aus einem von Kelso Rivers' alten Hemden gerissen hatte.

Als er mit ihr fertig war, gab er ihr in einem Teller eine Büchse Stew zu fressen.

Es war kurz nach fünf.

Kelso Rivers erstickte beinahe an einem Hustenanfall.

Zane ging zu ihm und half ihm, sich aufzusetzen. Er wischte ihm den Schweiß vom Gesicht und das Blut vom Mund und gab ihm Wasser zu trinken und eine der roten Kapseln, die ihm von einem Arzt in Browning verschrieben worden waren, damit er die Schmerzen nicht so stark spürte. Dann ging Zane hinaus, fütterte den Grauen und stellte einen Eimer Wasser auf die Veranda. Am Ufer des Baches tauchte der Fuchs auf, dessen Spuren Zane bei seiner Ankunft gesehen hatte, weiß und silbrig im Mondlicht, mit hellen Augen und seinem eigenen Schatten folgend im tiefen Schnee.

Zane ging hinein und zog die Stiefel und die Jacke aus.

Er aß Rindfleischsuppe, die er in der Büchse warm gemacht hatte. Es war still im Haus. Nur das Feuer machte Geräusche und die Uhr an der Wand. Die Wölfin versuchte mit den Zähnen an den neuen Verband heranzukommen.

»Hör auf«, sagte er zu ihr. Sie blickte ihn schief an und machte weiter.

Zane beobachtete sie, die Ellbogen auf dem Tisch und den Kopf in die Hände gestützt. Er hörte, wie sich Kelso Rivers im Bett bewegte. Die Wölfin verharrte einen Moment, stellte ein Ohr in die Richtung, aus der die Geräusche kamen. Zane stand auf und ging zu ihr. Er kauerte bei ihr nieder und streichelte sie. Kelso Rivers beobachtete ihn vom Bett her.

»Es ist kein Zufall, daß du hier bist«, hörte ihn Zane plötzlich sagen. »Sie hat dich hergebracht, Zane, das ist sicher.«

Zane blickte auf.

»Du bist nicht mein Onkel, nicht?« sagte er, und obwohl es eine Frage war, klang es eher wie eine Feststellung. Die Wölfin lag still unter seiner Hand. Sie hatte die Augen geschlossen. Er spürte ihren Herzschlag.

»Erzähl mir von dir«, forderte Zane Kelso Rivers auf. »Erzähl mir von früher.«

»Was willst du wissen?«

Zane stand auf. Er ging um das Bett herum, nahm das Foto

von der Wand, auf dem seine Mutter abgebildet war, vor der Weidehütte auf dem Piegan-Paß, und hielt es so ins Licht der Lampe, daß Kelso es sehen konnte.

»Was war damals?« fragte er mit rauher Stimme.

»Deine Mutter hat dir nie gesagt, was damals geschehen ist?«

»Nein.«

»Aber die Leute haben geredet, nicht wahr?«

»Manchmal.«

»Was haben sie dir gesagt?«

»Sie haben mir nichts gesagt. Sie haben nur Andeutungen gemacht. Daß Jimmy Hand nicht mein Vater ist.«

»Wer soll dein Vater sein?«

»Du!«

Kelso Rivers stemmte sich auf den Ellbogen hoch. Zane half ihm und schob die Kissen hinter seinen Rücken, so daß er sich sitzend gegen die Wand lehnen konnte.

»Und dein Vater, was hat er dazu gesagt?«

»Er hat nie von früher geredet.«

»Dwight liebte deine Mutter, bevor er wußte, was seine Gefühle wirklich bedeuteten. Er war ein kleiner Junge, damals. Er kannte Anne von Ausflügen her, die er mit seinen Eltern machte. Nach Helena und nach Great Falls. Die Clarks waren mit den Billingtons befreundet. Besonders dein Großvater, Allan W. Clark, und der alte James Billington, der Vater deiner Mutter.«

»An ihn kann ich mich kaum mehr erinnern«, sagte Zane.

»Weil er starb, als du noch nicht einmal drei Jahre alt warst. Er hat es nie geschafft, die Trennung von seiner Tochter zu überwinden. Er war ein erfolgreicher Mann, erfolgreich in seinen Geschäften und in der Politik. Als er erfuhr, daß deine Mutter von einem Indianer ein Kind erwartete, versuchte er mit all seiner Macht, das Schicksal seiner Tochter, und damit das Schicksal seiner eigenen Familie, in eine andere Bahn zu lenken.«

198

»Das gelang ihm nicht.«

»Nein. Und daran zerbrach er.«

Zane starrte das Foto in seiner Hand an, das lachende Gesicht seiner Mutter, die nicht viel älter sein mochte, als er es jetzt selbst war.

»Und mein ... mein Vater?«

»Dwight?« Kelso Rivers lächelte, und er blickte dabei an Zane vorbei. »Dwight liebte deine Mutter, als sie beide noch Kinder waren. Mir ist das aufgefallen, als ich sie zum ersten Mal sah. Sie war damals sieben oder acht Jahre alt und kam mit ihren Eltern auf Einladung des alten Allan W. Clark auf die Clark Ranch. Billington, ihr Vater, hatte eben die Senatswahlen gewonnen. Zur Siegesfeier hatte Allan W. Clark für seinen Freund und dessen Familie und Freunde einen Jagdausflug in die Rockys organisiert.« Kelso Rivers brach ab und fuhr sich mit der Zunge über die spröden Lippen, von denen sich die Haut löste. Zane reichte ihm den Becher mit Wasser. Er trank einen Schluck davon. »Es war ein Sonntag im Oktober«, fuhr Kelso Rivers nach einer Weile fort. »Jimmy und ich, wir waren ebenfalls auf der Ranch. Jimmys Vater arbeitete als Cowboy für die Clark Ranch. Jimmy und dein Vater waren im selben Alter. Neun oder zehn. Sie wuchsen sozusagen miteinander auf. Beinahe wie Brüder, obwohl Jimmy ein Indianer war und Dwight der feine weiße Junge einer angesehenen Rancherfamilie. Mich holten sie damals auf die Ranch, weil ich die Berge kannte wie keiner sonst. Ich sollte sie dorthin führen, wo sie die kapitalsten Bighorn-Schafe schießen konnten. Billington war ein bekannter Trophäenjäger. Das wußte jeder in Montana. Daß er nach Afrika reiste und dort Elefanten und Löwen schoß und Nilpferde. Dwight und Jimmy kannte ich nicht. Hatte nie von ihnen gehört. Ich war älter als sie. Fast zehn Jahre älter. Ich trieb mich rum. In Montana und in Wyoming und Idaho. Und in Kanada. Für die Clark Ranch arbeitete ich nie. Der alte Clark hat mich in Browning aufgestöbert. Irgendwelche Leute müssen ihm von mir erzählt haben. Er bot mir den Job als Jagdführer an. Für zehn Dollar pro Tag, solange wir uns auf dem Jagdausflug befanden, und eine Abschußprämie für jeden Trophäenbock. Das war damals viel Geld, und ich hatte nicht mehr als ein paar Münzen in der Tasche und jede Menge Schulden. Also nahm ich sein Angebot an und fuhr mit ihm zur Ranch hinaus. Und dort begegnete ich Dwight und Jimmy zum ersten Mal. Und es war auch das erste Mal, daß ich deine Mutter sah.« Kelso Rivers holte tief Luft und hüstelte. Blut kam aus seinem Mund. Zane gab ihm einen Lappen, mit dem er sich die Lippen abwischen konnte.

»Gib mir eine Zigarette, Junge«, verlangte er.

Zane drehte ihm eine Zigarette und gab ihm Feuer. Vorsichtig sog Kelso den Rauch in seine zerfressenen Lungen. Zane wartete auf den Hustenanfall, aber er kam nicht.

»Deine Mutter war mager wie eine kranke Ziege«, erzählte er schließlich weiter. Rauch kam ihm dabei aus dem Mund. »Ich kann mich noch gut an sie erinnern, obwohl ich sie damals kaum beachtet habe. Am nächsten Tag, Montag, brachen wir auf. Dwight und Jimmy waren dabei und einige Freunde der Billingtons und der Clarks. Sechs Maultiere trugen die Ausrüstung und den Proviant. Alles war erstklassig organisiert, und es durfte den Herrschaften an nichts fehlen. Ich führte sie kreuz und quer durch die Berge, und es gelang ihnen, in einer Woche acht Bighorn-Schafe zu erlegen, einen Schwarzbären und einen Puma. An einem Abend, als wir in einem Canyon lagerten, fand ich einen wunderschönen Achat, den ich einer Freundin in Browning geben wollte. Als wir jedoch auf die Ranch zurückkehrten, zeigte ich ihn deiner Mutter. Sie freute sich so über den Stein, daß ich ihn ihr schenkte.«

Kelso Rivers drückte den Zigarettenstummel im Aschenbecher aus, den ihm Zane reichte.

»Als Glücksbringer?« fragte ihn Zane.

»Als Glücksbringer«, lächelte Kelso Rivers. »Später hat sie

200

mir den Stein zurückgegeben. Als wir nach Vietnam gingen, Dwight und Jimmy und ich.«

»Dir?«

»Ja.«

»Warum nicht ihm?« Zane deutete mit einer Kopfbewegung auf das Foto an der Wand, auf dem die drei Freunde abgebildet waren.

»Jimmy?«

»Ja. Sie war schwanger, nicht wahr?«

»Das wußte sie nicht.«

»Sie wußte nicht, daß sie ein Kind erwartete?«

»Nein. Das stellte sich erst später heraus. Als wir schon in Vietnam waren.« Kelso Rivers langte unter sein Kopfkissen. Als seine Hand wieder zum Vorschein kam, lag ein Stein auf ihr, der die Form eines Herzens hatte. »Das ist er«, sagte er und streckte Zane den Stein entgegen. »So wie ich ihn fand. Als wäre er von einem Künstler geschliffen worden. Aber er lag unter all den anderen Steinen in einem Bachbett, noch nie zuvor von einer Menschenhand berührt.«

Zane betrachtete den merkwürdigen Stein, der auf der Hand seines Onkels gelb schimmerte, durchsichtig und mit glutroten Flecken drin.

»Nimm ihn!«

Zane schüttelte den Kopf.

»Er gehört dir,« sagte er.

»Mir hat er ein Leben lang Glück gebracht, Junge. Jetzt brauche ich ihn nicht mehr! Nimm ihn. Und wenn du nach Hause zurückkehrst, sag deiner Mutter, daß ich ihn all die Jahre bei mir hatte und daß ich ihn für dich aufgehoben habe.«

Zane nahm ihm den Stein von der ausgestreckten Hand und schloß seine eigene Hand zur Faust. Er blickte Kelso Rivers in die Augen, und sein Onkel lächelte ein merkwürdiges Lächeln, das sein Gesicht berührte wie ein Hauch neuen Lebens.

»Ich habe dich gerufen, Zane«, sagte er. »Ich habe dich gerufen, und du hast meine Stimme gehört, sonst wärst du nicht mehr rechtzeitig hierher gekommen.«

»Was ich gehört habe, war die Stimme der Wölfin«, antwortete ihm Zane zweifelnd.

»Sie war mein Bote«, sagte Kelso Rivers. »Mein Schutzgeist, der mich ein Leben lang begleitete, ohne daß ich sie ein einziges Mal gesehen habe. Schau ihr in die Augen, Zane. Sie weiß, daß ich sterbe.«

Zane blickte zur Wölfin hinüber. Sie lag bei der Türöffnung, den Kopf auf dem Boden ruhend, die Augen halb geschlossen.

»Ich habe gelebt, wie es mir gefiel«, fuhr Kelso Rivers so leise fort, als wollte er die Wölfin nicht stören. »Ich wollte frei sein, und ich war frei. Ich bereue nichts, was ich getan habe, und nichts, was ich nicht getan habe. Ich nehme meinen Schatten mit, wenn ich gehe. Deshalb habe ich dich gerufen, Zane. Mit der ganzen Kraft meiner Stimme, aber ich war nie sicher, daß du mich hören würdest.«

»Ich war mit Jasper in den Hügeln, als ich den Ruf des Wolfs hörte«, sagte Zane, und seine Gedanken trugen ihn für einen Moment in jene Nacht zurück, als er die Wölfin zum ersten Mal gesehen hatte. »Sie kam zu unserem Lager. Ganz in der Nähe blieb sie stehen und heulte zum Mond auf.«

»Das muß in der Nacht gewesen sein, als ich aufwachte und wußte, daß du kommst, Zane. Ich träumte von dir. Wir begegneten uns in einem merkwürdigen Land ohne Straßen und Pfade. Die einzigen Gewächse waren Bäume, die vereinzelt auf einer Ebene wuchsen, ihre Kronen voller schneeweißer Blätter. Über der Ebene formten sich mächtige Wolkengebilde, weiß wie Schnee vor einem pechschwarzen Himmel. Da sah ich dich über die Ebene gehen, das mit geheimen Zeichen bemalte Fell eines Wolfs von deinen Schultern herunterhängend, sein Kopf über deinem Kopf, so als würde er von dir auf dem Rücken getragen. Du bist aufrecht gegangen, mit einem Stock in jeder Hand, und bei jedem Schritt hast du mit dem Ende der beiden Stöcke den Boden berührt, so als wären sie deine vorderen Beine. Und dann sah ich die weiße Wölfin im Schatten eines der Bäume stehen, und sie sang die Gesänge der Wolfsgeister.«

Kelso Rivers verstummte erschöpft. Er schloß die Augen und bat Zane, ihm eine Zigarette zu drehen.

Sie rauchten und sie schwiegen. Kelso Rivers begann zu husten. Die Zigarette entfiel seinen Fingern, und die Glut verbrannte Haare des Fells, das auf dem Bett ausgebreitet war. Zane hob die Zigarette auf, und als sich Kelso Rivers ausgehustet hatte, steckte er sie ihm zwischen die Lippen.

»Was geschah weiter in deinem Traum?« fragte ihn Zane schließlich.

»Ich bin aufgewacht«, antwortete ihm Kelso Rivers mühsam. »Ich bin aufgewacht, als du zu ihr gegangen bist, in den tiefen Schatten des Baumes, und ich weiß nicht, warum, aber als ich aufwachte, war ich sicher, daß ich dich noch einmal sehen würde, bevor ich sterbe.«

Zane blickte ihn durch die Rauchschleier hindurch an.

»Erzähl mir von Jimmy Hand«, sagte er.

Kelso Rivers kniff die Augen etwas zusammen.

»Was willst du wissen?«

»Alles.«

»Was alles?«

»Wie er starb.«

Kelso Rivers nickte. »Er war ein Held«, sagte er. »Vietkongsoldaten hatten eine tote Frau auf die Straße gelegt, und ein kleines Mädchen kniete bei der Frau und klammerte sich an ihr fest. Die Frau war die Mutter des Mädchens, und als wir über die Brücke kamen und die Frau und das Mädchen auf der Straße sahen, vermuteten wir sofort, daß es ein Falle sein könnte. Wir gingen im Straßengraben in Deckung, und der Sergeant fragte uns, wer sich freiwillig melden würde, um das Mädchen von der Frau wegzuholen und in Sicherheit zu bringen. Jimmy meldete sich. Dwight warnte ihn. Er könne die Falle riechen wie ein Rattenloch, sagte er. Das Kind wimmerte, und wir konnten es alle deutlich hören. Dort, wo die Frau lag, führte die Straße in einen Sumpfdschungel hinein. Es gab keinen besseren Platz für einen Hinterhalt, aber Jimmy ließ sich nicht davon abbringen, das Kind in Sicherheit zu bringen. Da sagte ich, daß ich ihn begleiten würde, und Dwight sagte, daß er mit uns käme, aber der Sergeant sagte, daß er nur einen gehen lassen würde, und zwar den, der sich als erster gemeldet hätte. Jimmy grinste uns an, als hätte er das große Los gezogen. Er kroch mit seiner Maschinenpistole vor dem Bauch aus dem Straßengraben und ging die Straße entlang, bereit, sich beim geringsten Anzeichen einer Gefahr sofort in den Graben zu werfen. Wir kauerten im Gestrüpp und gaben ihm Rückendeckung. Nichts geschah. Er kam bei der toten Frau an, schob sich die Maschinenpistole am Schulterriemen auf den Rücken und hob das Mädchen vom Boden auf. Mit dem Mädchen auf dem Arm stand er mitten auf der Straße, und das Mädchen klammerte sich an ihm fest, und er drehte sich im Kreis und rief, daß alles in Ordnung sei. Er solle mit dem Mädchen zu uns zurückkommen, riefen wir ihm zu, aber er kauerte sich bei der Frau nieder, und er fühlte an ihrem Hals nach dem Puls. Sie lebt, rief er uns zu, und er stand auf, mit dem Mädchen an seiner Brust. Wir sahen den Sergeanten an, und der Sergeant sagte, daß sie wohl nicht auf einen Mann schießen würden, der eines ihrer eigenen Kinder auf dem Arm hätte, aber Dwight traute der Sache nicht. ›Komm zurück!‹ rief er Jimmy zu. ›Komm zurück, Mann!‹«

Kelso Rivers brach ab. Das Reden strengte ihn an. Nach Atem ringend, legte er sich in die Kissen zurück. Zane flößte ihm ein bißchen Wasser ein. Dann wartete er, und in der Stille tauchten Bilder vor ihm auf, die er nur aus seinen Träumen kannte, die Brücke, die ihm schon so vertraut war,

als existierte sie wirklich, Männer mit Helmen und schreck-
lichen Masken, sein Bruder, der auf die Brücke zurannte,
plötzlich die Gestalt einer gestreiften Raubkatze annehmend,
während die Brücke zerfiel, als wäre sie aus Sand gebaut
worden. Feuer in einer Schlucht. Soldaten mit Maschinenpistolen.

»Ich weiß nicht, was Jimmy plötzlich alarmierte. Etwas,
was er sah. Oder ein Geräusch. Vielleicht spürte er instinktiv,
daß er sich in Gefahr befand. Eben noch hatte er fröhlich
gelacht. Eben noch tanzte er auf der Staße herum, das Mädchen auf dem Arm. Jetzt stand er still. Er lachte nicht mehr.
Mit der freien Hand griff er nach der Maschinenpistole. Aber
das Kind behinderte ihn. Er nahm es auf den anderen Arm,
um die Maschinenpistole in Anschlag zu bringen. Da fiel der
Schuß. Er wurde von der Kugel so hart herumgestoßen, daß
er stürzte. Ich hörte ihn aufschreien, und ich sah ihn auf die
Beine kommen und über die Straße taumeln. Seine Maschinenpistole begann Feuer zu spucken, und ich sah Dwight aus
dem Graben springen und auf ihn zulaufen, und er schrie
dabei und schoß mit seiner Maschinenpistole, und mit einem
Mal wimmelte es im Dschungel links und rechts der Straße
von feindlichen Soldaten, und der Sergeant gab uns den
Befehl, bis zur Brücke zurückzufallen. Ich achtete nicht auf
das, was die anderen taten. Ich sah, wie Jimmy, von Kugeln
getroffen, stürzte. Ich sah, wie er über die Straße kroch, auf
den Graben zu, und wie er das Mädchen mit sich schleppte
und dabei versuchte, es mit seinem Körper zu schützen. Das
Mädchen war bereits von mehreren Kugeln getroffen, und
es hing leblos von seinem Arm, aber er merkte es nicht.
Dwight rief ihm zu, das Mädchen zurückzulassen. ›Das Mädchen ist tot!‹ brüllte er, während er lief und schoß, und dann
wurde er getroffen, und er warf sich in den Graben. Ich sah,
wie Jimmy auf der Straße liegen blieb, das Mädchen halb
unter sich begraben, und da rannte ich los, und Dwight schoß
aus dem Graben heraus, was seine Maschinenpistole hergab.

Ich rannte die Straße entlang, und ich weiß nicht, warum mich keine einzige der Kugeln traf, die sie auf mich abfeuerten, aber ich erreichte Jimmy unversehrt und warf mich bei ihm nieder. Ich versuchte, ihm das Mädchen zu entreißen, aber er hielt es fest, und so schleifte ich ihn und das tote Mädchen zum Graben, und wir fielen in den Graben hinein, und da erst ließ er das Mädchen los, und ich sah, daß er von mehr als einem halben Dutzend Kugeln getroffen war und keine Lebenszeichen mehr von sich gab. Ich fühlte nach seinem Puls, fand aber keinen. Da kam Dwight herangekrochen, mit einem lahmgeschossenen Bein, und ich rief ihm zu, daß Jimmy tot sei, während ich ihm im Graben entgegenlief. Er wollte einfach nicht glauben, daß Jimmy tot war, und ich mußte ihn daran hindern, weiterzulaufen. Die Vietkongsoldaten hätten uns wahrscheinlich beide erwischt, aber Dwight brüllte mich an, daß er ohne Jimmy nicht von hier abhauen würde und daß es unsere Pflicht sei, den Leichnam zu bergen. Es gelang mir leicht, ihn davon zu überzeugen, daß wir dazu keine Zeit mehr hatten, als uns die ersten Kugeln um die Ohren pfiffen. Wir zogen uns im Graben bis zur Brücke zurück, wo unser Trupp hätte in Stellung gehen sollen, aber es war niemand mehr dort. Wir krochen zur Straße hoch und rannten über die Brücke, und auf der anderen Seite warfen wir uns hinter eine Mauer, und da sahen wir Jimmy aus dem Graben heraustorkeln, mit dem toten Mädchen, das er an sich drückte, und wir sahen die Soldaten aus dem Dschungel kommen, dreißig oder vierzig von ihnen, und sie lachten und sie traten nach ihm und stießen ihn mit den Kolben ihrer Gewehre nieder, und sie entrissen ihm das tote Mädchen, und dann begannen sie, ihn zu töten.« Kelso Rivers schloß die Augen, bevor er fortfuhr. »Sie zogen ihn aus, bis er nackt war«, sagte er so leise, daß sich Zane tief über ihn beugen mußte, um ihn zu verstehen. »Sie stachen mit ihren Bajonetten auf ihn ein, und wir hörten ihn schreien, und wir hörten, wie sie ihn verhöhnten, und Dwight nahm seine Maschinenpistole und legte auf der Mauer an und wartete, bis er ihn in der Meute kurz sehen konnte. Er zielte und schoß. Er tötete Jimmy mit einer Kugel, und dann schossen wir beide in die Meute hinein, bis unsere Magazine leer waren. Bevor sie uns in den Rücken fallen konnten, flohen wir in den Sumpf hinein. Neun Tage und Nächte lang schlugen wir uns bis zum Basislager durch, und da hörten wir, daß unser Trupp auf dem Rückzug in einen tödlichen Hinterhalt geraten war, aus dem keiner mit dem Leben entkam.«

Kelso Rivers öffnete die Augen. Seine Stimme war nur noch ein Flüstern. »Zane«, sagte er, »Zane, dein Vater hat mir nie verziehen, was damals geschehen ist.«

»Mein Vater«, hörte sich Zane mit beinahe tonloser Stimme sagen. »Wer ist mein Vater?«

Kelso Rivers gab ihm keine Antwort. Da beugte sich Zane vor, und er packte ihn beim Hemd und zerrte ihn aus den Kissen.

»Wer ist mein Vater?« schrie er.

»Du weißt es, Zane«, stieß Kelso Rivers hervor. »Du weißt es.«

»Ja, ich weiß es! Aber ich will es von dir hören, verstehst du! Einmal, bevor es dazu zu spät ist, will ich es aus deinem Mund hören, Kelso Rivers, damit ich für den Rest meines Lebens weiß, wer ich bin und wo ich hingehöre!«

»Zane, ich ...«

Ein Geräusch, auf das zuerst die Wölfin aufmerksam wurde, ließ Kelso Rivers mitten im Satz verstummen. Die Wölfin hatte den Kopf erhoben und blickte in die Richtung der Haustür. Das Geräusch war ein gleichmäßiges Gebrumm, das nur von einem weit entfernten Motor stammen konnte. Die Finger in das karierte Wollhemd Kelso Rivers' gekrallt, richtete sich Zane etwas auf.

»Hörst du das?« flüsterte er und ließ Kelso Rivers langsam in das Kissen zurückgleiten.

»Sie kommen, Zane«, sagte Kelso Rivers. »Sie haben nicht aufgegeben.«

Die Wölfin war aufgestanden. Leicht geduckt stand sie im Halbdunkel, die Ohren aufgestellt. Zane ging zu ihr, und sie duckte sich unter seiner Hand, die er ihr auf den Rücken legte. Er konnte spüren, wie sie zitterte.

»Es ist kein Hubschrauber«, sagte Kelso Rivers vom Bett her. »Sie versuchen, mit den Pflügen den Weg freizumachen.«

Zane ging auf die Veranda hinaus. Der Graue stampfte durch den angewehten Schnee. Das Motorengeräusch machte ihn unruhig.

Kanada

Irgendwo hatten sie einen gewaltigen Bulldozer aufgetrieben, den sie als Schneepflug benutzten. Das gleißende Licht seiner Scheinwerfer kroch die Talhänge entlang und strahlte in die dunkle Nacht hinaus, in der Schleier von Eiskristallen glitzerten, als wäre es aufgewirbelter Glimmerstaub. Dem Bulldozer folgte ein Lastwagen mit einem vorgebauten Pflug und einem Sandstreuer am Heck. Mit der Urgewalt von Monstern bewegten sich der Bulldozer und der Lastwagen durch das Streulicht ihrer Scheinwerfer, mächtige, sich laufend verändernde Schatten über den Schnee werfend, den sie zu mannshohen Wällen aufschoben. Riesige Stollenreifen trugen den gelben Monsterleib des Bulldozers, krallten sich in den Schnee, der von der stählernen Pflugschar glattgestrichen wurde. Mühsam nur arbeitete sich der Bulldozer voran, grub sich im Tiefschnee fest, fuhr ruckartig rückwärts, sich jäh aufbäumend, als widersetzte er sich mit letzter Kraft der rohen Gewalt, die ihn antrieb.

Zane stand bis zu den Knien eingesunken in einer Schneewehe am Steilhang und verfolgte das, was sich dort unten im Tal abspielte, mit größter Aufmerksamkeit. Er sah den verschneiten Blazer des Sheriffs im wirbelnden Schneestaub hinter dem Lastwagen auftauchen, den goldenen Stern auf der Tür deutlich sichtbar, dahinter ein weißschwarzer Geländewagen der Highway Patrol und zwei grüne Fahrzeuge des Fish and Game Department. Den Abschluß der Kolonne machte der neue Dodge Pickup seines Vaters.

Zane versuchte auszumachen, wer im Pickup saß, konnte aber nichts erkennen. Der Kleinlaster fuhr mit aufgeblendeten Scheinwerfern und war eingehüllt von einer Schnee- und Eiswolke. Zane vermutete, daß sein Vater am Steuer saß und seine Mutter daneben, aber er konnte ihre Gesichter hinter der dunklen Windschutzscheibe nicht sehen.

Zane richtete sich etwas auf.

Der Wind brannte auf seinem Gesicht. Mit dem Ärmel seiner Jacke machte er einen der Felsbrocken sauber, die über den Hang verstreut aus dem Schnee ragten. Ruhig hob er das Jagdgewehr und rückte den Kolben zurecht, so daß er fest an seiner, durch die Jacke gepolsterten Schulter lag.

Das Jagdgewehr gehörte Kelso Rivers. Es war ein Gewehr, das ein Büchsenmacher in Helena für ihn hergestellt hatte. Im Magazin steckten acht Vollmantelgeschosse von größter Durchschlagskraft. Seelenruhig zielte Zane auf den hinteren rechten Stollenreifen des Bulldozers. Der Reifen war von fast doppelter Manneshöhe und aus einer Distanz von knapp hundert Yards nicht zu verfehlen. Zane brauchte nicht einmal lange zu zielen. Als der Bulldozer sich festgefahren hatte, drückte er ab. Er sah nicht, wie die Kugel einschlug und die Wandung des schweren Stollenreifens durchbohrte. Er wußte jedoch, daß er getroffen hatte, als der Koloß hinten schlagartig zusammensackte. Der Schuß war dort unten wahrscheinlich im Lärm der Dieselmotoren nicht gehört worden, denn der einzige, der reagierte, war der Fahrer des Bulldozers. Die Seitentür der Kabine öffnete sich, und ein Mann beugte sich heraus, um nach dem hinteren Rad zu sehen.

Zane betätigte den Verschluß des Gewehres, warf dadurch die leere Hülse aus und schob eine neue Patrone in die Kammer. Ebenso ruhig wie vorhin zielte er auf den rechten vorderen Reifen und schoß. Der Bulldozer wackelte, geriet seitenlastig in die Schräglage und kippte beinahe um. Zane sah, wie der Mann aus der Kabine sprang und bis zu den Hüften im Schnee versank. Er fuchtelte mit den Händen wild in der Luft herum, zeigte auf die beiden Räder des Bulldozers und dann in verschiedene Richtungen in die Nacht hinaus.

Zane schoß die nächste Kugel in den rechten hinteren Doppelreifen des Lastwagens, der mit Ketten versehen war. Der Lastwagen kam sofort zum Stillstand. Der Fahrer und sein Begleiter stiegen aus. Der Begleiter stapfte durch den

210

Schnee zum Blazer des Sheriffs. Ein Suchscheinwerfer, der auf der rechten Seite des Blazers montiert war, ging an. Der Lichtstrahl jagte über den Hang hinweg. Der Fahrer des Bulldozers kletterte in die Kabine. Der Dieselmotor und die Scheinwerfer gingen aus. Ein Mann stieg aus dem Blazer. Obwohl er eine Fellmütze trug und einen dicken braunen Anorak, erkannte ihn Zane. Es war Quinn Bates, der dort im Scheinwerferlicht stand, ein Gewehr in den Händen.

Zane nahm das Gewehr von der Schulter und ging hinter dem Felsbrocken in Deckung. Vorsichtig lugte er am Stein vorbei ins Tal hinunter. Quinn Bates und ein paar andere Männer standen dicht beisammen beim Lastwagen. Metallene Abzeichen blinkten an ihren Daunenjacken. Einer kam vom Blazer herüber. Er brachte Quinn Bates ein Megaphon. Bates hob es an seinen Mund, aber Zane wartete vergeblich auf seine Stimme. Er sah, wie Bates das Megaphon schüttelte. Dann versuchte er es noch einmal. Das Megaphon gab einen krächzenden Ton von sich, bevor die Stimme des Deputy Sheriffs durch das enge Tal hallte.

»Zane, hier spricht Deputy Sheriff Quinn Bates! Wir wissen, daß du dich bei deinem Onkel versteckt hast! Ein letztes Mal fordere ich dich hiermit auf, endlich Verantwortung zu zeigen und dich dem Gesetz zu ergeben!«

Zane gab ihm keine Antwort. Er beobachtete den Dodge Pickup. Die Beifahrertür war aufgegangen. Eine tief vermummte Gestalt entstieg der Kabine und stapfte durch den Schnee ins Scheinwerferlicht. Allein an den Bewegungen erkannte Zane seine Mutter. Sie wartete im Scheinwerferlicht, bis ihr Mann ausstieg. Sie gingen zusammen zu den Männern, die im Schatten des Lastwagens standen. Einen Augenblick später übergab Bates Dwight Clark das Megaphon.

»Zane!« rief er. »Wo bist du, Zane?«

Zane wich hinter den Felsbrocken zurück.

»Zane, Deputy Sheriff Bates hat mich gebeten, dir folgendes auszurichten: Wade Hicks lebt! Er hat die Operation gut überstanden und wird in einigen Wochen aus dem Krankenhaus entlassen. Für dich heißt das, daß du mit einem blauen Auge davonkommen wirst, wenn du dich ergibst. Das verlangt das Gesetz, Zane! Daß du dich ergibst!«

Die Stimme seines Vaters verstummte. Bates nahm ihm das Megaphon aus der Hand.

»Es ist deine letzte Chance, Zane!« rief er.

Zane drehte sich um und ging in seinen eigenen Fußstapfen schräg zum Hang den Weg zurück, den er gekommen war. Und während er sich immer weiter entfernte, hörte er die Stimme seiner Mutter nach ihm rufen, und er beeilte sich.

Er kam langsam das Tal hoch zum Anfang des Canyons. Der Mond schien, und lange Schatten flossen von den Felsklippen, die hoch über dem Canyon schroff aufragten, als wären sie Überreste eines halb zerfallenen Bollwerks aus einer längst untergegangenen Welt.

Er hörte die Stimmen aus dem Tal, mehr Lärm als Worte, und wenn er Worte vernahm, dann war das meistens nur sein Name im Lärm. Er fand den Weg ins Tal hinein, und der Lärm wurde schwächer und schließlich hörte er nichts mehr außer seinem eigenen, keuchenden Atem und seinem Pulsschlag.

Zane ging auf seiner Spur durch die langen Schatten und durch das Mondlicht, das zusammen mit dem Wind die Schneedecke glattstrich. Bei jedem Schritt versuchte er so genau wie möglich in seine eigenen Fußstapfen zu treten, um sich den Rückmarsch zum Anfang des Seven Mile Canyon zu erleichtern. Er ging gegen den Wind, den Kopf eingezogen und das Gesicht mit einem Wollschal geschützt. Er ging schnell und geduckt, das Gewehr am Schulterriemen über seinem Rücken, und während er ging, roch er den Rauch des Kaminfeuers, das im Haus von Kelso Rivers brannte.

Der Fuchs beobachtete ihn aus dem Schattengewirr heraus, tief im Schnee unter den kahlen Uferbüschen, die den zugefrorenen Bach säumten. Zane überquerte den Bach an der Stelle, wo er ihn am Abend zuvor mit dem Grauen und der Wölfin überquert hatte, aber seine Fährte war vom Wind verweht worden und kaum mehr zu erkennen.

Er sah den Grauen im Schatten des Verandadaches stehen, die Decke schief auf seinem Rücken, und dann sah er die Tür offen stehen. Er begann zu laufen, und er achtete jetzt nicht mehr darauf, seiner Spur zu folgen. Der Graue hörte ihn kommen, und er schnaubte ihm entgegen und tänzelte auf der Veranda herum, hart am Strick zerrend, mit dem ihn Zane an einem Stützpfosten des Verandadaches festgemacht hatte.

Zane stürzte auf die Veranda. Er drängte den Grauen mit einer Hand zur Seite und lief in das Haus. Im Flackerschein des Feuers sah er, daß die Wölfin nicht mehr dort lag, wo er sie zurückgelassen hatte. Der Strick mit dem Halsband lag dort am Boden und der Maulkorb, den er aus den Stoffstreifen gemacht hatte.

Für einen Moment nur verharrte Zane im Schritt, dann lief er durch die Türöffnung in den anderen Raum. Das Bett war leer. Kelso Rivers lag mit dem Gesicht nach unten auf einem alten Indianerteppich. Zane beugte sich über ihn und drehte ihn auf den Rücken. Halb geschlossene Augen, in denen kein Licht mehr war, starrten ihn aus den dunklen Höhlen heraus an.

Zane richtete sich auf und blickte sich um. Alles war so, wie er es zurückgelassen hatte. Nur die Wölfin war nicht mehr da. Er erhob sich und ging hinaus. Deutlich sah er im Mondlicht ihre Fährte, die vom Haus zum Anfang des Canyon führte und in die Schatten der Felswände hinein.

Zane drückte ihm die Augen zu, hob ihn vom Boden auf und trug ihn zum Bett. Behutsam legte er ihn nieder und deckte ihn zu. Dabei bemerkte er, daß Kelso Rivers seine rechte Hand zur Faust geschlossen hatte. Er öffnete sie. Der gelbe Stein mit den blutroten Flecken entfiel ihr. Zane hob ihn auf und hielt ihn ins Licht der Lampe. Der Stein glühte, als hätte er ein wildes Feuer in sich gefangen. Er steckte ihn ein, nahm die Lampe vom Nachttisch und verließ mit ihr den Raum. In der Türöffnung blieb er stehen und blickte sich noch einmal nach dem Toten um, und er wußte, daß der Mann, der dort im Halbdunkel lag, sein Vater war.

Er stellte die Lampe auf den Tisch, hob den Sattel vom Boden auf und ging hinaus. Ohne Eile sattelte er den Grauen und zäumte ihn auf. Es fiel ihm auf, daß sich der Himmel vom Nordwesten her bewölkte. Die ersten Wolkenschatten schwebten wie eine Geisterflotte über die vom Mondlicht überfluteten Talhänge.

Zane ging ins Haus und füllte die Satteltaschen mit Konservenbüchsen. Er hob das Seil mit dem Halsband vom Boden auf, rollte es zusammen und befestigte es an der Lassoschlaufe des Sattels. Der Graue begann nervös zu werden. Er merkte, daß Zane bereit war, aufzubrechen.

Zane ging noch einmal ins Haus und legte Holz ins Feuer. Eine Weile kauerte er vor dem Kamin und starrte in die Flammen. Als er sich erhob, brannte sein Gesicht. Er zog die Handschuhe an und nahm sein Gewehr vom Tisch.

Der Graue erwartete ihn draußen. Zane machte die Haustür zu, schob das Gewehr in den Sattel und führte den Grauen an den Zügeln von der Veranda. Der folgte ihm unwillig. Zane hielt ihn in der Spur der Wölfin an und schwang sich in den Sattel. Er nahm die Zügel kurz und ließ den Grauen einige Schritte rückwärts gehen. Der Graue warf den Kopf hoch und schnaubte. Zane trieb ihn mit den Schenkeln hart an. Der Graue trottete die Spur der Wölfin entlang, dem Anfang des Seven Mile Canyon entgegen.

Es hatte leicht zu schneien angefangen. Der Mond schien durch die Wolken. Zane ritt in die tiefen Schatten des Canyon hinein.

Die steilen Hänge und Felswände des Canyon schützten ihn vor dem Wind. Er ritt im Morgengrauen und im leichten Schneegestöber auf der Fährte der Wölfin.

Als es Tag wurde, begann es stärker zu schneien. Er breitete die Zeltplane über sich und über dem Pferd aus. Zu Mittag kam er aus dem Canyon heraus in den Wind. Die Fährte der Wölfin war kaum mehr zu erkennen. Er folgte ihr über flache, offene Hügelrücken hinweg, und der Wind heulte ihm ins Gesicht und zerrte an der Plane, die er mit einer Hand festhalten mußte. Er ritt zu den Wäldern hoch, und am Waldrand, wo der Wind den Schnee zu hohe Wehen aufgetrieben hatte, verlor er ihre Fährte.

Im Wald hielt er an und stieg ab. Er brach Äste von den Bäumen und machte ein Feuer. Später aß er lauwarme Tomatenspaghetti aus einer Büchse, und er rauchte eine Zigarette und betrachtete den Stein, der ihm Glück bringen sollte.

Den Nachmittag hindurch ritt er im Schutze der Wälder nordwärts. Es schneite die ganze Zeit, und der Tag blieb grau und düster. Er kreuzte Spuren wilder Tiere, und er kam zum Ufer eines Baches, der an einigen Stellen nicht zugefroren war. Er trieb den Grauen die Uferböschung hinunter, und das Eis an den Bachrändern zersplitterte unter seinen Hufen, und der Graue blieb im sich kräuselnden Wasser stehen und trank. Er ließ den Grauen trinken, bis er genug hatte, trieb ihn die Böschung hinauf und ließ ihn mit herunterhängenden Zügeln im Schnee stehen, während er selbst zum Bach hinunterging und vom eiskalten Wasser trank.

Später, in einer kleinen Lichtung, schlug er sein Nachtlager auf. Aus Ästen und Schnee baute er in einer kleinen Mulde einen Windfang, hinter dem er sein Feuer machte. Als es dunkel wurde, lag er auf der zusammengefalteten Zeltplane im Schlafsack. Es hatte aufgehört zu schneien. Lautlos, im Zwielicht der beginnenden Nacht, tauchten zwischen den Bäumen einige Rehe auf. Sie blieben stehen, die großen

Ohren aufgerichtet, und blickten herüber. Als er nach dem Gewehr langte, gingen sie weiter. Sie flüchteten nicht. Staksig auf ihren dünnen Läufen gingen sie am Rand der Lichtung durch den Wald, und während ein paar weitergingen, blieben andere stehen und lauschten neugierig und zugleich mißtrauisch herüber, bereit, beim geringsten Geräusch die Flucht zu ergreifen. Zane nahm sein Gewehr zur Hand, legte an und schoß eine kleine Geiß.

Zane holte die Geiß aus dem Wald. Er hatte sie mit einem Blattschuß erlegt, und sie zog eine Blutspur durch den Schnee, als er sie zum Feuer schleifte. Er häutete sie ab, nahm sie sorgfältig aus und zerlegte sie, so wie er es von Dwight Clark gelernt hatte. Das beste Fleisch schnitt er in kleinere Stücke. Jedes dieser Stücke perforierte er mit der Spitze seines Messers und führte ein kurzes Stück einer Schnur durch das Loch. Am Morgen würde er den gefrorenen Fleischvorrat, in tägliche Rationen aufgeteilt, außen an den Satteltaschen befestigen, damit das Fleisch auf dem Weiterritt nicht mit der Körperwärme des Pferdes in Berührung kommen und schlecht werden konnte.

Den Rest des Kadavers trug Zane in den Wald zurück. Herz und Leber briet er, an einem zugespitzten Ast aufgespießt, über dem Feuer. Er aß das Herz und die Leber, und er trank Wasser, und dann öffnete er eine Büchse Ananasscheiben, in der der Saft und die Scheiben gefroren waren. Er stellte sie an den Feuerrand und wartete eine Weile, bevor er die erste Scheibe mit der Messerspitze aufspießte und aß.

Später lag er wach im Schlafsack und blickte den Funken nach, die im Rauch des Feuers flogen und in der Nacht verglühten, und er dachte über sein Leben nach und über das, was in den letzten Tagen passiert war. Er dachte an das Mädchen Julie, an seine dunklen ängstlichen Augen, mit denen sie ihn angesehen hatte, als er die Autotür aufmachte, und er dachte an den Mann und seine Tochter, die ihm in

216

den Hügeln begegnet waren, merkwürdig sicher auf Pfaden gehend, die nirgendwohin führten, und er erinnerte sich an den Kreis aus Steinen und an die schnürsenkellosen Sonntagsschuhe, die der Mann getragen hatte. Er dachte an die Toten im Jackass-Café und an die brennende Missionskirche, und er hätte gern gewußt, wer über sein Leben bestimmte und ihn auf seinem Weg hierher geführt hatte. Er fühlte sich fremd in dieser Welt und einsam ohne die Wölfin, aber er redete sich ein, daß alles in Ordnung war, so wie es war, und daß die Wölfin ihrem natürlichen Instinkt folgend die Freiheit gewählt hatte.

Irgendwann schlief er ein, und er träumte von der Schule in Buckhorn. Mitten in der Nacht erwachte er. Das Pferd hatte ihn aufgeweckt. Es stampfte unruhig im Schnee, dort wo er es festgebunden hatte. Zane setzte sich auf, und er wußte sofort, daß sie da war. Seine Blicke jagten durch den Wald, und dann sah er sie, ein vager Schatten zwischen den Bäumen, kaum vom Lichtschein des sterbenden Feuers berührt. Sie stand regungslos über den Kadaverresten des Rehs, das Zane am Abend geschossen hatte, und blickte herüber.

Er erhob sich und brachte das Feuer in Gang. Sie beobachtete ihn, und er richtete sich auf und fragte sie, was los sei und warum sie nicht zu fressen anfinge. Er sagte ihr, daß er das Reh für sie beide erlegt hätte, aber sie machte keine Anstalten, vom Kadaver zu fressen. Im heller werdenden Feuerschein sah er, daß sie sich vom Verband befreit hatte. Die Wunden schimmerten hell in ihrem Fell, bluteten jedoch nicht.

Zane kauerte in der Wärme des Feuers und wartete darauf, daß sie sich niederlassen würde. Er redete mit ihr, und sie hörte ihm zu, und dann ließ sie sich über dem Kadaver nieder und begann zu fressen. Er hörte, wie sie ihre Fänge in das hartgefrorene Fleisch grub und wie die dünnen Knochen des Rehs zwischen ihren Zähnen zermalmt wurden. Sie selbst gab keinen Laut von sich, und während sie am Kadaver herumriß, blickte sie zu ihm herüber, die Augen wie Lichter einer anderen Welt, aus der sie gekommen war und in die sie wieder zurückkehren würde. Und manchmal schloß sie die Augen, während sie sehnige Fleischstücke zerkaute und hinunterwürgte. Sie fraß, bis sie satt war, und eine Weile blieb sie, vom Fressen müde geworden, über dem Kadaver liegen. Schließlich erhob sie sich und ging durch die Baumschatten davon zum Bach hinunter. Er wartete beim Feuer auf ihre Rückkehr, aber er wartete vergeblich.

Am Morgen stand er auf und fachte das Feuer an. Es war noch dunkel, und es schneite leicht. Er machte sich eine Nudelsuppe heiß und aß sie, und dann packte er seine Sachen zusammen, sattelte den Grauen und ritt davon. Das Feuer ließ er brennen.

Der ganzen Tag ritt er nach Norden, und es schneite die meiste Zeit, und die Berge und die bewaldeten Hügel waren wolkenverhangen. Er hatte keine Ahnung mehr, wo er sich befand. Er folgte einem Fluß, der zugefroren war, und er ritt im Windschatten an der steilen Flanke eines Hügelkammes entlang und zu einer Anhöhe hinauf. Von dort oben blickte er seiner eigenen Fährte entlang zurück, und das Land breitete sich fleckig und ohne Konturen unter ihm aus, weiß und grau im leichten Schneefall. Er ritt von der Anhöhe und folgte einem Bachlauf nordwestwärts, und am späten Nachmittag stieß er auf eine Fährte mit deutlichen Pfotenspuren. Er zügelte den Grauen und studierte die Spuren vom Sattel aus, und er war sicher, daß es sich um eine Wolfsfährte handelte, die aus einem schütteren Wäldchen herausführte und am flachen Talhang entlang. Er folgte der Fährte ein Stück, hielt an, wo sie die Richtung änderte, und stieg ab, um sich die Spuren genauer anzusehen. Obwohl Schnee fiel, waren die Spuren noch deutlich zu erkennen. Zane war sich gewiß, daß es nicht die Fährte der Wölfin war. Die Abdrücke stammten von größeren Pfoten, wahrscheinlich von denen eines Rüden. Er stieg auf und durchquerte das Tal auf der Fährte des Wolfs bis zum Ufer eines zugefrorenen Sees. Die Fährte führte dem Ufer entlang durch eine dicht mit Weidenbüschen bewachsene Niederung bis zur Einmündung eines Quellbaches, der zugefroren war. Hier hatte der Wolf eine der dünneren Stellen im Eis mit den Pfoten aufgekratzt, um an das Wasser zu gelangen. Zane schwang sich vom Sattel und zertrat die Eisdecke mit dem Stiefelabsatz. Er ließ den Grauen trinken, trank selbst aus der hohlen Hand und stieg wieder auf. Er folgte der Fährte durch die Niederung. Die Spuren verrieten ihm, daß der Wolf im tiefen, vom Wind verwehten Schnee Schwierigkeiten hatte, voranzukommen. Die Fährte wurde zu einer unregelmäßigen, von den Pfotenklauen durchgeackerten Kriechspur, die aus der Ebene über die flachen Hänge zu einem bewaldeten Hügelrücken hochführte.

Am späten Nachmittag traf Zane auf eine zweite Wolfsfährte. Er hielt den Grauen an, brauchte aber nicht abzusteigen, um festzustellen, daß die tiefen Abdrücke im Schnee von den Pfoten der Wölfin stammten. Er ritt auf ihrer Fährte dem Waldrand entlang bis zu einer Stelle, wo die beiden Fährten aufeinandertrafen. Dort parierte er den Grauen, hielt nach den beiden Wölfen Ausschau, konnnte sie aber nirgendwo erspähen. Er ritt weiter, suchte sich einen Weg durch den verwehten Schnee und in einen Wald hinein.

Zane trieb den Grauen durch den Wald und zu einer Anhöhe hoch. Im harten Wind zügelte er ihn und suchte mit seinem Blick das Tal ab, das sich jenseits des Waldes nach Norden hin ausbreitete. Er wünschte, er hätte den Feldstecher von zu Hause mitgenommen, denn das hügelige Gelände breitete sich nach Nordosten hin endlos scheinend im Grau des späten Nachmittags aus.

Der Wind fegte den Schnee von den Hängen und trieb ihn an den Flanken der Hügel zu mächtigen Wehen auf. Die Fährte der beiden Wölfe führte an den Schneewehen vorbei die Hänge entlang, wo überall die goldgelben Halme des Präriegrases aus dem glattgestrichenen Weiß ragten. Es schneite nicht, aber die Wolken hingen bleiern über dem weiten Land, die Hügelkuppen und die Berge dahinter umhüllend, mit vom Wind zerfetzten Schleiern, die wie Geisterschattern durch die Täler schwebten.

Erst am Abend sah er den Wolf.

Der Wolf, ein großer Rüde, arbeitete sich in der Fährte der Wölfin durch den tiefen Schnee. Und im Halbdunkel fast nicht mehr zu erkennen, auf einem flachen Sattel zwischen zwei Hügeln, auf dem eine einzelne Kiefer wuchs, sah er die Wölfin stehen, und sie blickte zurück, blickte zum Wolf hinunter, während sie leichtfüßig über die Anhöhe trottete.

Sie verschwand in den tiefhängenden Wolken, als sich der Wolf am Hang befand. Zane schätzte, daß ihr Vorsprung nicht größer als eine halbe Meile war und sie der Wolf irgendwann in der Nacht einholen würde.

Zane durchquerte das Tal. Es war dunkel, als er den Sattel erreichte, wo er zuvor die Wölfin erspäht hatte. Jenseits der Hügel, in einem flachen Tal, konnte er eine tief verschneite Straße erkennen, die auf der Westseite eines Flusses von Süden nach Norden führte. In der Ferne konnte er eine Anzahl von Lichtern sehen.

Er ritt in das Tal hinunter zum Flußufer. Dort, knapp an einer überhängenden Böschung, richtete er sein Nachtlager ein.

Sie kam in der Nacht zu ihm. Er sah ihre Augen im Schatten der Böschung.

»Komm her«, rief er ihr zu.

Der Graue schnaubte und stieg und keilte mit seinen Vorderhufen nach dem Mond aus, der durch eine Lücke zwischen den Wolken schien.

Sie kam das Ufer entlang bis zum Rand des Feuerscheins und blieb stehen.

»Komm näher«, forderte er sie auf. »Hier, ich kann dir ein Stück davon abgeben.« Er hielt ihr ein angebratenes Fleischstück entgegen, von dem der Saft tropfte.

Sie näherte sich ihm zögernd, und als sie bei ihm war, legte sie sich nieder, und er streichelte sie. Schneeklumpen hingen an ihrem Fell, und ihre Schnauze war eisverkrustet. Er teilte das Fleischstück mit ihr, und als sie gefressen hatte, erhob sie sich, und er spürte die Unruhe, von der sie befallen war. Sie blickte in die Nacht hinaus, ihre Ohren steil aufgerichtet. Ihr Nackenfell blieb glatt, aber Zane konnte im Lichtschein des Feuers sehen, wie ihre Flanken bebten.

Er blickte in die Richtung, in die sie blickte, und da sah er den Schatten in den Weiden, und er sah das Augenlicht des Wolfs, der sich geduckt und so vorsichtig, als berührten seine Pfoten blankes Eis, dem Flußufer näherte.

Vom Feuerschein kaum berührt, glitt sein Schatten die Böschung hinunter. Lautlos trottete er im fahlen Mondlicht auf den zugefrorenen Fluß hinaus zum anderen Ufer. Dort, auf der steilen Uferbank, blieb er stehen und blickte herüber. Es schien, als wartete er auf die Wölfin, und Zane hörte die Wölfin merkwürdige Laute von sich geben, leises Wimmern und Winseln.

»Geh zu ihm«, sagte er ihr. »Los, geh nur!«

Sie schaute sich nach ihm um.

»Er kennt sich aus in diesem Land«, sagte Zane. »Bei ihm bist du sicherer als bei mir.«

Und so, als hätte sie seine Worte verstanden, ging sie davon. Er blickte ihr nach, während sie auf der verschneiten Eisdecke den Fluß überquerte, und er sah, wie auf der anderen Seite der Wolf hinter der Böschung verschwand.

Am anderen Ufer blieb sie noch einmal stehen. Sie blickte sich nach ihm um, und er stand auf und ging ein paar Schritte.

»Tschüs!« rief er ihr zu. »Leb wohl!« Sie drehte sich um und trottete in der Fährte des Wolfs die Böschung hinauf. Der Mond verschwand in diesem Augenblick hinter einem dunklen Wolkenband, und als er wieder erschien, konnte Zane die Wölfin nicht mehr sehen.

Er ging zu seinem Lager zurück und beruhigte den Grauen. Einige Male blickte er noch über den Fluß zum anderen Ufer, aber sie kehrte nicht mehr zurück. Schließlich kroch Zane in den Schlafsack, und irgendwann schlief er ein.

Auf der anderen Seite des Flusses zog sich eine schmale, tief verschneite Straße durch ein Tal. Zane ritt zwischen den verwehten Radspuren bis zu einer Brücke über einen Bach. Jenseits der Brücke ragte eine verbogene Stange mit einem von Gewehrkugeln zerschossenen Straßenschild aus dem Schnee.

Auf dem Schild stand der Ortsname HAWK SPRINGS und der Hinweis, daß es bis dorthin noch vier Meilen waren.

Es schneite, als er gegen Mittag die kleine Ortschaft erreichte. Leute kamen aus ihren Häusern und starrten dem fremden Reiter verwundert entgegen. Er zügelte den Grauen vor einem Restaurant. Ein Mann, der den Schnee vom Bürgersteig schippte, hielt in seiner Arbeit inne.

»Wo kann ich hier mal telefonieren?« fragte Zane den Mann.

»Drin«, sagte der Mann und deutete mit einer Kopfbewegung zur Tür. »Mit wem willst du denn telefonieren?«

»Meiner Mutter.«

»Deiner Mutter?«

»Ja.« Zane schwang sich vom Pferd. »Wo bin ich hier?«

»Hawk Springs«, sagte der Mann, und er musterte Zane dabei argwöhnisch.

»Hawk Spings? Nie gehört.«

»Kanada«, sagte der Mann.

»Kanada?«

»Ja.«

Zane holte tief Luft.

»Wo kommst du her, Junge, bei diesem Hundewetter?«

»Von der anderen Seite«, sagte Zane. Er betrat den Bürgersteig und ging zur Tür. Den Türknauf in der Hand, drehte er sich noch einmal nach dem Mann um.

»Sagen Sie, gibt es hier in der Gegend noch Wölfe?« fragte er ihn.

»Wölfe?«

»Ja.«

Der Mann grinste.

»Jede Menge«, sagte er.

Zane drehte den Türknauf.

Inhalt